우연처럼, 필연처럼, 운명처럼
찾아와 주신 분들께

서사희

사랑하는 나의 억압자

서사희 장편소설

4

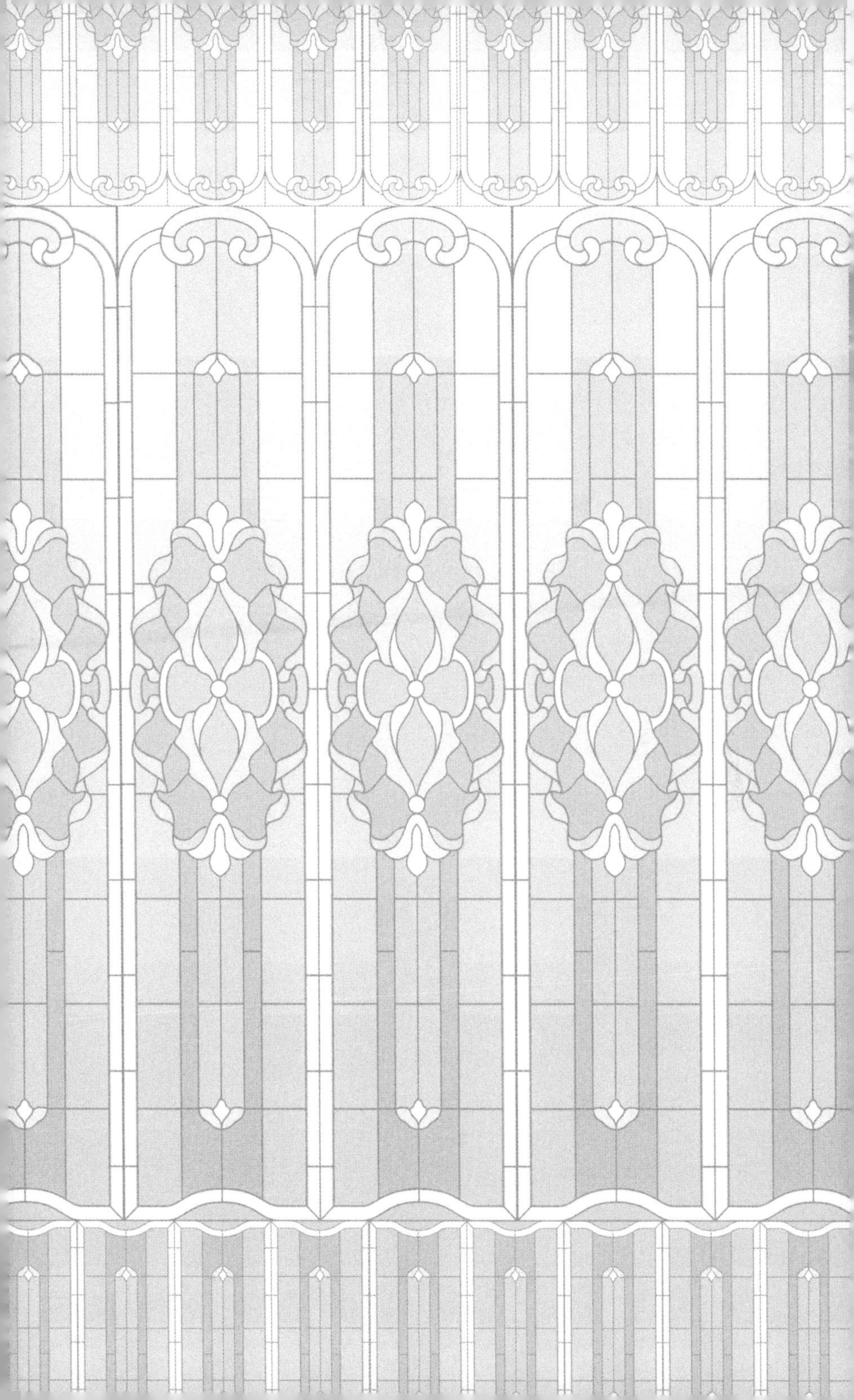

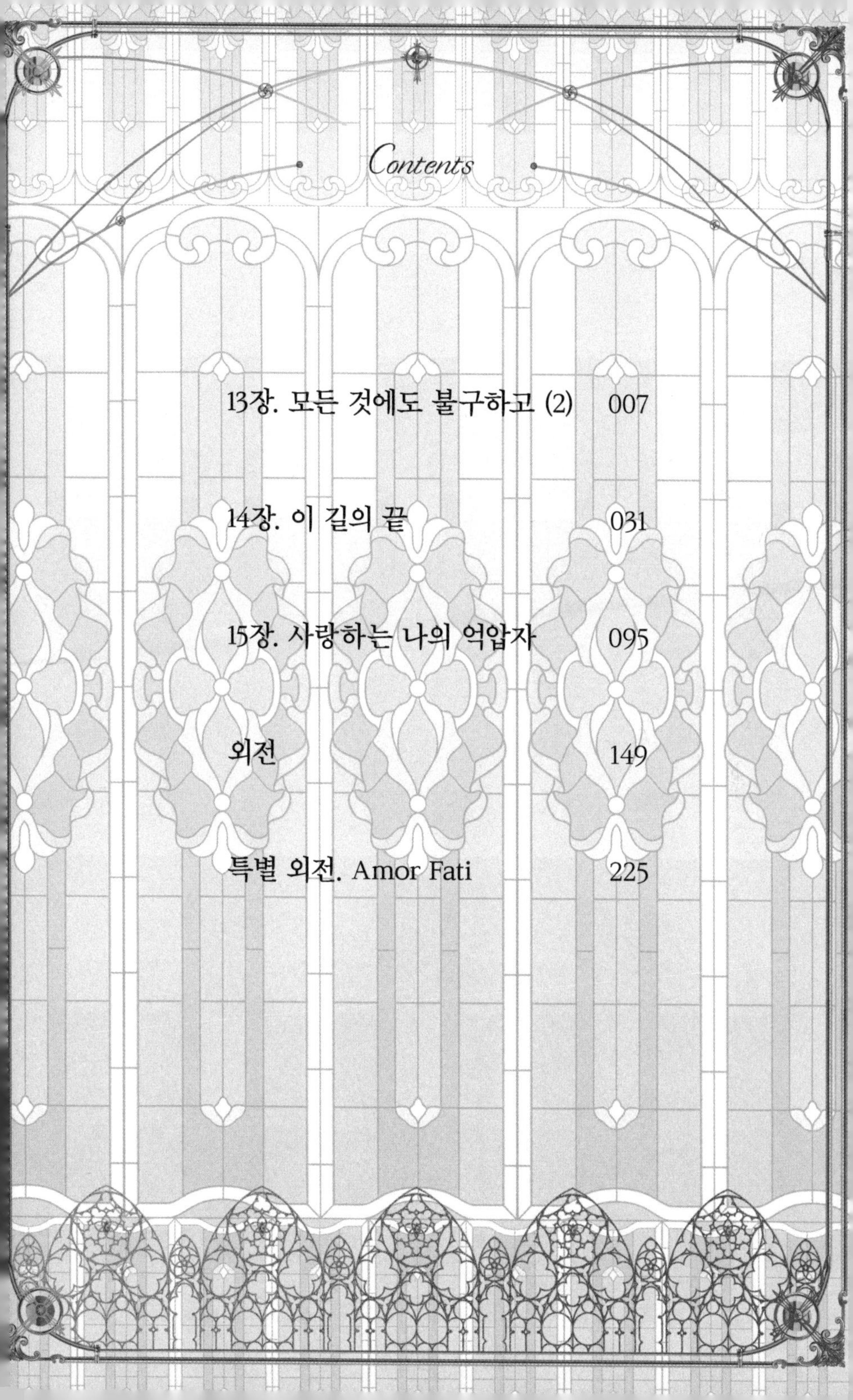

Contents

13장. 모든 것에도 불구하고 (2) 007

14장. 이 길의 끝 031

15장. 사랑하는 나의 억압자 095

외전 149

특별 외전. Amor Fati 225

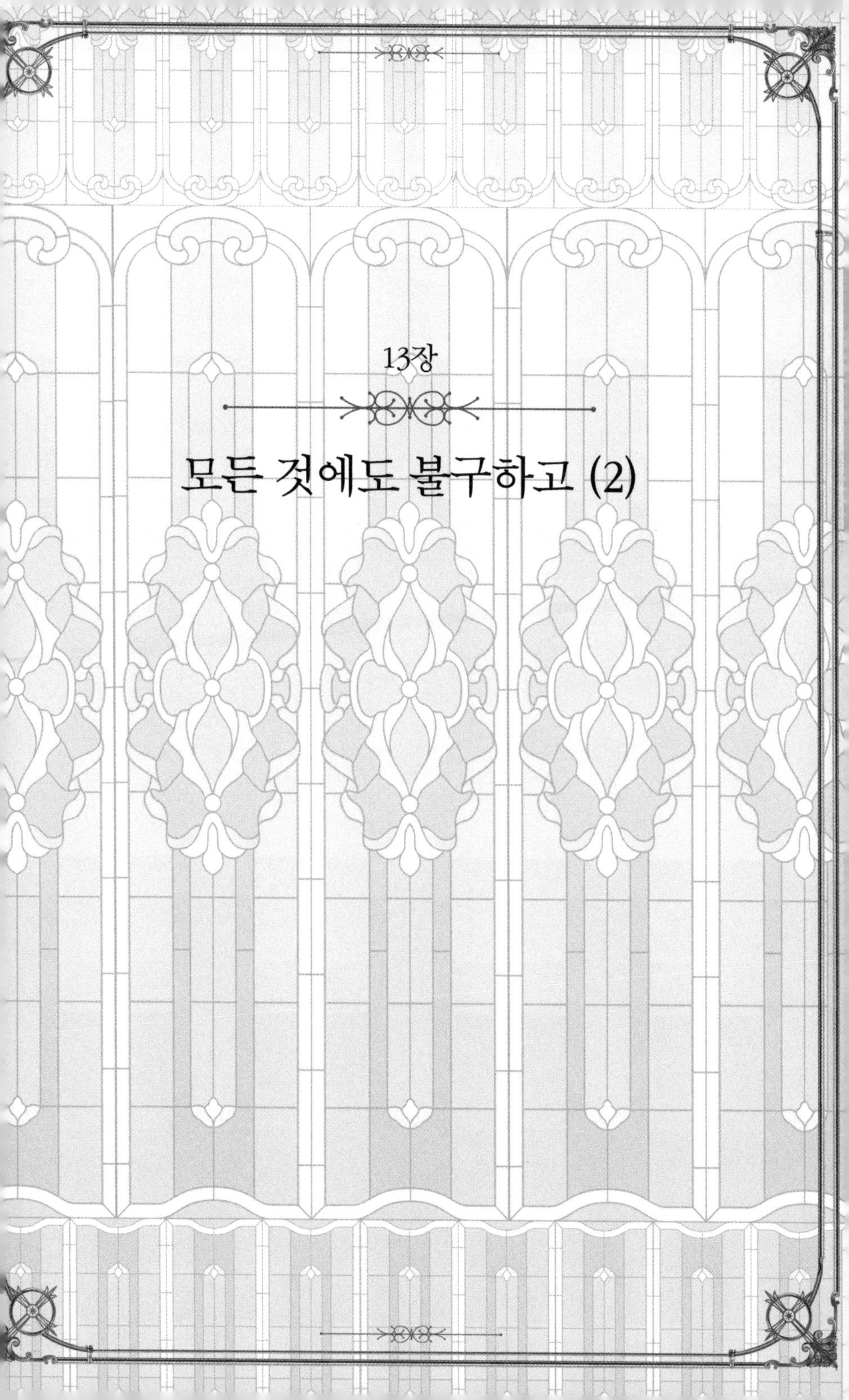

13장

모든 것에도 불구하고 (2)

그녀의 병실로 향하려던 하이너의 발이 우뚝 멈추었다. 회색 눈동자가 한곳에 고정되었다. 복도에 놓인 기다란 의자에 아네트와 한 어린아이가 앉아 있었다.

그녀가 교회에서 구해 냈다던 아이였다.

아네트는 아이와 꼭 붙어 앉아 아이에게 책을 읽어 주고 있었다. 다정하고 조곤조곤한 음성이 귓가에 스며들었다.

"강을 건너고 언덕을 넘어, 마침내 윌리엄은 깊은 동굴에 도착했어요. 하지만 윌리엄은 또다시 난관에 부딪히고 말았어요. 커다란 돌들이 동굴 입구를 막고 있었던 거예요……."

아이는 몹시 집중했는지, 숨 쉬는 것도 잊은 듯 책 위에 코를 박고 있었다. 읽는 도중 힐끗 아이를 내려다본 아네트가 작게 웃음 지었다.

하이너는 딱딱하게 굳은 채 그 모습을 한참이고 바라보았다. 왜인지, 그들에게 다가갈 수가 없었다.

"아뇨, 필요 없어요. 차라리 잘됐어요."

건조하고 메마른 음성이 머릿속에서 겹쳐졌다.

"태어나지 않는 게 좋은 아이였어요."

그를 외면하던 창백한 얼굴과, 시트 위에서 짧게 경련하는 손끝…….

"어차피 무의미한 얘기예요. 이미 난 유산했고 앞으로는 아이를 가질 수 없으니까…… 나가 주세요. 혼자 있고 싶어요."

제가 그때 그녀에게 어떤 말을 했는지 상기해 낸 하이너의 눈가가 희미하게 떨렸다. 입양. 입양을 이야기했었다. 그녀를 조롱할 생각은 결코 아니었다. 그러나 뒤늦게서야 되짚어 본 제 말은 어리석고 이기적이기 짝이 없었다.

어째서 자신은 늘 오답만을 고르는 것일까.

제 생이 오답 속에서 태어났기 때문일까.

하이너는 눈을 느리게 감았다가 떴다. 아네트의 음성이 조금씩 고조되었다. 아이는 눈을 커다랗게 뜬 채 제 입을 막고 있었다.

"그때 동굴에서 커다란 사자가 튀어나왔어요! 입이 아주 커다랗고, 발톱이 아주 기다란 무시무시한 사자였어요."

그는 저도 모르게 하나의 가정을 떠올렸다.

아네트가 유산하지 않고, 아이를 무사히 낳아서, 그들 사이에서 아이가 자라나는……. 그러나 그 가정은 금세 어그러져 버리고 말았다. 태어나지 않는 게 좋은 아이였다는 아네트의 말은 틀리지 않았다. 그럼에도 하이너는 가슴 한쪽이 욱신거리며 아파 오는 것을 느꼈다.

그는 그들이 종장에 다다를 때까지 제자리에서 꼼짝도 하지 않았다. 아네트가 잔잔한 목소리로 마지막 문장을 읽었다.

"……그리고 그들은 오래오래 행복하게 살았답니다."

그제야 아이가 참았던 숨을 내뱉었다. 아네트는 까르르 웃으며 아이의 뺨을 툭 건드렸다.

"숨 좀 쉬면서 봐."

더없이 안온하고 따뜻해 보이는 광경이었다. 차마 다가갈 엄두도 나지 않을 만큼. 하이너는 저도 모르게 한 걸음 물러났다. 그때 인기척을 느낀 아네트가 고개를 들었다. 그를 보고 반가운 듯 얼굴에 화색이 돌았다. 그 반응에 하이너가 멈칫했다.

"하이너."

아네트가 눈매를 살포시 접으며 그를 불렀다. 그 부름이 그의 심장에 둔탁한 울림을 남겼다.

하이너는 제게 이름을 준 부모의 얼굴이 기억나지 않았다. 별다른 그리움이나 감흥도 없었다. 부모가 남긴 이름에 대해서도 마찬가지였다. 하지만 그녀가 자신을 부를 때면, 그는 제 이름이 굉장히 특별해지기라도 한 것 같은 기분을 느꼈다.

"거기서 뭘 하고 서 있어요?"

하이너는 머뭇머뭇 발걸음을 뗐다. 그들의 옆에 조심스레 몸을 앉히자, 아네트가 손을 입가에 대고선 작게 속삭였다.

"이 책을 지금 열 번도 넘게 읽어 주고 있어요. 꽂혔나 봐요."

하이너의 입매가 풀렸다. 그는 부드러운 눈길로 그녀를 응시했다.

"요제프, 이분 본 적 있지? 총사령관 아저씨야."

아네트가 그를 소개했지만, 아이는 긴장으로 몸을 굳힌 채 그와 좀체 눈을 마주치지 못했다.

"당신이 무섭나 봐요."

"……내가?"

"무섭게 생기기는 했어요."

하이너는 약간 당혹스러운 듯 제 뺨에 손을 댔다. 자신이 무섭게 생겼다고 생각해 본 적은 한 번도 없었다.

"당신은…… 내 얼굴을 좋아한다고 하지 않았습니까?"

"언제 적 이야기를 하는 거예요."

"6년 전까지만 해도……."

"잘생긴 거랑 무섭게 생긴 건 별개예요."

하이너는 이것을 좋아해야 할지 말아야 할지 헷갈렸다. 무섭게 생겼든 어쨌든, 그녀의 눈에 잘생겼다면 괜찮은 거 아닌가 싶었다.

"아무튼 요제프에게 인사해 줘요."

"……안녕."

"딱딱하기는."

돌연 아이의 어깨가 잘게 들썩이기 시작했다. 하이너는 제 인사가 뭔가 잘못됐는지 되짚어 보았지만, 두 글자뿐인 단어에 그런 게 있을 리 없었다.

몇 번의 들썩임이 더 이어진 후, 별안간 아이가 크게 재채기했다.

에취!

재채기와 함께 그의 가슴 부근에 침이 와르르 튀었다. 아이는 제가 해 놓고 놀랐는지 얼어붙었다. 하이너가 희미하게 미간을 좁히자, 아이는 겁먹은 얼굴로 히끅히끅 숨소리를 뱉기 시작했다. 아네트가 서둘러 아이의 어깨를 잡으며 말했다.

"괜찮아. 화 안 내실 거야, 맞죠? 화 안 내실 거죠?"

그런 뒤 아네트는 입 모양으로 그에게 무어라 지시했다. 대충 얼른 괜찮다고 말하라는 뜻인 듯했다. 치켜뜬 눈초리가 제법 매서웠다. 하이너는 제 의사 없이 고개를 끄덕였다.

"……괜찮다."

"괜찮대. 무서운 아저씨 아니야. 아저씨가 요제프를 얼마나 예뻐하는데. 착하다고."

그는 그런 말을 한 적이 없었다. 하지만 그냥 잠자코 있었다.

아네트가 아이를 달래며 손수건을 꺼내 아이의 입을 닦아 주었다. 하이너는 무심코 제 젖은 옷을 바라보았다. 이쪽이 더 시급해 보였지만, 아네트는 아이의 입만 닦아 주고선 손수건을 넣었다.

"우리 이제 뭐 할까?"

하이너는 저 '우리'에 자신이 포함되어 있는지 궁금했다. 아무래도 아닐 것 같았다.

요제프가 머뭇거리는 손길로 다시 책을 가리켰다. 같은 책을 읽어 달라는 듯했다. 질리지도 않나 싶었다.

"그럼 이번엔 아저씨한테 책 읽어 달라고 할까?"

아네트가 활짝 웃으며 고개를 들었다. 요제프도 망설이며 그를 바라보았다. 묘한 기대감이 어린 눈빛이었다.

하이너는 식은땀이 났다.

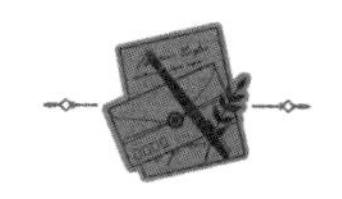

시간은 유수처럼 흘러갔다. 그 밤 이후로부터 열흘가량이 흘러 있었다. 그들에겐 지나치게 짧은 시간이었다.

가지 위에 매달린 꽃망울들이 전부 움텄다. 거센 바람이 불 때마다 꽃잎이 이슬비처럼 쏟아졌다.

그들은 춥고 혹독한 겨울의 전장에서 다시 만나, 봄의 한가운데를 함께 맞이했다.

온 세상에 꽃이 피는 계절이었다.

그리고 추축국의 군대가 체서 필드에 도착할 무렵, 아네트는 퇴원 준비를 마쳤다. 어스름한 새벽빛이 창가에 내려앉았다. 아네트는 병실 안을 한 바퀴 돌며 빠뜨린 것이 없는지 확인했다.

어젯밤 요제프와도 마지막 인사를 마쳤다. 갈 곳이 고아원뿐인 아이였기에, 여건만 된다면 데려가고 싶은 마음이 굴뚝같았다. 그러나 당장 거처도 제대로 정해지지 않은 상황에서 함부로 정할 수도 없는 노릇이었다.

아쉬움을 애써 밀어 넣은 아네트가 시간을 확인했다. 아직 출발까지는 시간이 조금 남아 있었다.

이른 시간에 준비를 마친 것은 하이너와의 작별 인사를 위해서였다. 정신없이 바쁜 그를 기차역까지 오게 할 수는 없었다. 이곳에서 헤어지는 것이 맞았다.

"살아가겠죠. ……지금까지처럼."

문득 그의 담담하고 쓸쓸한 목소리가 연기처럼 떠올랐다가 흩어졌다.

그녀는 방 한가운데 멈추어 선 채, 커튼 사이로 스며드는 여명을 바라보았다. 마지막 날을 알리는 동이 터 오고 있었다.

이곳에서 헤어지는 것이, 맞았다.

아네트는 여명 앞에서 눈을 감으며 생각했다.

지금 그들이 그저 과거를 덮어 두고 웃으며 지낼 수 있는 것은 — 미래를 가정하지 않았기 때문이다. 미래는 불확실하다. 그 불확실함 속에서 관계를 정립하는 건 그들에게 자해였다. 과거의 잔해에서 비롯된 끊임없는 의심과 불신과 원망이 그들을 괴롭힐 테니까……. 그들의 관계는 거짓 위에 세워졌고, 아네트는 그를 연인으로서 더 이상 신뢰할 수 없었다. 이건 그를 이해하고 용서하게 된 것과는 별개의 일이었다.

비단 그녀만의 문제는 아니었다. 아네트는 그가 자신을 '내 지옥 같은 삶에서 원했던 단 한 가지'라고 칭했을 때, 그들의 관계가 어째서 이렇게까지 어그러졌는지를 깨달았다.

하이너는 그녀를 생의 목적으로 삼고 있었다.

그건 분명 정상적인 감정의 형태가 아니었다. 그들은 함께하는 것만으로 서로를 갉아먹게 될 것이다. 그러니 이쯤에서 마무리해야만 했다.

아네트는 눈을 떴다. 푸른 눈동자는 이전보다 조금 더 짙어져 있었다. 그녀는 손을 뻗어 커튼을 닫았다. 새벽빛이 천 하나를 두고 분리되었다. 그녀는 가방의 짐을 꾹꾹 눌러 담은 후 지퍼를 잠갔다.

빈 침대 위에 짐 가방과 목도리가 덩그러니 놓였다. 잠시 그 목도리를 바라보고 있는데, 바깥에서 묵직하고 절도 있는 발걸음 소리가 들려왔다. 아네트는 문 쪽으로 고개를 돌렸다. 예상대로 노크 소리가 이어졌다.

"들어가도 됩니까?"

"들어와요."

문이 열리고 장교복으로 완벽히 성장한 사내가 들어왔다. 아네트는 생긋 웃으며 그를 맞았다.

하이너의 시선이 그녀의 얼굴 위에 한참 머물러 있다가, 짐 가방으로 옮겨 갔다.

"벌써 마친 겁니까?"

"챙길 게 얼마 없어서 빨리 끝났어요."

"아무래도 기차역까지 배웅하는 게 좋을 것 같습니다. 회의는 좀 미뤄도……."

"무슨 말도 안 되는 소리예요. 그러다가 혁명이 일어나서 총사령관 자리에서 끌어내려지고 싶어요?"

"……농담 맞습니까?"

"농담이에요."

하이너는 웃어야 할지 말아야 할지 모르겠다는 얼굴을 했다.

"아, 그리고……."

아네트는 침대 위에 놓여 있던 목도리를 들어 그에게 내밀었다. 하이너도 그것을 알고 있었다. 그녀가 이곳에 머무르던 내내 뜨던 것이었다. 하이너는 제게 내밀어진 남색 목도리를 선뜻 받지 못하고 바라보기만 했다.

"오랜만이라 많이 미숙하지만…… 작별 선물이에요."

그녀가 머쓱하게 덧붙였다.

"봄에 목도리를 주려니 좀 이상하긴 하네요. 아무래도 돌아오는 겨울에 해야 할 것 같아요. 필요 없으면 버려도 되고……."

하이너는 고개를 저으며 목도리를 받아 들었다. 그의 손끝이 희미하게 떨리고 있었다. 얼마 후, 그가 애써 입꼬리를 올리며 중얼거렸다.

"……아까워서 못 하겠는걸."

아네트가 나직이 웃었다. 그 말을 끝으로 둘 사이에 어색한 침묵이 감돌았다. 하이너는 무언가를 간신히 억누르는 듯한 얼굴로 목도리를 만지작거리기만 했다.

"저—."

"아네트."

별안간 둘이 동시에 입을 열었다.

"당신 먼저 말해요."

"아니, 먼저 말하십시오."

"빨리요."

아네트가 재촉했다. 한참 동안 망설이던 하이너는 머뭇머뭇 바지 주머니에서 무언가를 꺼냈다. 그리고 그것을 아네트의 손에 쥐여 주었다.

"이게 뭐예요?"

액세서리를 넣을 법한 작은 파우치였다. 아네트는 파우치 입구를 열어 안을 확인했다. 천 안에서 반짝이는 무언가가 보였다. 일순 그녀의 표정이 굳어졌다.

"……그냥, 원래 당신 거였으니까."

하이너가 담담히 말했다.

"별 뜻은 없습니다. 가지든 팔든 마음대로 해요. 계속 당신에게 돌려주려고 했는데, 지금이 마지막 기회인 것 같아서."

미처 보석상에 처리하지 못했던 그들의 결혼반지였다. 아네트는 당황스레 그를 보았다. 관저에 보관되어 있던 것도 아니고, 여기까지 하이너가 들고 왔을 줄은 몰랐다.

"하지만 하이너, 이건 당신이 샀던 거고."

"내가 당신에게 준 거지."

그는 그녀의 말을 자르고선 덧붙였다.

"이것 역시 작별 선물이라고 생각하십시오."

"……고마워요."

아네트는 더 이상 고사하지 않고 조용히 받아 들었다. 그들의 많은 것이 담겨 있는 반지가 유독 무겁게 느껴졌다.

"하려던 말은 뭐였습니까?"

하이너가 조용히 물었다. 아네트는 말을 고르듯 입술을 달싹였다. 가까이 마주 선 얼굴이 서로를 응시했다. 그의 눈동자가 그녀를, 그녀의 눈동자가 그를 담았다. 몇 꺼풀 아래에서 수많은 마음이 일렁거렸다.

이윽고 아네트가 마지막 고백을 꺼냈다.

"……하이너, 당신은 내가 '진짜' 당신을 사랑하지 않았을 거라고 했지만."

그녀는 부디 자신의 진심이 전달되기를 바라며, 한 자 한 자 감정을 눌러 담아 말했다.

"나는 당신이 생각하는 것보다, 훨씬 더 당신을 사랑했어요."

그의 눈동자가 크게 흔들렸다.

"그러니 만일 그때 당신이 내게 당신의 모든 것을 보여 주었더라도…… 나는 당신을 사랑했을 거예요."

"……."

"당신은 사랑받아 마땅한 사람이에요. 당신이 행복하길 바라요."

아네트는 눈을 감았다가 떴다. 그의 눈동자 속에서는 여전히 자신이 있었다. 그 안에서 그녀가 희미하게 미소 지었다.

"잘 있어요, 하이너."

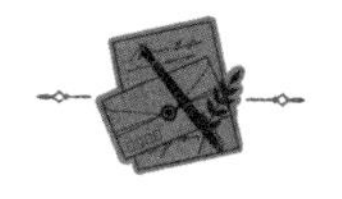

"이쪽으로 서 주세요!"

아네트는 길게 늘어진 수송차 줄의 뒤에 섰다. 수도 없이 수송차를 타고 전선을 옮겨 다녔지만, 이번은 유독 감회가 남달랐다. 마지막이기 때문일까. 종군 간호사로서의 신분도, 그와의 관계도.

아네트는 뒤돌아 병원 건물을 바라보았다. 꽃잎 몇 장을 싣고 온 봄바람이 그녀의 치맛자락을 흔들었다. 이곳에선 병원 건물의 창문밖에 보이지 않았다. 그럼에도 그가 자신을 지켜보고 있을 거라는 기묘한 확신이 들었다.

"안쪽으로 좀 더 들어가 주세요! 곧 포츠만 역으로 출발합니다!"

아네트는 다시 몸을 돌렸다. 그리고 떨어지지 않는 걸음을 억지로 뗐다. 바람에 휘날리는 치맛자락이 마치 앞을 가로막듯 다리를 휘감았다.

"여기까지 타겠습니다. 다른 분들은 다음 수송차를 타 주세요!"

아네트는 행렬에 휩쓸리듯 마지막으로 수송차에 몸을 실었다. 곧 차가 덜컹거리며 출발했다. 그녀는 병원 건물을 바라보며 소리 없이 중얼거렸다.

안녕. 내게 가장 소중했던 사람.

바퀴가 도로를 내달리기 시작했다. 그녀를 실은 차가 포츠만 병원에서 서서히 멀어져 갔다. 병원 건물이 점이 되어 사라질 때까지 아네트는 고개를 돌리지 않았다.

그녀를 뒤따르던 봄바람이 길 한가운데서 멈추어 제자리를 맴돌았다.

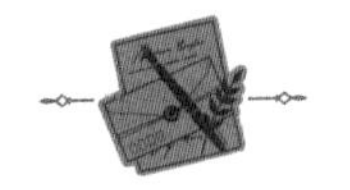

체셔 필드 전쟁에 관한 전략 회의는 예정보다 일찍 끝났다. 병실로 돌아올 무렵, 하이너는 포츠만 역으로 향한 기차가 계속 연착되고 있다는 소식을 들었다. 그는 의자에 앉아 곱게 개어진 목도리를 한참 동안 응시했다. 가슴속이 텅 빈 듯 공허했다.

"봄에 목도리를 주려니 좀 이상하긴 하네요. 아무래도 돌아오는 겨울에 해야 할 것 같아요."

하이너는 손을 뻗어, 목도리의 표면을 가만가만 만져 보았다. 부드럽고 따뜻한 느낌이 손끝에 전해졌다.

이번 겨울이 오기까지 살아야 할 이유가 생겼다.

그에게 생이란 언제나 살아 나가는 것이 아니라 연명하는 것이었다. 그리고 이렇게 또 생이 연장되었다. 하이너는 목도리 위에 손을 얹은 채 고개를 떨구었다. 까마득히 긴 생의 무게와 그녀가 남기고 간 잔상들이 그를 짓눌러 왔다.

앞으로 제게 남은 것이 있을까.

"사람에게 행복의 양이 정해져 있다면, 나는 이미 그걸 과거에 전부 누렸다고 생각해요."

제게 주어진 행복의 양은 얼마일까.

그는 천천히 제 삶을 되짚어 보았다. 깜깜한 어둠 속에서 고통뿐인 시절들이 지나가고 또 지나갔다. 회상의 끝자락에 남은 것은 또다시 그 장미 정원이었다.

또다시 그녀였다.

"하이너, 이리 와 봐요."

"아하하, 이거 또 나한테 주는 거예요? 이러다 꽃에 파묻혀서 죽겠다."

"내일 뭐 할 거예요? 나 안 만날 거예요?"

"사랑해요."

"사랑해요, 하이너."

모든 게 거짓이었을지언정, 그의 생에 가장 행복했던 순간순간의 장면이 텅 빈 방을 채웠다. 영원히 그 순간에 박제된 채 살아가고 싶었던 나날들이었다.

목도리 위에 놓인 그의 손에 힘이 들어갔다. 손등 위로 굵은 핏줄이 섰다. 부르는 것만으로 애타는 이름이 입 안에서 흩어졌다.

아네트.

사람에게 행복의 양이 정해져 있다면, 나는 당신을 껴안고 사랑을 속삭이던 시절에 그걸 전부 써 버렸을 거야. 어둡게 가라앉아 있던 회색 눈동자에 일순간 이채가 돌았다.

사랑을 속삭이던 시절에…….

하이너의 손이 굳어졌다. 그는 멍한 얼굴로 목도리를 다시 바라보았다. 그리고 떨리는 손을 들어 천천히 제 얼굴을 쓸어내렸다. 떨어지는 팔뚝 위로 손목시계가 보였다. 분침은 25분을 가리키고 있었다. 그가 자리에서 벌떡 일어났다.

그녀에게 해야 하는 말이 있었다.

외투를 챙길 새도 없이 정신없이 병실을 나섰다. 다급한 구둣발 소리가 복도 위를 울렸다. 빠르게 이어지던 걸음은 이윽고 뜀박질로 바뀌었다.

그녀에게 전해야만 하는 말이 있었다.

하이너는 로비로 뛰어 내려왔다. 사람들의 시선이 쏠리는 것도 아랑곳하지 않았다. 이 순간 단 한 가지 문장만이 머릿속을 가득히 메웠다.

아네트.

나는, 나는 당신을…….

병원 입구에 다다른 그가 문을 열어젖혔다.

봄바람이 쏟아졌다.

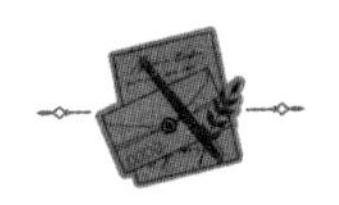

기차역 안에는 사람들이 가득했다. 아네트는 인파 가운데서 짐가방을 들고 서 있었다. 기차가 당초에 안내되었던 시간보다 훨씬 더 연착되고 있었다.

"무슨 일이래요?"

"공사 때문인지 다른 철길로 변경해서 온다는 모양이에요."

"요즘 연착이 유독 잦네요……."

"어쩌겠어요. 상황이 이러니."

사람들이 술렁거렸다. 해도 해도 심하다는 짜증 섞인 목소리들이 간간이 들려왔다.

주변을 잠시 둘러보던 아네트는 벽 쪽으로 자리를 옮겼다. 그리고 짐을 끌어안은 채 쭈그려 앉았다. 오랫동안 서 있었더니 다리가 아팠다. 눈앞으로 사람들이 정신없이 지나갔다. 아네트는 고개를 들어 벽에 기대며 푸른 하늘을 바라보았다.

역에서 기차를 기다리고 있으려니 정말로 그를 떠나왔다는 실감이 났다. 그녀는 괜히 짐을 힘주어 끌어안았다. 이게 맞는 길이라는 걸 알지만, 가슴 한편이 아픈 것은 어쩔 수가 없었다.

완벽한 선택 같은 건 없다. 최선의 선택을 할 뿐이었다. 이게 최선의 선택임을 확신하는데도, 자꾸만 다른 가정을 하게 되었다. 가령, 우리가 함께한다는 이유만으로 맞아야 할 모든 아픔과 상처를 견디고 감수할 수는 없었을까 하는. 그냥 그렇게, 불투명한 미래를 향해 함께 나아갈 수는 없었을까…….

문득 다리에서 기척이 느껴졌다. 아네트는 옆을 확인했다. 목줄을 맨 개가 꼬리를 흔들며 그녀에게 코를 들이밀고 있었다. 까만 코가 킁킁거리며 움직였다. 그녀는 작게 미소 지으며 개를 쓰다듬어 주었다. 손에 따스하게 감겨 오는 온기에, 어쩐지 눈물이 날 것 같았다.

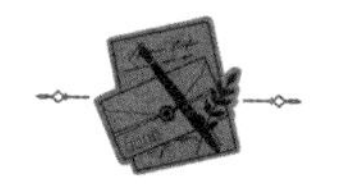

차량 징발로 텅 빈 길 위를 차 한 대가 내달렸다. 핸들을 쥔 손에는 힘이 잔뜩 들어가 있었다. 하이너는 손목시계를 힐끗 보았다.

8시 42분.

기차는 긴 연착 끝에 10시 5분에 도착할 예정이라고 했다. 쉼 없이 달려야 아슬아슬하게 맞출 만한 시간이었다. 아니, 사실 시간을 맞추지 못할 확률이 더 높았다. 하지만 그에겐 선택지가 없었다. 그녀가 자신을 길고 어두웠던 터널 밖으로 이끌어 냈다. 이제는 자신이 가야 할 차례였다.

8시 58분.

바깥의 풍경들이 차창을 빠르게 지나쳤다. 시야 너머로 길이 끊이지 않고 이어져 있었다. 저 길 끝에 있을 여자를 향해, 그는 자백과도 같은 말을 토해 냈다.

아네트.

아네트 로젠베르크.

이제 알았다. 이제야 알았다. 왜 내가 당신을 놓지 못했는지.

나를 망치고 내가 망친 당신이, 왜 끝내 내게 가장 소중한 사람으로 남았는지.

하이너는 액셀을 지그시 눌러 밟았다. 차가 더욱 속도를 냈다. 길이 험한 탓에 차체가 심하게 덜컹거렸다.

9시 24분.

돌이켜 보면, 당신으로 인해 얻은 나의 고독과 슬픔과 고통마저도— 머나먼 길 끝에선 내게 다른 무언가가 되어 있었다. 내 안에 켜켜이 쌓인 모든 생의 파편들이 전부 당신을 비추고 있어.

이 마음을 하나의 말로 표현할 수는 없었다. 그 여자에 대한, 이 짙고 기형적인 온갖 감정들을…… 고작 문장 하나에 집어넣을 수는 없었다.

그럼에도 정녕 당신에게 닿아야만 하는 한 가지 말이 있다면.

9시 47분.

하이너는 이를 악물었다. 이윽고 그가 소리 없는 고백을 내뱉었다.

당신을 사랑해.

내가 당신을, 당신과 나의 모든 과거에도 불구하고, 내가 망가뜨려 버린 모든 것에도 불구하고, 더는 나아갈 수 없는 우리의 미래에도 불구하고.

당신을 사랑해.

당신을 사랑했던 내 모습은 거짓이 아니야. 당신이 사랑했던 나는 거짓이 아니고, 내 사랑도 거짓이 아니야.

나는 당신을 사랑하고 싶었다. 아무 죄책감 없이, 아무 흠도 없이, 그냥 그 꿈같은 시절에 박제된 채 마냥 당신을 사랑하고 싶었다. 사실 언제나 그랬던 거야. 그 사실을 내가 너무 늦게 알았지.

9시 56분.

저 멀리 포츠만 기차역이 보였다. 그러나 기차역 주변은 군용 차량과 마차로 붐비는 탓에 더 이상 속력을 낼 수가 없었다. 하이너는 결국 길가에 차를 세웠다. 모자를 깊게 눌러쓴 후, 차에서 내려 기차역을 향해 달리기 시작했다. 손목시계의 분침이 정각을 가리켰다. 인파가 시야 바깥으로 스쳐 지나갔다. 소란으로 가득한 온 세상이 고요하게만 느껴졌다. 흐트러진 제 숨소리만이 귓가에 선명할 뿐이었다.

기차역 안으로 들어선 하이너가 정신없이 주위를 둘러보았다. 그는 지나가는 역무원을 붙잡고 다급히 물었다.

"10시 5분, 신시어로 가는 론체스터행 기차가 오는 플랫폼이 어딥니까?"

약간 당황하는 듯하던 역무원이 손가락으로 방향을 가리켰다.

"론체스터행이면 저쪽 입구……."

"감사합니다."

하이너는 역무원의 말을 끝까지 듣지도 않고 그곳으로 달려갔다. 이미 기차는 역에 도착한 상태였다. 플랫폼은 기차를 타려는 사람들로 바글바글했다.

10시 3분.

그는 인파를 헤치며 아네트를 찾았다. 그러나 아무리 헤매고 또 헤매도 낯선 얼굴들만 가득할 뿐이었다. 역무원이 크게 소리쳤다.

"기차 곧 출발합니다! 어서 탑승해 주세요!"

사람들의 수가 조금씩 줄어 갔다. 하이너는 기차 창가에 앉은 사람들의 얼굴을 하나하나 확인하기 시작했다. 미칠 것처럼 목이 탔다. 기차가 출발하려는 듯 치이익 하는 소리를 냈다. 그는 거칠게 숨을 몰아쉬며, 창가를 따라 걷다가 뛰기를 반복했다.

10시 5분.

기차의 꼬리 칸에 다다라서야, 익숙한 옆모습이 시선 끝에 잡혔다. 일순간 그의 호흡이 멈추었다. 창가에 앉은 아네트는 고개를 숙인 채 눈을 내리깔고 있었다. 하이너는 다급히 달려가 창문을 두드렸다. 무표정한 얼굴의 아네트가 무심코 고개를 돌렸다. 바로 다음 순간, 그녀의 눈이 확 커졌다.

하이너?

아네트의 입 모양이 말했다.

그녀는 서둘러 창문을 열었다. 잠깐의 경악 후, 믿을 수 없다는 듯한 목소리가 흘러나왔다.

"하이너! 왜 여기……."

"아네트, 당신에게 할 말이 있습니다."

기차의 칙칙거리는 소리가 점차 커졌다. 그 소음의 한가운데서, 하이너는 서두를 전부 생략한 채 빠르게 말했다.

"당신과 함께했던 시간이 내 삶에서 가장 행복하고 소중했던 시절이었습니다. 그 시절은 거짓이 아니었습니다. 그건 사실 내 진심이고 내 전부였습니다, 아네트."

"……."

"나는 사실, 언제까지고 당신과 함께…… 그렇게 살아가고 싶었습니다. 당신을 원망하고 증오하던 때에도 나는 당신을 사랑하지 않은 적이 없었어."

아네트는 놀란 얼굴로 그를 바라보기만 했다. 기차가 서서히 출발하기 시작했다.

"아네트, 당신을 사랑해."

가쁘게 차오르는 호흡 속에서 그는 간절히 고백했다.

"내 온 마음을 다해서."

커다란 증기 소리가 울려 퍼졌다. 기차가 앞을 향해 나아갔다. 하이너는 그 방향으로 걸음을 옮기며 다시 한번 말했다.

"내 온 생을 다해서."

그건 사랑이었다고.

머나먼 길 끝에 돌아와 본 폐허에는 결국 사랑이 있었다고.

칙칙거리며 바퀴가 돌아갔다. 기차가 점점 속도를 더해갔다. 하이너는 기차를 따라 빠르게 걷기 시작했다.

"당신을 내게 붙잡아 두려는 게 아닙니다. 단지 우리의 시절이, 우리가 함께했던 시간이 온전히 거짓이 아니었다는 걸 말하고 싶었습니다. 당신에 대한 사랑이 거짓이 아니었다는 걸. 그러니까……."

"……."

"더는 당신이 너무 아프지 않기를, 당신이 행복하길 바랍니다. 아네트, 당신은 내게 가장 소중해."

"……."

"이런 나를 사랑해 줘서 고마웠어."

목이 멨다. 그는 미소 지어 보이려고 애썼으나 입꼬리가 자꾸만 떨려 오는 탓에 실패했다.

기차가 더욱 속도를 냈다. 하이너는 그녀를 좇아 달렸다. 그가 한평생 그래 왔던 것처럼. 그러나 이제는 정말 마지막으로. 하이너는 흔들리는 시야 속에서, 그 아름다운 얼굴을 담고 또 담았다. 온 세상에 둘만 남은 것처럼 그들은 서로를 응시했다.

멍하니 그가 하는 말을 듣던 아네트가 입술을 달싹였다. 혼란으로 얼룩져 있던 얼굴이 이내 어떤 결심으로 굳어졌다.

"……편지할게요."

그녀의 말은 기차의 증기 소리에 반쯤 묻혔다.

그러나 하이너는 분명히 들을 수 있었다. 그녀의 말이 무엇을 뜻하는지도 알 수 있었다. 온몸의 피가 역류하는 것처럼 강렬한 감각이 등줄기를 내달렸다.

"아네트, 당신에게……."

소음 가운데서 그는 마지막 힘을 다해, 쉰 목소리로 소리쳤다.

"당신에게 승리를 안겨 주겠습니다!"

한계에 다다른 숨이 터질 것처럼 차올랐다. 아네트가 그를 향해 손을 뻗어 왔다. 그 순간 기차의 칙칙거리는 소리가 커졌다. 하이너는 그녀의 손을 잡으려고 했으나, 손끝만 스치는 데 그쳤다. 동시에 다리에 힘이 풀렸다. 기차가 빠르게 앞서 나갔다. 그녀의 손이 점점 멀어졌다. 요란한 증기 소리가 그들 사이를 가로막았다.

창문들이 그를 스쳐 지나갔다. 이윽고 그녀는 완전히 보이지 않게 되었다. 얼마간 힘 빠진 다리로 느리게 달리던 그가 멈추어 섰다. 텅 빈 플랫폼 안에 칙칙거리는 소리만이 잔설처럼 남았다. 하이너는 비틀거리며 서서 멀어져 가는 기차를 하염없이 바라보았다.

사랑해.

아무리 전해도 모자란 고백이 입 안을 맴돌았다.

사랑해.

점처럼 보이던 기차는 곧 소리마저 남기지 않고 사라졌다. 그럼에도 하이너는 오랫동안 그곳을 떠나지 못했다. 햇살이 그가 선 자리를 비추었다.

당신을 사랑해.

그늘진 나날마저 전부 내겐 기적이었다.

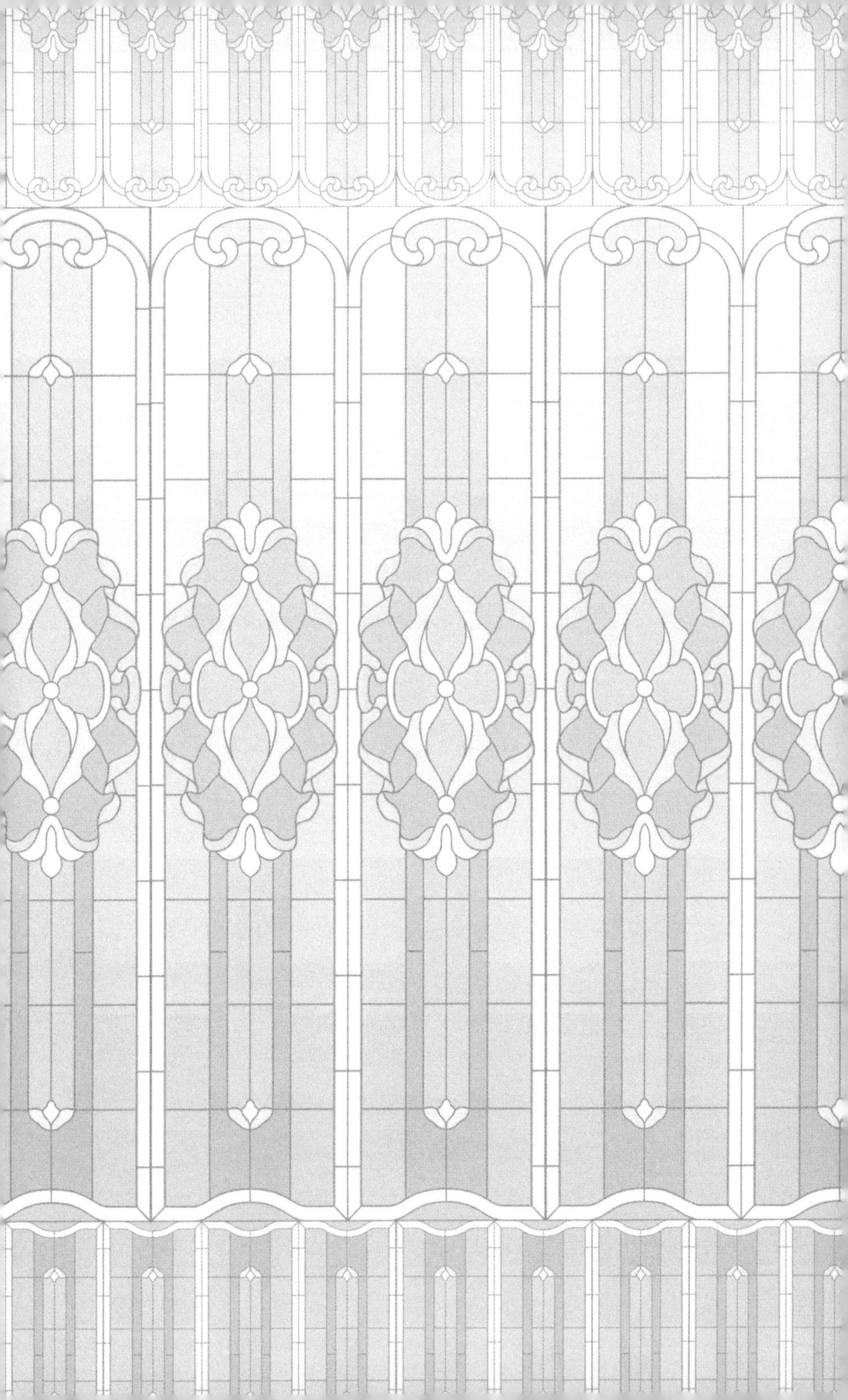

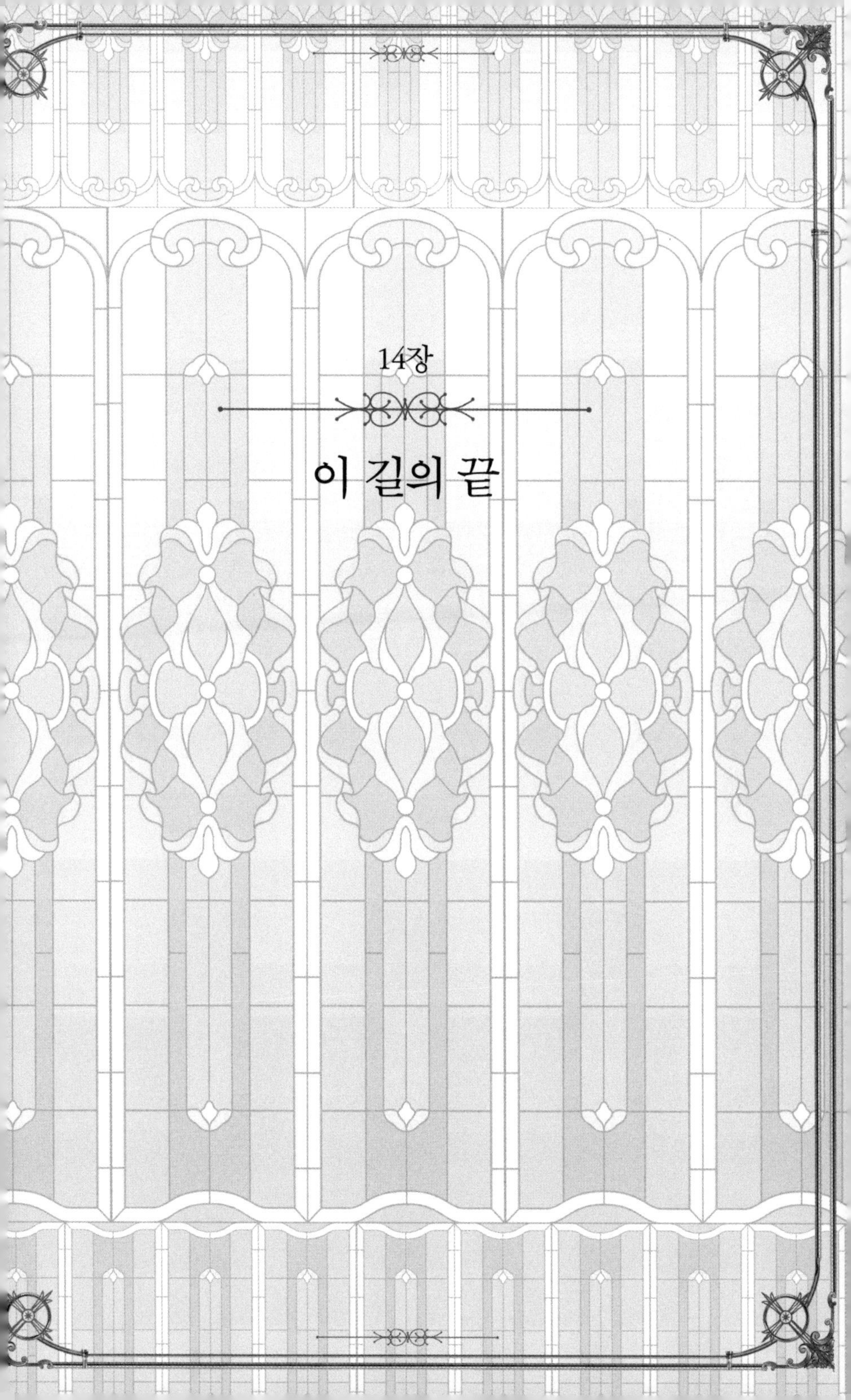

14장

이 길의 끝

AU 716년.

그들의 결혼식은 론체스터 중심부에 위치한 맨헤른 교회에서 열렸다. 양 벽을 거대한 스테인드글라스가 빼곡하게 채우고 있는, 수도에서 가장 크고 호화로운 교회였다. 예배당 안은 차려입은 하객들로 빈자리 없이 가득했다. 전부 디트리히 후작의 인맥이었다. 신랑의 혼주석은 비어 있었다.

공장 노동자들을 중심으로 일어났던 혁명으로 어수선한 시기였지만, 하객들의 얼굴에는 그 어떤 근심도 걱정도 없어 보였다. 하이너는 낯 아래로 경멸을 감추었다. 그리고 밝은 미소를 그려 냈다. 오늘만큼은 세상에서 가장 행복한 신랑이어야만 했다.

사회자가 신부의 입장을 알렸다. 하이너는 단상 앞에 꼿꼿이 선 채, 길 끝에서 걸어오는 희고 눈부신 인영을 바라보았다. 꽃길을 따라 그의 신부가 그에게로 걸어왔다. 그녀는 디트리히 후작의 손을 잡고 있었다. 하얀 꽃다발을 든 베일의 신부는 흠 없이 성결해 보였다.

그 앞에서 하이너는 알 수 없는 공포를 느꼈다. 그녀는 겁이 날 만큼 아름답고 깨끗해 보였다. 가슴의 낙형이 욱신거리며 통증을 호소했다.

이윽고 신부가 단상 앞에 당도했다. 하이너는 디트리히 후작에게서 그녀의 손을 넘겨받았다. 흰 레이스 장갑에 싸인 손은 함부로 만져서는 안 될 것만 같은 기분을 들게 했다.

신랑과 신부가 서로를 보고 마주 섰다. 하이너는 옅게 떨리는 손을 뻗어, 그녀의 베일을 조심스레 넘겼다. 베일을 따라 희고 긴 목과 갸름한 턱선, 붉은 입술과 발그레한 뺨, 그리고 깊은 바다처럼 푸른 눈동자가 차례로 드러났다. 그의 신부가 수줍게 웃었다. 눈앞에 들어찬 숭고한 얼굴 앞에서, 하이너는 소리 없이 신음했다. 이중적인 감정이 마구잡이로 얽혔다.

저토록 순백한 여자를 망가뜨리고 싶다.

혹은 그저 이 손을 잡고 먼 곳으로 도망가 버리고 싶다.

이 화려하고 행복한 세상을 그녀에게서 빼앗고 싶다.

혹은 그저 이 소란하고 가혹한 세상에서 함께 멀어지고 싶다.

그저, 그저 서로가 서로에게 전부인 곳으로…….

그들은 단상을 보고 섰다. 목사의 주례가 이어졌다. 하이너는 연기처럼 일렁거리는 감정들을 수면 아래로 애써 가라앉혔다.

"신랑 하이너 발데마르 군에게 묻습니다. 주님과 이곳의 증인들 앞에서 신부 아네트 로젠베르크 양을 그대의 아내로 맞이하여, 혼인의 법도를 따라 살아가는 동안 서로를 존중하고 사랑하며 남편의 도리를 다할 것을 맹세합니까?"

"맹세합니다."

"신부 아네트 로젠베르크 양에게 묻습니다. 주님과 이곳의 증인들 앞에서 신랑 하이너 발데마르 군을 남편으로 맞이하여, 혼인의 법도를 따르며 살아가는 동안 서로를 존중하고 사랑하며 아내의 도리를 다할 것을 맹세합니까?"

"맹세합니다."

"이로써 두 사람은 주님 앞에서 부부가 될 것을 약속하였습니다. 아름다운 서약과 거룩한 언약을 따라, 이 두 사람이 합법적으로 맺어진 부부가 되었음을 선언합니다."

목사의 선언에 뒤이어 관객들이 일제히 손뼉을 쳤다. 아네트가 피어나는 꽃망울처럼 활짝 웃으며 그를 돌아보았다. 그들은 서로의 약지에 결혼반지를 끼워 주었다. 하이너는 같은 반지가 반짝이는 그들의 손을 잠시 바라보다가, 고개를 기울여 장밋빛 입술에 입 맞추었다.

"……사랑해."

떨어지는 입술 사이로 그가 속삭였다.

"당신을 사랑해, 아네트 발데마르."

진실과 거짓이 이 순간 모호해졌다. 까마득한 추락과도 같은 고백을 입술로 내뱉을 뿐이었다. 환히 웃는 신부의 얼굴을 시야에 가둔 채.

스테인드글라스 안으로 쏟아진 햇빛이 둘을 찬란하게 물들였다. 그들은 다시 한번 키스했다. 종소리가 예배당 안을 채웠다.

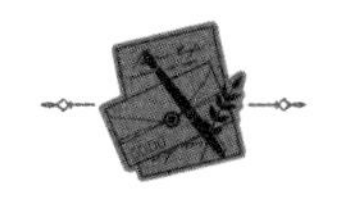

아이는 어두운 병원 복도의 의자에 앉아 있었다. 의자 아래에서 짧은 다리가 달랑달랑 움직였다.

하이너는 몇 발자국 떨어진 곳에서 아이를 조용히 바라보았다. 요제프는 혼자 책을 읽고 있었다. 그 옆모습이 유독 작고 외롭게 느껴졌다.

전쟁 통에 부모를 잃은 아이는 충격으로 말을 하지 못했다. 일시적인 증상인지 영구적인 증상인지는 의사도 확신할 수 없다고 했다. 보호자가 없으니, 원래는 진작 고아원으로 옮겨졌어야 하는 아이였다. 아네트가 마음을 쓰는 것 같아 이곳에 더 머물게 했을 뿐.

하이너는 아이가 놀라지 않도록 약간 기척을 냈다. 요제프가 고개를 들었다. 그는 천천히 아이에게 다가가, 조심스레 그 옆에 몸을 앉혔다.

"……또 그 책인가?"

〈윌리엄의 모험〉인가 뭔가 하는 책이었다. 하이너는 미간을 약간 좁히려다, 제가 무섭게 생겼다는 아네트의 말을 상기하고선 표정을 풀었다.

"안 질려?"

요제프가 고개를 도리도리 저었다. 같은 이야기를 수십 번은 더 읽었을 텐데 질리지도 않는다니. 역시 아이란 이해할 수가 없었다. 어째서인지 요제프는 그를 어려워하는 것 같기는 해도 더 이상 경계하지 않았다. 하이너는 그 이유가 아네트 때문이라고 생각했다.

이 작은 아이는 이제 완벽히 혼자가 되었다. 그리고 그는 이 애의 친구였던 아네트와 그나마 연관이 있는 사람이었다.

하이너는 요제프의 동그란 머리를 잠시 내려다보았다.

"……책을, 읽어 줄까?"

그리고 평소의 그라면 절대 하지 않았을 말을 내뱉었다. 지난번 아네트가 아이에게 책을 읽어 달라고 했을 때, 그는 핑계를 대고 그 자리에서 도망쳤었다.

요제프의 얼굴에 화색이 돌았다. 아이는 고개를 끄덕이며 냉큼 그에게 책을 내밀었다. 하이너는 제가 물어 놓고서도, 영 석연찮은 표정으로 머뭇거리다가 책을 받아 들었다.

"……옛날 옛날에, 그란델 왕국에는 한 전설이 있었습니다."

동화의 내용은 별것 없었다. 어느 시골에 사는 망나니 윌리엄은 행복을 찾아 준다는, 세상에서 단 하나뿐인 꽃에 대한 전설을 듣게 된다.

"윌리엄은 꽃을 찾아 한 계절 내내 산을 넘고 강을 건넜어요."

망나니 윌리엄은 북쪽으로 모험을 떠나, 온갖 고생을 다 해 꽃을 찾아낸다.

"그리고 윌리엄은 눈이 쌓인 산꼭대기에서 마침내 행복의 꽃을 발견했어요."

하지만 너무나 아름답게 피어난 꽃을 차마 꺾지 못하고 걸음을 돌린다.

"긴 모험 끝에 윌리엄은 집으로 돌아왔어요. 가족은 아주 오랫동안 집을 나가 있었던 망나니 윌리엄을 눈물로 맞아 주었답니다."

그에게 가까이 붙은 아이의 숨소리가 색색거렸다. 하이너는 덤덤한 음성으로 책을 읽어 나갔다.

"윌리엄은 가족의 품에서 큰 행복을 느꼈어요. 그는 망나니처럼 살았던 과거를 후회하며, 부모님을 도와 열심히 농사를 지었어요."

상황을 생생하게 재현하던 아네트에게는 한참 못 미치는 구연이었다. 하이너도 그것을 알았지만, 그로서는 이게 최선이었다.

"그리고 그들은 오래오래 행복하게 살았답니다."

고저 없는 목소리가 동화의 마침표를 찍었다. 이어 적막이 흘렀다. 하이너는 슬쩍 아이의 눈치를 보았다. 스스로 생각하기에도 더럽게 재미없는 구연이었지만, 요제프는 나름대로 만족한 얼굴이었다.

"……재밌었나?"

요제프가 고개를 끄덕였다. 그는 아이가 글을 읽거나 쓸 줄 아는지 궁금했다. 계속 이렇게 책을 읽어 줘야 한다면 조금 곤란할 것 같았다.

"아네트가 보고 싶지 않아?"

아이가 입술을 움찔거렸다. 보고 싶다는 말인 듯했다.

"나도."

하이너는 나지막이 중얼거렸다. 그러다 생각났다는 듯 요제프에게 물었다.

"혹시 아네트가 네게 편지를 쓰겠다는 말을 했어?"

요제프는 이전보다 힘차게 여러 번 고개를 끄덕였다. 그에 하이너의 얼굴이 약간 모호해졌다.

"……내가 유일한 게 아니었군?"

왜인지 허탈한 기분이 들었다. 어린아이를 상대로 이러는 게 유치하다는 건 알았지만 어쩔 수 없었다.

그러나 그의 입가에는 옅은 미소가 떠올라 있었다. 병원 전등이 몇 번 깜빡거렸다. 하이너는 아이의 머리를 쓱쓱 쓰다듬어 주었다.

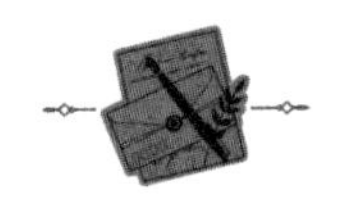

"신시어 역에 도착합니다! 신시어에서 내리실 분은 이번 역에서 내리시면 됩니다!"

기차 안이 금세 부산스러워졌다. 짐을 챙긴 아네트는 창밖의 신시어를 바라보았다. 전쟁 때문인지 폭격 때문인지 이전보다 황량한 느낌이 들었다. 폭격이 일어난 이후, 주요 시설부터 복구 작업이 진행되어 현재는 거의 완료 상태라고 했다. 그러나 시가지는 여전히 손도 대지 못한 곳이 대부분이었다.

기차에서 내린 아네트는 신시어 구시가지로 향하는 동승 마차를 잡았다. 함께 마차에 탄 동행인이 그녀를 알아보고선 인사를 건네 왔다.

"어머, 안녕하세요."

"아…… 안녕하세요."

"릴리 서벗이라고 해요."

"아네트입니다."

"알아요."

여자가 후후 웃으며 그녀에게 악수를 청했다. 아네트는 어색하게 릴리의 손을 잡았다. 동시에 마차가 덜컹거리며 출발했다.

"최근 유명 인사시던데요."

"……그런가요? 근래 신문을 잘 보지 않아서."

"제가 본 건 좋은 쪽의 기사였으니 걱정하지 않으셔도 돼요. 어디로 가세요?"

"구시가지 쪽으로 가요."

"구시가지? 가드포드 스트릿 쪽이요? 그곳에 사시는 건가요?"

"아뇨, 지인이 거기에 살아서요. 오랜만에 찾아가는 거예요. 연락이 되질 않더라고요."

"아……."

릴리의 표정이 약간 흐려졌다. 그녀는 잠시 망설이는 듯하다 입을 뗐다.

"신시어에 폭격이 있었던 건 아시죠?"

"네, 들었어요. ……혹시 구시가지 쪽에도 폭격이 있었나요?"

"폭격이야 골고루 있었죠. 그런데 아시다시피 신시어 자체가 시가지가 밀집된 구역이니까요. 오랜만에 찾아가시는 분한테 안 좋은 말을 하고 싶지는 않지만……."

"괜찮아요. 말씀해 주시면 저야 감사하죠."

"구시가지 쪽이 피해가 심했어요. 죄 오래된 건물들이라 방공호도 마땅찮았고. 혹시 찾아가시려는 곳이 피해 지역이라면, 사이먼 애비뉴에 있는 난민 캠프 쪽을 찾아가 보세요."

그녀의 말을 듣던 아네트의 표정이 급격히 나빠지는 것을 알아챘는지, 릴리가 급히 덧붙였다.

"건물 피해가 심했지 인명 피해 자체는 그렇게까지 심하지 않았어요. 다들 무사하실 거예요."

"……네. 그럴 거예요. 알려 주셔서 정말 감사해요."

"뭘요. 전선에서 봉사하다 오신 분인데."

치마 위에 올려져 있던 아네트의 손등 위로, 릴리가 제 손을 올렸다. 낯선 이의 온기는 생각보다 따뜻했다.

마차가 덜컹거렸다. 릴리는 미소 지으며 말했다.

"그동안 고생하셨어요."

신시어의 구시가지에는 끔찍했던 폭격의 참상이 고스란히 남아 있었다. 아네트는 너무나 낯설어진 동네를 두리번거리며 걸음을 옮겼다. 천장과 벽이 무너진 건물들이 눈에 띄었다. 곳곳에서 복구 작업을 진행하고 있긴 했으나 영 속도가 더딘 듯했다.

아네트는 거리 안쪽으로 들어섰다. 한 여자가 무너진 벽 위에 앉아 책을 읽고 있었다. 아네트와 눈이 마주치자, 그녀는 좋은 오후

라며 인사를 건넸다.

"……좋은 오후예요."

맞인사하는 아네트의 옆으로, 공을 차는 아이들이 와르르 뛰어갔다. 처참하게 변해 버린 동네에서도 여전히 사람들은 살아가고 있었다. 여전히 삶은 이어지고 있었다.

아네트는 그로트 가의 집이 위치한 거리로 들어섰다. 거리 초입의 건물 두 개는 완전히 붕괴된 채였다. 그 장면을 보자 가슴이 선득해졌다. 그녀는 걸음을 조금 더 빨리했다. 곧 시선 끝에 익숙한 주택의 모습이 잡혔다. 다행히 겉으로 보기에 크게 피해를 입은 것 같지는 않아 보였다.

주택 앞에 다다른 아네트가 문을 두드렸다. 혹시라도 안에서 낯선 이가 나오면 어쩌나 하는, 불길한 상상들이 떠올랐다. 오래 지나지 않아 안에서 발걸음 소리가 들렸다. 아네트는 짐 가방을 든 손에 힘을 주었다. 곧 문이 열렸다.

문틈으로 익숙한 얼굴이 드러났다. 상대를 확인하자마자, 긴장이 탁 풀렸다. 놀란 표정의 남자가 얼떨떨하게 입을 열었다.

"……아네트?"

잠시 상황 파악이 안 되는 듯 눈을 끔벅거리던 브루너의 표정이 서서히 밝아졌다. 그가 와락 아네트를 끌어안았다.

"이게 누구야!"

"브루너……!"

"어디 얼굴 좀 봅시다!"

브루너는 아네트의 뺨을 붙잡고 이리저리 돌려 가며 확인했다. 그가 약간 떨리는 목소리로 말했다.

"얼굴이 다 상했네."

"다들 힘든 시기였잖아요."

"신문은 봤어요. 대체 무슨 말도 안 되는 짓을 하고 온 겁니까?"

"말도 안 되는 짓이라뇨."

아네트는 가볍게 웃어넘겼다. 그러나 브루너는 짐짓 화난 얼굴로 목소리를 낮게 깔았다.

"지금 화가 나는 점이 한두 개가 아닌 것 알죠? 말도 없이 가 버리는 게 대체 어딨습니까? 갔으면 안전하게 있기나 하던가!"

"이렇게 반응할까 봐 그랬어요."

"하아……. 그래도 무사해서 정말 다행이네요. 정말로……. 제대하고 이곳으로 바로 온 건가요?"

"네. 역에서 오는 길이에요."

"일단 집으로 들어갑시다. 좀 어수선하긴 한데……."

브루너가 약간 허둥지둥하며 아네트를 집 안으로 이끌었다. 안으로 들어서자, 그로트 가 특유의 익숙한 내음이 났다. 브루너의 말대로 집 안은 꽤 어수선했다. 카트린의 깔끔한 성정을 고려했을 때 이상한 일이었지만, 요즘 상황이 워낙 정신없으니 그런 것이려니 했다.

아네트는 새삼스러운 얼굴로 집 안을 둘러보았다. 그녀의 시선이 거실 한가운데서 멈추었다. 올리비아가 담요 위에서 장난감을 가지고 놀고 있었다. 아네트는 어머, 하고 한 손으로 입을 막았다.

"세상에……!"

"많이 컸죠?"

아네트는 짐 가방을 내려놓고 올리비아 앞에 쪼그려 앉았다. 못 본 새 아이는 놀랄 만큼 자라 있었다. 모든 아이가 정말 이렇게 빨리 크는 건가 싶을 정도였다.

"왜 벌써 이렇게 컸어……."

아네트를 발견한 올리비아가 무어라 옹알대기 시작했다. 하지만 도저히 뭐라고 하는지 알아들을 수가 없었다.

"뭐라고 하는 건가요?"

"나도 몰라요, 하하. 그래도 이제 엄마, 아빠는 확실하게 합니다. 아무래도 천재인 것 같아요."

"올리비아, 나 기억하니? 내가 너 밥도 먹이고 잠도 재웠는데."

그녀는 중얼거리며 올리비아를 이곳저곳 살펴보았다. 사랑을 배불리 먹은 뺨이 부드럽고 토실했다. 브루너가 위에서 말했다.

"카트린이 아네트 이름을 가르치려고 했는데 결국 실패했어요."

"그러지 않아도 카트린이 편지에서 그 얘길 했어요. 아, 그러고 보니……."

아네트는 집 안을 두리번거리며 물었다.

"카트린은 어디에……?"

그러나 집 안 어디에도 카트린의 모습은 보이지 않았다. 아네트는 고개를 돌려 브루너를 올려다보았다. 뒤에 서 있던 브루너와 시선이 마주쳤다. 그의 표정을 읽는 순간, 아네트는 무언가 잘못되었음을 깨달았다.

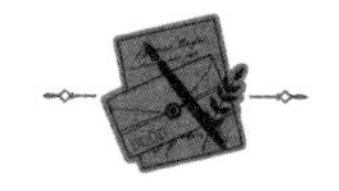

테이블 위에 달칵 찻잔이 놓였다. 찻물이 불안정하게 일렁거렸다. 아네트는 찻잔을 들 생각조차 하지 못하고, 반쯤 넋을 놓은 채 테이블 모서리를 응시했다. 찻잔을 내려놓은 브루너가 그녀의 맞은편에 앉았다. 그들은 잠시 아무 말이 없었다. 긴 침묵 끝에 브루너는 힘겹게 입을 뗐다.

"……대피령이 떨어졌었어요."

일렁거리는 찻물 위로 편지의 어느 구절이 떠올랐다.

「전쟁이 끝나고 나면, 괜히 다른 데로 새지 말고 곧장 우리 집으로 와요. 알겠어요?」

"그날 나는 올리비아와 집에 있었고, 아내는 조금 먼 시장에 나가 있어서…… 폭격 당시 우리는 다른 곳으로 대피했죠."

「아네트, 지겨운 말이라는 건 알지만, 부디 끝의 끝까지 몸조심해요.」

"그런데 폭격 때문에 카트린이 대피해 있던 방공호의 가스관이 터졌고, 카트린은 바로 병원으로 옮겨졌지만…… 이틀도 버티지 못했어요."

「주께서 늘 당신을 인도하고 보호하시기를.」

아네트는 미친 듯이 떨려 오는 두 손을 더듬더듬 맞잡았다. 한쪽에서 올리비아가 작게 옹알이했다.

왜?

기묘한 한기가 살갗을 훑어 내렸다. 이유를 물을 대상이 마땅치 않음에도 그녀는 자꾸만 이유를 찾았다. 카트린이 그렇게 되었어야만 하는 이유를.

어째서?

그녀는 끊임없이 되물었다. 그리고 되짚어 내려간 원점에는 자신이 있었다. 돌이킬 수 없는 과거들이. 머릿속이 아득해졌다. 아네트는 천천히 고개를 떨구었다. 밭은 호흡이 흘러나왔다. 그녀는 작게 몸을 웅크렸다가, 나지막이 말을 토해 냈다.

"미안해요, 브루너……."

"갑자기 무슨 말이에요? 당신이 왜요?"

브루너가 당황한 듯 손사래를 쳤다. 그러나 아네트는 좀체 죄책감을 지울 수가 없었다. 그녀가 횡설수설했다.

"내가, 나 때문에, 나 때문에 여기로 이사를 오게 된 거였잖아요. 내가 아니었으면 여기 올 일도, 여기에서 이런 일을 겪을 일도 없는데……."

"말도 안 되는 소립니다. 아네트, 당신 잘못은 어디에도 없어요. 오히려……."

브루너는 잠시 망설이다가, 아주 오래된 이야기를 하듯이 담담한 어조로 말을 이었다.

"오히려 카트린이 언제나, 아네트 당신에게 미안해했어요."

"그게 무슨……?"

"아내가 관저에 다녀간 이후, 당신이 죽으려고 했다고 들었어요. 그것도 두 번이나……. 카트린이 거기에 대해서 늘 죄책감을 느끼고 있었어요."

"그건, 카트린 때문이 아니라—."

브루너는 쓰게 웃으며 고개를 저었다.

"관저에 다녀온 카트린이 이런 말을 하더라고요. 자기는 그 여자가 거대한 저택에서 행복하게 살고 있을 줄 알았는데, 실제로 마주한 여자는…… 너무나 외롭고 불행해 보였다고."

처음으로 듣는 이야기였다. 아네트와 카트린은 함께 사는 내내, 그들의 과거에 관한 말을 꺼낸 적이 없었다.

"그리고 뒤늦게 생각해 보니, 자기가 오빠를 잃은 것처럼— 당신도 가족을 잃었는데, 싶었대요. 세상 모든 이에게 미움받는다는 게 참 많이 괴로운 일일 텐데……. 왜 그 여자가 마냥 행복하게만 살고 있다고 생각했을까."

멍한 와중에도 아네트는 당혹스러움을 느꼈다. 카트린은 제게 사과할 필요가 없었다. 그녀는 그저 피해자였다.

"그래서 당신 이혼 소식을 듣고, 그 사람이 관저 근처를 매일 서성거렸어요. 만나서 다시 이야기하고 싶었대요. 그래서 당신이 나오기를 계속 기다렸는데……."

생각했었다.

"마주친 당신이 꼭, 다시 죽으러 가는 사람 같았다고 하더라고요. 세상 어디에도 갈 곳이 없어 보였다고."

그날 카트린은 자신을 어떻게 발견한 것일까. 정말 단순히 우연이었을까.

"그래서, 충동적으로 데리고 왔다고."

그녀는 왜 자신을 집으로 데리고 갔을까…….

"사실 우리는, 데이빗이 저지른 일로 당신이 유산했다는 사실을 알고 있었어요. 하지만 차마…… 선불리 이야기를 꺼낼 수가 없었죠. 아네트도 알다시피 우리 모두가 과거에 대한 언급을 꺼렸으니까. 서로에게 상처를 줄까 봐……."

아네트는 말을 잇지 못한 채 그의 말을 가만히 듣기만 했다. 그들이 알고 있을 줄 몰랐다. 그 일에 관한 건 그저, 그렇게 영원히 묻힐 줄로만 알았다.

"그게 그 사람에게 마음의 짐으로 남았어요. 당신에게 미안하다는 말을 전해 달라고, 카트린이 죽기 전 그러더군요."

브루너가 씁쓸히 웃었다. 그는 차분한 얼굴이었지만, 눈시울이 약간 붉어져 있었다.

"……우리를 용서해 주겠어요?"

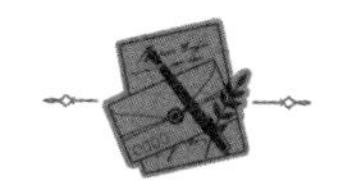

낡은 방문이 끼익 소리를 내며 열렸다.

방 안으로 들어서려던 아네트의 걸음이 잠시 멈칫했다. 브루너가 말한 대로, 방 안의 모든 것이 그대로였다. 카트린은 그녀의 방을 정리하지 않았다고 했다. 전쟁이 끝나면 아네트가 이곳으로 돌아올 거라며.

방 안을 잠시 둘러보던 그녀는 침대에 몸을 앉혔다. 이 방에 오자, 마치 시간이 작년으로 되돌아온 것만 같았다. 그사이 너무도 많은 일이 있었다. 너무도 많은 것이 변했다. 이곳에서 보냈던 날들이 까마득하게 느껴질 정도로.

아네트는 쥐고 있던 편지를 머뭇머뭇 펼쳐 보았다. 브루너가 건네준, 카트린이 마지막으로 남겼다는 편지였다. 종이를 채운 문장들은 꽤 낯선 필체로 쓰여 있었다. 당시 카트린은 글씨를 쓸 수 없는 상태였기에 브루너가 대필했다고 했다.

편지는 길지 않았다. 지난 편지들과 비교하면 오히려 지나치게 짧았다. 하지만 아네트는 그것을 읽는 데 꽤 오랜 시간을 써야 했다. 마음이 아파서, 너무 아파서, 그래서.

푸른 눈동자가 느리게 좌우를 오갔다. 편지를 든 손은 미미하게 떨리고 있었다. 마지막 문장까지 읽어 내린 아네트가 천천히 눈을 감았다. 그리고 편지를 구겨지지 않게 끌어안았다.

방 안에 스민 일광 안에서 먼지들이 고요히 부유했다. 그녀의 상체가 천천히 앞으로 기울어졌다. 웅크린 몸에서 작은 흐느낌이 흘러나왔다.

그 흐느낌은 한참 동안 그치지 않았다.

「아네트에게

얼굴도 보지 못하고 이렇게 인사하게 되어서, 깊은 이야기를 다 하지 못하고 떠나게 되어서 미안해요. 남은 이야기는 남편에게 전해 두었어요.

아네트, 당신의 사과에 내가 답하지 않았었지요. 뒤늦게서야 답을 전합니다. 나는 이미 당신의 모든 것을 용서했습니다.

부디 나를 용서해 줘요.

오래 슬퍼하지 말아요.

오래 아파하지도 말아요.

시간이 지나면 모든 것을 태연하게 흘려보낼 수 있게 될 거예요.

언제나 행복하기를, 내 착하고 어여쁜 동생.

우정과 위로와 사랑을 담아

카트린 그로트」

카트린은 마을 뒷산의 구릉에 묻혔다.

이곳 공동묘지에는 카트린 외에도 전쟁 피해자들이 함께 묻혀 있었다. 아네트는 꽃다발을 든 채 묘지들 사이를 천천히 거닐었다.

새들이 짹짹거리며 풀숲 위를 뛰다, 그녀가 가까이 다가오자 포르르 날아갔다. 아무런 고통도 아픔도 없어 보이는 평화로운 광경이었다. 이윽고 아네트는 묘비 하나를 발견하고 멈추어 섰다. 그 위에는 익숙한 이름자가 새겨져 있었다.

카트린 그로트

(AU 691~722)

카트린의 생에 마침표를 찍은 연도가 참 낯설었다. 그 숫자를 보자, 비로소 그녀가 죽었다는 것이 실감 났다.

아네트는 들고 있던 꽃다발을 묘비 앞에 내려놓았다. 그리고 새겨진 이름을 손끝으로 잠시 쓸어 보았다.

스스스—

풀들이 바람에 스치는 소리가 났다. 아네트는 묘비에서 손을 떼고, 무덤가에 천천히 몸을 앉혔다. 얼마간 먼 풍경을 바라보던 그녀가 조용히 입을 열었다.

"……왜 내게 사과를 하나요?"

공허한 물음이 흩어졌다. 돌아오는 대답은 없었다.

"날 용서해 주어서 고마워요. 나도…… 당신을 용서합니다. 내게 그럴 자격이 있다면……."

목이 잠겨 왔다. 그녀는 길게 숨을 들이켠 후, 잠시 멈추었다가, 이젠 무의미해진 투정을 덧붙였다.

“내게 어서 돌아오라고 했으면서.”

음성의 끄트머리가 위태롭게 떨렸다. 아네트는 파르르 눈을 감으며 고개를 떨구었다. 가슴이 고통스러울 만큼 먹먹했다.

모든 것을 태연하게 흘려보내기까지 얼마만큼의 시간이 필요한 것일까.

얼마만큼의 시간이 더 흘러야, 이 마음이 단단해질 수 있을까.

아네트는 눈을 떴다. 어른거리는 시야가 눈부실 만큼 푸르렀다.

그녀는 무덤가에 놓아둔 꽃다발을 바라보았다. 바람결에 꽃잎이 살랑거렸다.

“……정말 고마웠어요, 언니.”

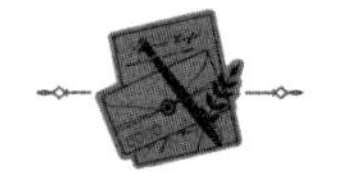

그는 폐쇄된 어둠 한가운데 쓰러져 있었다.

온몸은 쥐가 쏠아 먹은 썩은 빵조각처럼 너덜너덜했다. 가파르게 오르내리는 호흡이 점차 사위어 갔다. 어느 순간 낡은 쇳소리와 함께 희미한 빛줄기가 새어 들었다. 우르르 들어온 간수들이 그를 일으켜 세웠다.

철컥. 올려진 두 손목에 수갑이 채워졌다. 누군가 무거운 구둣발로 걸어왔다. 지척에서 기묘한 열기가 타닥거리며 피어올랐다.

“더러운…… 네 부모는 전부…… 후작이랑 그렇게…….”

그는 피가 굳은 눈꺼풀을 힘겹게 들어 올렸다. 어둑한 시야 사이로, 무테안경을 쓴 남자가 비릿하게 웃고 있었다.

"더러운 남창 새끼."

아네트 로젠베르크.

그는 터진 입술을 달싹여 소리 없이 중얼거렸다. 처절하게 저주스럽고, 또 끔찍하게도 사랑스러운 그 이름이 그의 정신을 지배했다.

이어 각인과도 같은 고통이 가슴에 새겨졌다.

아네트 로젠베르크.

"허억—."

하이너는 날카로운 숨소리와 함께 벌떡 상체를 일으켰다.

주변은 온통 깜깜했다. 온몸이 식은땀으로 젖어 있었다. 불규칙한 숨을 몰아쉬던 그가 침대에서 일어나 비틀비틀 창가로 갔다. 하이너는 반쯤 열려 있던 창문을 끝까지 열어젖혔다. 서늘한 밤공기가 그의 얼굴 위에 닿았다. 그러나 한번 흐트러진 호흡은 좀체 돌아오지 않았다.

시야가 마구잡이로 흔들렸다. 하이너는 맨 위 서랍을 열어 하얀 약통을 꺼냈다. 떨리는 손으로 뚜껑을 열려던 그가 잠시 멈칫했다. 그의 시선이 열린 서랍 안에 고여 들었다.

얼마간 멀거니 서 있던 하이너는 약통을 선반 위에 내려놓았다. 그리고 서랍 안에 놓여 있던 액자로 손을 뻗었다. 그는 머뭇머뭇 액자를 꺼내 보았다.

활짝 열린 창문 안으로 밤공기가 쏟아졌다. 하이너는 액자를 든 채 천천히 침대에 걸터앉았다.

그의 조심스러운 손끝이 그림 속 얼굴에 닿았다. 그 얼굴은 환한 웃음을 머금고 있었다. 어둡던 사위가 한층 밝아지는 느낌이 들었다. 웃음으로 가늘어진 푸른 눈은 마치 그를 바라보고 있는 듯했다. 그녀의 뒤로는 석양을 받아 붉게 빛나는 바다가 펼쳐져 있었다.

아네트와 이혼하기 전, 글랜포드의 해안에서 구매했던 그림이었다.

전선을 옮겨 다니는 와중 기어코 챙겼던 것이기도 했다.

하이너는 이 순간을 아직도 선명히 기억하고 있었다. 그녀의 말갛게 웃는 얼굴을 보며 느꼈던 충격 역시 생생했다.

언제부터인가 그는 폐쇄된 공간에서 호흡 곤란에 시달리거나, 과거의 악몽이 찾아들 때면 종종 이 그림을 들여다보곤 했다. 비록 그림뿐일지라도 그녀의 환히 웃는 얼굴을 보고 있으면…… 왈칵, 하고 가슴속에서 무언가가 쏟아져 내렸다. 그렇게 쏟아진 것은 그의 불안과 아픔을 밀어내며 그를 가득히 채웠다. 마치 컵에 담긴 흙탕물에 깨끗한 물을 붓는 것처럼.

하이너는 이제 그것의 이름을 알았다.

사랑이었다.

그는 느리게 숨을 내뱉었다. 어느샌가 불안정하던 호흡은 한층 안정되어 있었다. 그 사실을 자각한 그가 씁쓸한 조소를 머금었다.

알고 있다.

이 과거는, 이 기억은 죽을 때까지 자신을 따라다니리라는 것을. 아무리 발버둥 쳐도 결코 온전히 벗어날 수는 없다는 것을. 그를 채우는 사랑은 역설적으로 그에게 또 다른 형태의 불안과 아픔을 가지고 온다는 것을.

하이너는 액자 위를 가만가만 매만지다가, 유리에 제 손자국이 남는 것을 깨닫고 손을 뗐다.

아네트, 내 삶의 형벌.

나의 아름다운 족쇄.

얼마만큼의 시간이 더 흘러야, 당신에게서 벗어날 수 있게 될까.

서늘한 밤바람이 커튼을 흔들었다. 고요한 시선은 그림 위에서 한참을 떠나지 않았다.

그는 이미 답을 알았다.

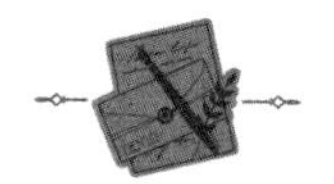

종이에서 펜촉이 떨어졌다. 아네트는 잉크가 다 마르기를 기다렸다가, 편지를 곱게 접어 봉투에 넣었다. 봉투가 구겨지지 않도록 조심히 가방에 넣은 후 자리에서 일어났다.

활짝 열어 둔 창문 안으로 내리쬐는 햇살이 따뜻했다. 아네트는 가방을 어깨에 메고 집을 나섰다. 가장 먼저 향한 곳은 가드포드 스트릿에서 세 블록 떨어진 우체국이었다.

우체국은 사람들로 가득했다. 그녀는 꽤 오랜 기다림 끝에 전선의 야전 우체국으로 편지를 접수했다. 작은 기도를 함께 실어서.

다시 거리로 나온 아네트가 마차를 잡았다. 목적지는 지방 정부에서 운영하는 파사우 중부 교도소였다. 신시어에서 그리 멀지 않은 곳이었다.

마차에서 내린 아네트는 고개를 들어 높다란 벽을 바라보았다. 파사우 교도소의 사방을 가로막은 벽 위에는 철조망이 쳐져 있었다. 그녀는 차가운 회색 건물 안으로 들어섰다. 삭막하기 그지없는 내부를 잠시 둘러보다가, 접수처에서 수감자 면회 신청을 넣었다.

"수감자를 면회하려고 하는데요."

"확인해 드리겠습니다. 수감자 이름이 어떻게 됩니까?"

"데이빗……."

아네트는 아주 오랫동안 입에 담지 않았던 이름을 읊었다.

"데이빗 버켈입니다."

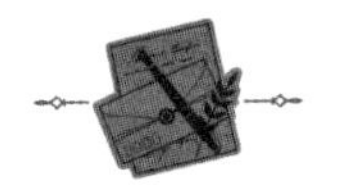

아네트의 희미한 기억 속 데이빗은 몸집이 크고, 무서운 인상의 남자였다. 사실 그녀는 단 한 번을 제외하곤 그를 만나 본 적이 없었다. 그러니까 아네트가 데이빗에 대해 가진 인상은 단 하나였다. 그녀에게 은색 총을 겨누던 그 순간의 것.

"……안녕하세요."

그러나 실제로 마주한 데이빗 버켈은— 평범한 체격에 유약해 보이는 인상의 청년이었다. 그를 보자마자 아네트는 제 기억이 왜곡되어 있었음을 깨달았다.

"저를…… 기억하실까요?"

그녀의 조심스러운 물음에 데이빗은 조용히 고개를 끄덕였다. 그는 눈을 내리깐 채 입을 열었다.

"……아네트 로젠베르크 양."

데이빗의 입에서 나온 '로젠베르크'라는 호칭에는 별다른 사감이 섞여 있지 않았다. 되레 그저 있는 사실을 적시하듯 평온하기까지 했다.

둘 사이에 불편한 침묵이 흘렀다. 아네트는 준비해 두었던 말들을 고심하다, 간신히 한마디를 꺼냈다.

"가족분의 일은…… 유감입니다."

"……."

"카트린은 정말로 좋은 사람이었어요. 평생 잊지 않을 겁니다."

데이빗의 어깨가 움찔 떨렸다. 그는 본래의 몸집보다도 더욱 작고 왜소해 보였다. 그에 아네트가 묘한 얼굴을 했다.

데이빗 버켈.

결코 좋은 감정을 가질 수는 없는 사람이었다. 이건 그에게 써준 선처서나, 카트린의 호의와는 별개의 문제였다. 그럼에도 아네트는 그에게 원망, 껄끄러움, 거북함과 동시에…… 인간적인 안쓰러움을 느꼈다.

데이빗은 오래전 형을 잃었고, 이제는 누이마저 잃었다. 아네트는 그가 받아야 할 벌이 있다면 그것으로 충분하다고 생각했다. 그렇게 생각하자 마음이 한층 차분해졌다.

"너무 늦었지만, 내 아버지가 저지른 일을 대신 사과하고 싶었어요. 그래서 왔습니다. 이제 다시는 찾아올 일 없을 겁니다."

"……."

"미안합니다. 무고하고 억울한 죽음이었어요."

데이빗은 대답하지 않았다. 아네트도 더 말을 잇지 않았다. 무거운 침묵 속에서 수많은 감정이 오르내렸다. 그들은 꽤 오랫동안, 창살을 사이에 둔 채 아무런 말 없이 앉아 있었다.

"……누이는……."

내내 고개를 숙이고 있던 데이빗이 중얼거리듯 말했다.

"올곧은 사람입니다."

"네, 그랬어요."

"누이에게 크게 혼났습니다. 그래서는 안 됐다고. 잘못된 방법이었다고. 제 죄에 대한 합당한 대가를 받고 나오라고……."

"……."

"……유산에 대해서도요."

데이빗이 천천히 고개를 들었다. 한때 분노에 잠식되어 그녀를 겨누던 그의 눈은 이제 더 이상 어떤 열기도 품고 있지 않았다. 아네트는 비로소 그 눈을 다시 마주했다. 데이빗이 흐느끼듯 말했다.

"……죄송합니다."

"……."

"죄송합니다."

툭. 눈물 한줄기가 그의 뺨을 가로질렀다.

아네트의 눈가가 희미하게 떨렸다. 그녀는 낮게 숨을 들이켜며 주먹을 꽉 쥐었다가, 이내 완전히 힘을 풀었다. 그리고 조용히 대답했다.

"……용서합니다."

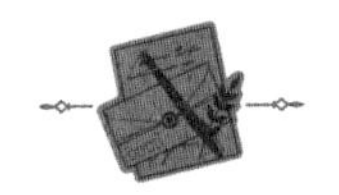

중부 전선에서 재배치된 추축국의 병력 일부가 남부에 도착한 시기에 맞추어, 웨이트리스의 지원군 역시 체셔 필드에 당도했다.

체셔 필드는 지역 이름에 걸맞게 드넓은 평야를 자랑하는 대규모 곡창 지대였다. 프란체 총통이 이 전쟁을 일으킨 주요 목적 중 하나이기도 했다. 그러나 그 평야에 모습을 드러낸 연합군의 병력을 본 순간— 프란체 최고사령부는 자기들의 예상이 보기 좋게 빗나갔음을 인정해야 했다. 파다니아의 젊은 총사령관이 빌어먹게 머리가 잘 돌아가는 놈이라는 것도.

본토 공습으로 항복할 줄 알았던 파다니아가 거대한 반격을 가해 온 것은 물론, 헌팅엄까지 탈환하자 적군의 사기는 바닥을 쳤다. 게다가 적군은 파다니아 내륙으로 이동하며 본토, 즉 보급 기지와의 거리가 지나치게 멀어지게 되었다. 보급에 상당한 어려움을 겪고 있다는 뜻이었다. 그럼에도 추축국의 병사들은 체서 필드를 향해 계속해서 진격해야만 했다. 그들의 총통이 그 땅을 원했기 때문에.

이 기세를 몰아, 연합군은 맹공을 가해 전선을 2킬로미터가량 밀어냈다. 단 하루 만에 일어난 일이었다. 초반의 전세가 금세 한쪽으로 기울었다. 상황이 어려워지자 적군 측의 탈영병이 속출했다. 이를 보고받은 프란체의 총통은 엄중한 명령을 내렸다.

'항복은 없다. 무슨 일이 있어도 체서 필드를 점령한다. 탈영병은 사살하라.'

탈영병의 생포 혹은 사살은 본래도 군법으로 정해진 것이었다. 그러나 총통의 입에서 직접 나온 명령은 더욱 무게를 달리했다.

악명 높은 프란체의 민병대가 탈영병들을 엄격하게 관리하기 시작했다. 탈영병에 대한 그 어떤 처벌도 서슴지 않았다. 병사들은 공포에 휩싸인 채, 내쫓기듯 진격했다. 총통의 명령은 효과가 있었다. 속수무책으로 밀려나던 전선이 어느 정도 교착 상태에 접어들었다. 그리고 이 전선의 후방에 위치한 연합군 총사령부에서는 아침부터 새벽까지 연일 회의가 이어지는 중이었다.

"이곳을 최대한 일정하게 맞춰야 합니다. 이렇게 사단 하나가 지나치게 진격해 버리면, 그대로 적군 사이에 고립될 게 뻔합니다."

"하지만 현재 이 양측 날개가 전진을 하지 못하는 상태입니다. 전력 배치를 약간 조정하는 방향으로 검토 부탁드립니다."

"그렇다면 현재 당장 차출할 수 있는 전력이……."

별안간 쾅, 소리와 함께 문이 열렸다. 총사령관을 포함한 고위 장교들의 시선이 한곳으로 몰렸다. 회의장에 난입하다시피 들어온 군인은 거친 숨을 몰아쉬고 있었다. 하이너의 한쪽 눈썹이 치켜 올라갔다.

이윽고 군인이 떨리는 목소리로 외쳤다.

"발리헨의 공습입니다! 사령부의 대략적인 위치가 발각된 것 같습니다! 대피해야 합니다!"

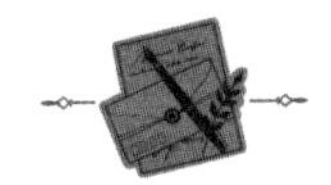

신문에서는 연합군이 체서 필드에서 거두고 있는 성과가 대대적으로 보도되었다. 본토 공습으로 꺾였던 사기를 증진하기 위함이었다. 그러나 체셔 필드에서의 유리한 전황과 별개로, 파다니아는 전쟁의 장기화로 인해 신음하고 있었다. 나라를 위한다는 사명을 짊어지고 전선으로 나간 이들이 수도 없이 스러져 갔다. 땅은 황폐해졌으며 전쟁고아가 속출했다.

그럼에도 계절은 착실히 흘러갔다. 여름의 초입이 다가오고 있었다.

그리고 그 무렵, 아네트는 신시어를 떠날 준비를 했다.

"똑똑."

브루너가 입으로 노크 소리를 내며 약간 열려 있던 문을 밀었다. 옷을 정리하던 아네트가 고개를 들었다.

"짐 정리해요?"

"네. 하도 옮겨 다녔더니, 이젠 짐 싸는 데엔 전문가가 된 것 같네요."

"간호사로 가서 짐 싸는 실력만 늘려 온 겁니까?"

브루너가 소리 내어 웃으며 방 안으로 들어왔다.

"결국 산타몰리로 가는 건가요?"

"네, 뭐…… 그렇게 됐어요."

산타몰리는 해변과 맞닿은 남부의 소도시였다. 아네트는 그곳으로 이사할 예정이었다.

본래 그녀는 다른 시골 지역을 알아보고 있었다. 그런데 사흘 전, 갑자기 하이너의 변호사가 그녀를 찾아왔다. 아직 미지급된 위자료에 대한 이야기를 전달하기 위해서였다. 변호사는 그녀가 위자료 일부를 아직 받지 못했다며, 하이너 발데마르가 소유한— 그리고 이제는 그녀에게 지급될 유형 자산에 관한 서류를 보여 주었다. 미지급된 위자료라니, 아네트로서는 생전 처음 듣는 이야기였다.

아네트는 자신이 무언가를 놓쳤다고 생각했다. 사실 위자료에 관해선 아는 게 없다고 봐도 무방했으니까.

당연했다. 지급 서류만 뒤늦게 전달받았을 뿐 그 외의 것들은 전부 관저에 두고 온 데다, 당시 변호사의 이야기를 귀담아듣지도 않았었다. 아네트는 서류를 검토해 보았지만, 이런 쪽엔 원체 무지한 터라 무언가를 짚어 내기 어려웠다. 전문 변호사의 화려하고 논리적인 말솜씨도 한몫했다.

이틀 동안 고민하던 그녀는 결국 서류에 도장을 찍었다. 굴러들어 온 떡에 당장 침을 바르지 않고 뭐 하는 거냐는 브루너의 성화에 쫓긴 것도 있었다. 예상대로, 브루너는 그녀의 결정을 눈에 띄게 좋아했다.

"잘 받았어요, 진짜. 그걸 왜 고민하고 앉았습니까? 당장 받아야지."

"그래도요……. 무턱대고 막 받기가 좀."

"그렇기는 뭐가 좀 그래요. 안 그래도 카트린이 아네트는 너무 욕심이 없어서 문제라고 그랬었어요. 욕심이 좀 있어야 사람 사는 거지."

아네트는 대답 없이 웃기만 했다.

그녀라고 원래 욕심이 없던 것은 아니었다. 지난 수년 동안 거세되었을 뿐.

혁명은 모든 과거를 앗아 갔다. 그녀는 그 무엇도 욕심내서는 안 됐다. 사소한 행복조차도. 거기에 체념하고 익숙해진 지 오래였다.

"멀리 이사 갔다고 모른 체하지 말고. 자주 놀러 와요."

"당연하죠. 카트린과 브루너는 내 은인인걸요. 올리비아 크는 것도 봐야 하고."

"은인은 무슨. 낯간지러운 소리는 됐고, 이거나 받아요."

브루너가 쥐고 있던 봉투를 내밀었다. 아네트는 작별 편지인가, 아직 안 가는데 왜 벌써 주지, 생각하면서 그것을 받았다.

"지금 열어 봐도 돼요?"

"지금 열어 봐요."

아네트는 조심스레 봉투를 열어 보았다. 그 안에서 나온 것은 편지가 아니라 은행 서류였다.

계좌주가 아네트로 되어 있었다. 서류를 몇 줄 읽어 보던 그녀의 표정이 굳어졌다.

브루너가 덤덤한 어조로 말했다.

"아네트에게 되돌려 주려고요."

"……브루너, 이건 내가 당신들에게 준 거예요."

떠나기 전날 밤, 아네트가 카트린에게 주었던 수표의 금액이 고스란히 계좌에 들어 있었다. 아네트는 서류들을 봉투에 넣어 다시 그에게 건네려 했다. 그러나 브루너가 고개를 저으며 거절했다.

"아네트에게 돌려주려고 내내 가지고 있었어요."

"내가 카트린에게 준 거예요. 카트린도 받았었고요."

"아네트, 당신에게 돌려주라는 게 그녀의 유언이었어요."

"……유언, 이라고요?"

"그때 카트린이 이걸 받았던 건, 당장 떠나야 하는 당신이 이걸 처리하거나 관리할 여력이 없다고 판단해서였대요. 나한테는 죽기 직전에서야 말하더군요. 아네트에게 이런 걸 받았었다고. 내가 알게 되면 욕심을 낼까 봐 그런 모양이에요."

브루너는 가벼운 농담을 하듯 하하 웃었다.

"그렇게 유언으로 남겨 버리면…… 내가 지킬 수밖에 없다는 걸 알고."

"……."

"아쉽네요. 유언만 아니면 그냥 내가 가져 버리는 건데."

그러나 아네트는 웃지 않았다. 웃을 수가 없었다. 손아귀에서 종이봉투 끄트머리가 약간 구겨졌다.

예전에, 하이너에게 이렇게 말한 적이 있었다. 사람에게 행복의 양이 정해져 있다면, 자신은 이미 그걸 과거에 전부 누렸을 거라고.

"……브루너. 만일 사람에게 행운의 양이 정해져 있다면."

아네트는 멘 목소리로 말했다.

"나는 당신과 카트린을 만나는 데 전부 썼을 거예요."

그 말에 브루너가 놀란 듯 눈을 크게 떴다. 그는 무언가를 말할 듯 말 듯 입술을 움찔거리다가, 이내 한숨처럼 웃었다. 브루너의 시선은 아네트를 향하고 있었으되 아네트를 보고 있지 않았다. 그의 눈은, 저 너머의 그립고 먼 무언가를 바라보고 있었다.

잠시간 침묵하던 브루너가 빙그레 웃으며 물었다.

"……가치 있었나요?"

아네트는 주저 없이 대답했다.

"넘치도록."

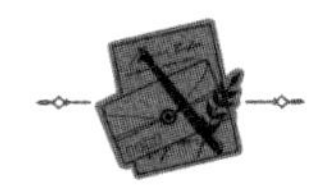

긴급 대피령이 떨어졌다. 장교 막사를 표적으로 하는 발리헨 공군의 대대적 공습이었다.

하이너는 가장 먼저 편지 하나를 안주머니에 넣었다. 바로 어제 군사 우체국을 통해 수령한 편지였다. 이후로 소총과 탄약을 챙긴 그가 총을 장전했다. 묵직한 소총에서 철컥, 하는 소리가 났다. 위치가 위치인지라, 직접 무기를 들고 싸운 것은 꽤 오래전의 일이었다. 그러나 그는 소총을 제 몸처럼 능숙히 다루었다.

하이너는 짧은 고민 끝에 권총 하나를 홀스터에 넣은 후 막사를 나섰다. 밖은 이미 반쯤 아수라장이었다.

머리 위에서 묵직한 소리가 났다. 하이너는 눈살을 찌푸린 채 하늘을 바라보았다. 적군의 전투기 두 대가 창공을 나란히 비행하고 있었다. 그것을 바라보던 하이너가 참모에게 물었다.

"레이더망에 안 잡힌다고 했나?"

"요격이 힘듭니다. 레이더를 피하기 위해 공중에 알루미늄 파편을 뿌린 것 같습니다."

"대공포 있는 대로 소집해서 육상에서 격추시켜."

공중의 표적물을 공격하는 화포인 대공포는 한창 개발 단계에 있는 터라 완벽하지 않았다. 그러나 지금으로서는 이 수밖에 없었다.

쾅!

콰쾅!

맨땅에 폭탄이 떨어지며 거대한 흙먼지를 일으켰다. 하이너는 소총을 가슴에 붙인 채 군용 차량으로 달렸다. 여기저기서 폭격이 이어졌다.

"각하!"

돌연 등 뒤의 수하들이 급히 소리쳤다. 하이너는 뒤를 돌아보았다. 그 순간, 지척에서 요란한 굉음이 났다.

삐이—

동시에 귓속에서 날카로운 이명이 울렸다. 그는 한쪽 귀를 막은 채 휘청거렸다.

찰나 시간이 멈춘 듯했다. 온 세상을 가득 채운 전쟁의 소음이 멀게 느껴졌다. 이명은 끊이지 않고 한동안 계속해서 이어졌다. 비틀거리는 움직임을 따라 눈앞이 어지럽게 흔들렸다. 눈을 힘주어 감았다가 떠 보았으나 여전히 정신이 차려지지 않았다.

삐이이…….

이명이 수면 아래로 가라앉듯 서서히 잦아들었다. 다시 눈을 뜬 하이너는 문득 서쪽의 먼 시야를 보았다. 그곳에는 광활한 지평선이 끝도 없이 펼쳐져 있었다. 80킬로미터에 달하는 전선과 함께. 연합국도, 추축국도 이 체셔 필드 전쟁에 사활을 걸고 있었다. 저렇게나 수많은 병사가 죽어 나가고 있는데 정작 전선은 며칠째 정체되어 있었다.

대체.

대체 저들은 무얼 위해 나아가는 것일까.

"……하."

이 모든 일은 무얼 위해 일어나는 것일까.

"……각하…… 으십……."

나는 대체 무얼 위해…….

"각하!"

불현듯 세상이 선명해졌다. 병사가 그의 어깨를 턱 잡아 왔다. 입 모양으로만 움직이던 병사의 말이 희미한 소리를 입었다.

"괜찮으십니까!"

그제야 주변을 채우고 있던 폭격음이 뇌리를 둔탁하게 때렸다. 몇 번 눈을 깜빡이던 하이너가 고개를 끄덕였다.

"……괜찮다. 가지."

급히 꾸린 그의 짐이 차량에 실렸다. 이어 차에 탑승한 하이너는 총구를 내린 후, 긴 숨을 들이쉬었다. 심장이 쿵쾅거리며 거세게 뛰었다.

곧 총사령관을 태운 군용 차량이 덜컹거리며 출발했다. 회색 차는 폭격 지대의 한가운데를 가로질러 달려갔다. 연합군 작전사령부는 최전선에서 얼마 떨어지지 않은, 작은 민가 근처에 자리하고 있었다. 적어도 이 마을까지는 대피해야 했다. 더러워진 차창 위로 검붉게 튀어 오르는 폭격이 비쳤다. 멀리서 후방보충대가 최전선을 향해 진격하는 것이 얼핏 보였다.

하이너는 불안정한 숨을 몰아쉬며 그 아비규환을 응시했다. 한쪽 귀는 여전히 물속에 잠긴 것처럼 먹먹했다.

콰광!

돌연 굉음과 함께 차체가 거칠게 들썩거렸다. 탈탈거리며 몇 미터를 더 전진하던 차는 이윽고 완전히 멈추어 섰다. 당황한 운전병이 액셀을 밟았다가, 시동을 다시 걸어 보았다. 그러나 한 번 멈춘 차는 더 이상 움직일 생각을 하지 않았다. 차에서 내린 운전병이 다급히 차를 확인했다. 운전병의 얼굴은 사색이 되어 있었다.

"죄송…… 바퀴가……."

운전병이 무어라 말했지만, 주변이 온통 시끄러운 탓인지 잘 들리지 않았다. 입 모양과 단어 몇 개로 뜻을 추측한 하이너가 물었다.

"고칠 수 있나?"

운전병이 불가능하다며 고개를 저었다.

그렇다면 차에서 내려 직접 대피하는 것밖에는 방법이 없었다. 지금 같은 상황에서 호위 차량을 여러 개 붙이는 건 도리어 눈에 띌 터였다.

"차는 버리고 간다."

하이너는 장전된 소총을 든 채 차 문을 열고 뛰어내렸다. 뒤돌아본 그의 시선이 짐꾸러미를 스쳤다.

찰나 회색 눈동자가 흔들렸다. 급하게 가지고 온 개인 짐가방 안에는 아네트의 그림과 그녀가 준 목도리가 담겨 있었다. 그를 더 살게 하는 것들이었다.

하이너는 안간힘으로 거기에서 고개를 돌렸다. 그리고 달리기 시작했다.

동쪽에서 올라오는 후방보충대는 계속해서 최전선을 향해 전진하고 있었다. 무엇인지도 모를 무언가를 위해서. 하이너는 눈을 들어 제가 달리는 길의 끝을 바라보았다.

낙인 같은 이름이 폭격과 함께 떠올랐다.

아네트.

내 모든 길은 당신에게로 이어져 있다. 내게로 오는 것들을, 나는 더 이상 상관하지 않는다. 나는 아무것도 가지지 않아도 괜찮다. 어차피 내가 걸어온 길은 폐허였고 내가 쥐는 것들은 전부 망가져 버렸으므로.

그러니까, 아네트, 내게 이제 중요한 것은— 당신에게로 가는 것들이다.

나는 당신이 더 나은 세상에서 살기를 원한다. 더 밝은 미래로 걸어가기를 원한다. 그리고 그 길의 끝에서, 눈부시게 반짝이던 글랜포드의 바다에서처럼 당신이 다시 웃기를 원한다.

다만 내게 허락된 마지막 욕심이 있다면,

「친애하는 하이너에게」

당신의 편지만은 품에 간직한 채 이 길의 끝을 마주하고 싶다.

「나는 잠시 신시어에 머물고 있습니다. 이곳에서 휴식을 취하고 간간이 난민 캠프의 일손도 돕고 있어요. (혹시 몰라 덧붙이는데, 언짢아하지 말아요. 정말로 일손만 잠깐씩 돕고 있는 거예요.)

당신은요? 당신은 잘 지내고 있나요?

내가 편지를 쓰고 있는 현재, 모든 신문이 체셔 필드에서 날아오는 승전보를 열심히 실어 옮기고 있어요. 하지만 그런 것으로는 안심이 되지 않아요.

당신도 알다시피 신문이란 아주 믿을 것은 못 되니까요. 그 기사가 사실이기를 바랄 뿐이에요.」

전투기에서 떨어진 폭탄에, 여기저기서 땅이 터져 나갔다. 발리헨은 아무래도 이곳을 불바다로 만들 생각인 것 같았다. 하이너는 거친 숨을 뱉었다.

「하이너, 당신과 헤어진 후 참 많은 생각을 했어요. 우리가 걸어온 과거와, 앞으로 걸어갈 미래에 대해.

함께했던 과거가 전부 거짓이 아니었다는 당신의 말을 믿어요. 내가 당신을 사랑했듯이 당신도 나를 사랑했다는 말을, 그리고 내가 당신에게 소중하다는 말을 나는 믿어요.

하이너, 그거 아나요?

나는 사랑에 모든 걸 바치는 낭만을 동경하면서도, 내게는 그런 일이 일어나지 않을 거라고 믿었었어요. 과거의 나는 소중한 것들이 너무 많았거든요.

이것들을 다 버리고 사랑 하나를 택하라니. 참 낭만적이지만 못할 짓이잖아요. 하지만 놀랍게도 당신을 만난 이후, 나는 가끔 이렇게 생각하곤 했어요.

당신과 함께할 수 있다면 이 모든 것을 버려도 아깝지 않을 것 같다고.」

쾅! 지척이 흔들렸다. 그가 선 곳까지 재와 먼지가 쓸려 왔다. 폭격에 휘말린 병사의 뼈와 살이 조각나는 것이 보였다.

콰광! 콰콰광!

굉음은 끊이지 않고 쏟아졌다. 잠시 잦아들었나 싶었던 이명이 다시 귓속을 메웠다. 어지럽게 울리는 소음과 함께, 격렬한 두통이 뇌간을 두드렸다. 그의 왼쪽에 선 운전병이 민가 쪽을 가리키며 무어라 소리쳤다. 그러나 마치 묵음 처리가 된 것처럼, 왼쪽 귀가 잘 들리지 않았다. 그제야 하이너는 무언가 잘못되었음을 깨달았다.

「하지만 하이너, 오랜 고민 끝에 내가 내린 결론은— 우리가 함께 나아갈 수는 없다는 거예요.

지금의 나는 그때보다 가진 것이 없기에 잃을 것도 없어요. 그러나 이건 무언가를 얻거나 잃는 문제가 아니에요.

우리가 함께할 수 없다는 사실에는 참 많은 이유가 붙어요. 우리의 과거와 미래, 정치적 혹은 사회적 문제, 그리고 당신과 나 사이에 산재하는 본질적인 문제들까지.

아무 일도 없었던 것처럼 살아갈 수는 없어요. 우리는 함께하기 위해 과거를 자꾸만 잊으려고 발버둥 칠 테고, 그렇게 함께하는 것만으로 서로의 아픔과 상처를 상기시키겠죠.

그럼에도 불구하고, 하이너.

내게 허락된 마지막 욕심이 있다면.」

하이너는 희미하게 떨리는 눈꺼풀을 억지로 들어 올렸다.

「당신의 얼굴을 다시 한번 보고 싶어요.」

그리고 앞으로 나아갔다.

「살아가는 동안 당신이 살아가는 이야기를 듣고 싶어요.

함께 나아갈 수는 없어도, 서로의 걸음을 확인하고 격려하며…… 그렇게 같은 세상을 살아 나가고 싶어요.」

그는 계속해서, 계속해서 앞으로 나아갔다. 이 폐허 끝에 있을 — 그의 가장 소중한 이에게 승리를 안겨 주기 위해.

「이런 나를 사랑해 줘서 고마워요.

내게 남은 행복이, 남은 행운이 있다면 전부 당신에게 줄게요. 부디 승리해 줘요.

더 나은 세상을 만들어 줘요.

나는 당신이 만들어 갈 세상에서, 당신을 기다리고 있을게요.

언제까지나.

봄의 끝자락에서,
아네트 로젠베르크」

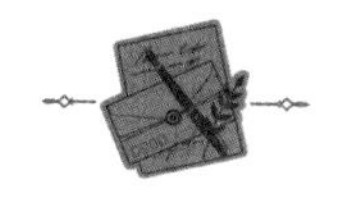

본격적인 더위가 시작되기 전, 아네트는 산타몰리로 향했다.

남부 도시 중에서도 가장 서쪽 해안에 위치한 산타몰리는 예상보다도 더 아름다운 지역이었다. 보석처럼 반짝이는 바다를 풍경으로 이어진 돌담을 따라 걸으며, 그녀는 내내 감탄했다. 짐만 먼저 해당 주소로 부쳐 두었을 뿐 직접 와 보는 것은 처음이었다. 지도를 보아하니 바다 바로 앞에 있는 집인 듯했다.

수평선을 향해 해가 기울어지고 있었다. 바다의 표면을 헤엄치는 윤슬이 조금씩 주홍빛을 띠기 시작했다. 아네트는 바다에 시선을 고정한 채 나지막하게 이어진 언덕을 올랐다. 정신없이 구경하다 보니 어느새 지도의 위치에 가까워져 있었다.

이윽고 하늘색 지붕의 집이 보였다. 그녀는 진짜 이 집이 맞나, 하고 지도를 연거푸 확인했다.

"……어머."

그리고 저도 모르게 감탄사를 내뱉었다.

그녀의 집은 해안선을 따라 깎아지르는 절벽과 도로 하나를 사이에 두고 맞닿아 있었다. 아네트는 집에 들어갈 생각도 하지 못하고 홀린 듯 도로를 건너갔다. 절벽 위는 넓고 판판한 암석이 공터처럼 펼쳐져 있었다. 아네트는 멀거니 주변을 둘러보았다. 가족이나 연인들이 절벽 위에 앉아 일몰을 기다리고 있었다. 절벽에 부딪힌 파도가 산산이 부서졌다. 포말이 하얗게 일었다. 암석을 감싼 파도 위에서 하얀 선이 그림을 그리듯 너울거렸다.

아네트는 들고 있던 지도를 다시 확인했다. 바다와 절벽이 맞닿는 좌표 위에, 이곳의 이름이 작은 글씨로 적혀 있었다.

「Sunset Cliff」

문득, 잊고 있던 기억이 하나 떠올랐다.

"어디 가고 싶은 곳은 없습니까?"

"……네?"

"가고 싶은 곳이요."

"없어요."

"바다에 가고 싶어 하지 않았습니까?"

기울어지던 해가 마침내 수평선에 닿았다. 마치 원을 그리듯, 해를 반경으로 바다와 하늘이 온통 붉게 물들어 있었다. 아주 먼 데서 밀려온 파도가 또다시 절벽을 타고 부서졌다.

"날이 조금 풀리면, 내년 봄엔 바다에 가죠. 글랜포드보다 더 괜찮은 곳도 많습니다. 조금 내려가면……."

그 모든 풍경이— 지문처럼 그녀의 눈에 박혀 들었다.

"일몰이 아름답기로 유명한 선셋 클리프도 있고."

아네트는 딱딱하게 얼어붙은 채, 온 하늘을 점점 잠식해 가는 노을을 응시했다. 철썩. 파도 소리가 귓가에서 퍼졌다. 그녀는 한참 동안 그 자리에서 움직이지 못했다.

그의 말대로 이곳의 일몰은 아름다웠다.

거짓말처럼.

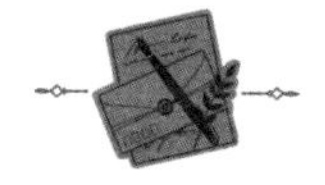

산타몰리의 집에서 첫 아침을 맞은 아네트는 눈을 뜨자마자 선셋 클리프로 향했다.

손질하지 않은 금발이 바닷바람에 흩날렸다. 바다의 표면은 순수하게 빛나는 아침 햇살 아래에서 반짝거렸다. 마치 보석 가루를 흩뿌려 놓은 듯했다. 아네트는 바위에 걸터앉아 절벽에 부서지는 파도를 바라보았다. 자신이 이토록 아름다운 곳에서 살게 되었다니, 여전히 현실감이 들지 않았다.

한참 동안 정경을 구경한 아네트가 다시 도로를 건너 돌아왔다. 경

사진 길은 언덕 끝까지 구불구불하게 이어져 있었다. 집으로 들어가려는데, 불현듯 자전거가 끼익 멈추는 소리가 났다. 그녀는 고개를 돌려 옆을 확인했다. 신문 배달부였다.

"안녕하세요, 새로 이사 오셨나 봐요?"

배달부가 그녀에게 신문을 건네주며 물었다. 아네트는 받기를 주저하며 대답했다.

"네, 어제 들어왔어요. 그런데 아직 신문 신청은 하지 않았는데……."

"그래요? 이 집 맞는데?"

배달부는 낯 위에 물음표를 띄우더니, 대충 손짓했다.

"그냥 가져가세요. 나중에 취소하셔도 되고요."

"아…… 네, 감사해요."

"그럼 좋은 하루 되세요."

자전거가 따르릉 소리를 내며 출발했다. 아네트는 언덕을 내려가는 뒷모습을 잠시 응시하다, 고개를 갸웃거리며 집 안으로 걸음을 옮겼다.

아네트는 반으로 접혀 있던 신문을 별생각 없이 펼쳤다. 대강 앞면을 훑어보던 그녀의 시선이 한곳에 고정되었다.

「발리헨 공군, 총지휘부 막사에 집중 공습 가해」

신문 1면을 큼지막하게 장식한 머리기사였다. 기사의 제목을 확인한 아네트의 눈이 커졌다.

총지휘부 막사. 그 사람이 있는 곳이었다.

그녀는 긴장 어린 얼굴로 기사를 세세하게 읽어 나가기 시작했다. 기사의 대략적인 내용은 이러했다.

적군에게 사령부의 위치 좌표가 발각되어, 해당 지역에 발리헨의 공군이 집중 공습을 가했다. 이 공습으로 인해 고위 장교 한 명이 사망하였다. 그러나 이 공습이 진행되는 사이, 지지부진하게 이어지던 체셔 필드 중부 전선의 참호전에서 아군이 큰 성과를 거두었다…….

아네트는 기사를 몇 차례 다시 읽어 보았다. 다행히 총사령관에 관한 이야기는 어디에도 없었다.

집으로 들어선 그녀는 모든 기사를 처음부터 끝까지 전부 살펴보고 난 후에야 신문을 내려놓았다. 왜인지 마음이 자꾸만 불안했다. 무거운 한숨을 내쉰 아네트가 주전자에 물을 올리고 간단히 아침을 준비했다. 곧 집 안에 향긋한 커피 향이 퍼졌다.

아침을 먹은 후 끝내지 못한 짐 정리를 하고 있는데, 누군가 문을 두드렸다. 올 사람이 딱히 없는 터라 아네트는 의아하게 상대를 확인했다. 문틈 걸쇠 너머로 집배원과 우편 마차가 보였다. 그녀는 걸쇠를 풀고 문을 열었다. 수첩을 보고 있던 집배원이 아, 하며 물었다.

"아네트 로젠베르크 양 맞으십니까?"

"네, 맞아요."

"소포 왔습니다. 집 안까지 들여놔 드릴까요?"

소포라니? 그녀에게는 올 만한 물건이 없었다. 아네트가 되물었다.

"잠시만요. 이 주소로, 그러니까 제 이름으로 온 게 맞나요?"

"음? 잠시만요."

수첩을 재차 확인한 집배원이 고개를 끄덕였다.

"네, 주소와 성함 모두 맞는데요. 다른 분이 보내신 것일 수도 있어요."

"아……."

"확인해 보시고, 나중에 아니면 수거 신청하시면 돼요. 일단 집에 들여다 놔드릴까요?"

"괜찮습니다. 제가 할게요."

"예, 그럼."

곧 집배원이 우편 마차를 타고 떠났다. 그리 크지 않은 상자 겉면을 이리저리 살펴보던 아네트가 상자를 들기 위해 허리를 숙였다. 그러나 상자는 생각했던 것보다 훨씬 무거웠다. 아네트는 간신히 상자를 집 안으로 들고 온 후 열어 보았다. 상자 안을 가득 채운 물건들을 확인한 그녀가 의아하게 중얼거렸다.

"……책?"

너무 평범한 물건이라 되레 맥이 빠졌다. 아네트는 책을 하나하나 꺼내 보며, 따로 보내는 문구나 편지 같은 것이 있는지 확인했다. 마지막 책까지 꺼내 보았으나 그 어디에도 보내는 이에 대한 정보는 없었다. 아네트는 상자 옆에 쌓아 올린 책들을 멀거니 바라보았다. 그러다 그것들의 공통점을 발견했다.

전부 소설책이었다.

"그보다 무슨 일이세요?"

"받으십시오."

"이건 왜……."

"읽으라고."

"아, 네."

불현듯, 막사 안에서 지루해하는 그녀에게 소설책을 가져다주던 그때가 겹쳐졌다. 아네트는 저도 모르게 미간을 좁혔다. 소설책이라는 것 말고는 아무런 일치점도 없는데, 왜 갑자기 그때가 생각나는 건지 모를 일이었다.

아네트는 맨 위에 올려진 책을 들어 첫 장을 넘겨 보았다. 별생각 없이 몇 페이지 더 읽어 보던 그녀는, 곧 책을 들고 소파로 걸어가 앉았다. 거실에 크게 난 창을 통해 집 안으로 환한 햇살이 비쳤다. 아네트는 소파에 깊숙이 기대앉은 채 페이지를 한 장 한 장 넘겼다. 고요한 가운데 책장 넘어가는 소리만이 적막하게 퍼졌다. 깊은 숲속처럼 평화로운 분위기였다.

꽤 오랜 시간이 흐른 후에야 아네트는 종이 위에서 눈을 뗐다. 어느덧 책의 페이지는 종장에 이르러 있었다. 문득 시계를 확인한 아네트가 저도 모르게 아, 하는 소리를 냈다. 벌써 점심께를 훌쩍 넘긴 시각이었다.

뒤늦게 생경한 기분이 찾아들었다.

한번 책을 읽기 시작하면 그 자리에서 끝을 보고야 마는 것은 그녀의 옛 습관이었다. 하지만 언젠가부터— 아네트는 무언가에 오래 집중하기가 힘들어졌다. 조금 더 정확히는 혁명 이후 1년 정도 흐른 시점부터였다. 그녀는 두통과 건망증을 달고 살았고, 섬세하기로는 둘째가라면 서러울 정도였던 글씨나 자수도 엉망이 되었다.

그런데 이제는…….

아네트는 묘한 얼굴로 책 겉면을 만지작거렸다. 가슴 안쪽이 간질거리는 듯한 느낌이 들었다.

책장을 덮은 후, 눈을 들어 시계를 바라보았다. 초침이 바지런히 움직이는 것을 얼마간 응시하던 그녀가 나지막이 중얼거렸다.

"……답장, 언제 오려나."

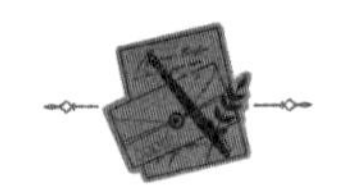

일주일 후, 아네트는 두 통의 편지를 받았다. 하나는 요제프에게서, 그리고 하나는 라이언에게서 온 것이었다. 하이너의 답장은 없었다.

라이언의 편지는 그녀가 이전에 알려 주었던 주소인 그로트 가로 발송되었다가, 브루너에 의해 다시 이곳으로 재발송된 것이었다. 라이언이 정말로 편지를 보내올 줄은 몰랐었다. 아무래도 답장에 새 주소를 알려 주어야 할 것 같았다.

요제프의 편지를 먼저 뜯어보려던 아네트의 손이 흠칫 굳었다. 그녀는 가늘어진 눈으로 편지 겉봉투를 바라보았다.

'발신자 주소가 왜……?'

발신자인 요제프의 주소는 수도인 론체스터, 그것도 총사령관의 관저였다. 정말로 이 주소가 맞는지 몇 번이나 다시 확인한 아네트가 서둘러 편지를 뜯었다. 하얀 편지지는 줄을 넘나드는 크고 삐뚤빼뚤한 글씨로 가득 차 있었다.

「아네트에게

안녕하세요? 요제프입니다.
저는 잘 지내고 있슨니다.
저는 이곳에 정원에 물고기가 있어서 매일 물고기를 봐요
아네트는 집을 가졌어요? 집이
아네트를 많이 보고싶퍼요.

책을 함께 읽어주었으면 해요.
아저씨는 책을 잘 못읽어서 별로
안녕~」

짧은 내용이었음에도 글씨가 워낙 큰 탓에 편지지 한 면이 꽉 찼다. 아이의 귀여운 편지에, 아네트는 잠시 의문도 잊고 소리 내어 웃었다. '집이' 뒤에 끊긴 문장은 대체 뭐였을까. 게다가 아저씨가 책을 잘 못 읽는다는 걸 보니, 아무래도 하이너가 요제프에게 책을 읽어 준 듯했다.

'그렇게 질색하면서 도망가더니.'

대체 어쩌다가 읽어 주게 된 것인지 궁금했다. 대체 어쩌다가, 요제프가 관저에 있게 된 것인지…….

요제프의 편지를 다시 봉투에 넣으려던 아네트가 멈칫했다. 봉투 안에 크기가 약간 작은 종이 하나가 더 들어 있었다. 아네트는 그것을 꺼내 열어 보았다. 관저를 관리하는 집사에게서 온 편지였다. 그 내용은 비교적 간단했다.

「안녕하십니까, 아네트 로젠베르크 양. 론체스터 총사 관저의 총집사 마틴 아도르프입니다. 그간 격조하였습니다.

각하의 뜻에 따라, 요제프를 고아원이 아닌 이곳 관저에서 임시로 머무르게 하고 있습니다. 그러나 만일 아네트 로젠베르크 양과 요제프가 원한다면 로젠베르크 양께서 요제프를 데리고 가실 수 있으십니다.

해당 건은 전적으로 로젠베르크 양의 뜻에 따를 것이며, 물론 아이의 의사가 일치해야겠습니다만, 로젠베르크 양이 원하지 않으신다면 요제프는 관저에서 머무르거나 좋은 입양처를 알아볼 예정입니다.

원하신다면 요제프의 의사를 먼저 확인하도록 하겠습니다. 자세한 이야기는 전화 혹은 직접 관저에 방문하셔서 말씀 나누고 싶습니다. 그럼 연락 기다리겠습니다.」

아네트는 당혹스러운 얼굴로 집사의 편지를 내려놓았다. 그리고 요제프의 편지와 그것을 번갈아 몇 번 보았다.

요제프를 데리고 오고 싶은 마음이 있던 것은 사실이었다. 그때는 책임질 수 있는 상황이 아니었기에 포기했을 뿐. 설령 이제 아이를 책임질 수 있는 여건이 만들어졌다고 해도, 더 좋은 입양처를 구해 주는 것이 나았다.

아네트가 가진 로젠베르크라는 성은— 영원한 사회적 낙인이었다. 심지어 아이를 제 밑으로 데려오게 된다면 아버지도 없이 자라야 했다.

한참을 생각하던 아네트가 다시 집사의 편지를 확인했다. 거기 쓰인 '관저'라는 단어가 유난히 눈에 거슬렸다.

"관저……."

아네트의 입에서 씁쓸한 혼잣말이 흘러나왔다.

솔직히, 가고 싶지 않았다. 관저는 그녀에게 있어서 온통 아픔과 상처뿐인 장소였다. 하지만 요제프와 직접 만나서 이야기를 나눌 필요성 또한 있었다.

푸른 눈이 고요히 가라앉았다. 한참 동안 고민을 거듭하던 그녀가 전화기를 들었다.

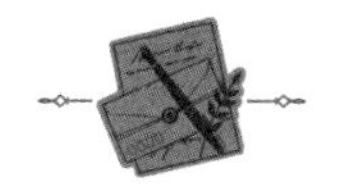

당연한 일이지만, 관저의 경비병은 아네트를 보자마자 그녀를 알아보았다. 출입 허가를 받으며 아네트는 몹시 생소한 기분에 사로잡혔다.

손님 자격으로 관저에 들어서는 것은 처음이었다. 이곳의 본관은 한때 그녀의 집이었으니 당연했다. 하이너와 이혼한 이후로는 단 한 번도 관저에, 아니 수도 자체에 발을 들인 적이 없었다. 그리고 앞으로도 올 일이 없으리라 여겼었다. 그런 곳에 다시 온 건 요제프를 만나기 위해서도 있지만, 전화를 통해 집사가 전했던 말 때문이기도 했다.

"이사하셨다고 들었습니다. 외람된 말일 수 있겠지만, 관저에 로젠베르크 양께서 쓰시던 물건들이 그대로 남아 있습니다. 보시고 필요하신 것들을 가져가시는 게 어떨까요?"

이혼 당시 아네트는 관저에서 챙겨 나온 것이 거의 없었다. 아무 생각 없이 무분별하게 가방을 채웠으니 쓸 만한 것은 아예 없었다고 봐도 무방했다.

사는 데 당장 급한 것은 대부분 장만했지만, 아무것도 없는 상태에서 시작하려니 물건 하나하나가 아쉬운 것이 사실이었다. 게다가 그녀가 과거 아꼈던 것들도 전부 관저에 있었다. 가져올 수 있다면 가져오고 싶었다.

아네트는 본관으로 향하는 길목에 들어섰다. 여름을 맞이한 관저의 정원은 푸르게 피어나 있었다. 싱그러운 풀 내음이 코끝을 스쳤다. 이곳에서 보냈던 시절들이 까마득했다.

관저의 정원은 그들이 신혼을 보냈던 발데마르 저택의 정원과 크기만 다를 뿐 거의 유사한 구조였다. 그녀가 정원을 관리할 적, 그 구조를 똑같이 옮겨다 놓았기 때문이었다. 꿈결같았던 신혼 시절을 그리워하며. 그 때문인지 정원의 깊은 곳으로 향할수록 마치 과거 발데마르 저택으로 돌아가는 듯한 기분이 들었다.

문득 고개를 돌리자, 영원히 행복할 것만 같았던 신혼 시절의 그들이 손을 맞잡은 채 길을 걸어가고 있었다.

"하이너, 더운데 손 놓으면 안 돼요?"

"아까는 제 손이 차가워서 잡고 싶다고 하지 않았습니까?"

"그랬는데 계속 잡고 있으니까 뜨거워졌어요."

"당신은 마음이 너무 쉽게 변해. 한번 잡았으면 끝인 겁니다."

"그럼 죽을 때까지 잡고 있을 건가요?"

"나쁘지 않군요."

관저 내 그녀의 방 안에서 보이던, 정원의 분수에서 물줄기가 뿜어져 나왔다. 물줄기는 경쾌한 소리와 함께 곡선을 그리며 낙하했다. 아네트는 분수 앞의 갈색 벤치로 시선을 옮겼다. 벤치에는 그들이 스케치북을 들고 붙어 앉아 있었다.

"이게 뭘 그린 거예요?"

"분수입니다."

"그럼 이거는요?"

"아네트 발데마르."

"당신도 못 하는 게 있네요."

걸음을 옮길 때마다 과거의 추억들이 속속들이 떠올랐다. 파노라마처럼 온 정경에서 이어지던 장면은, 어느 겨울의 한가운데서 끝이 났다.

아네트는 헐렁한 장갑을 낀 채 그와 말없이 걷고 있었다. 그런 그녀를 수차례 흘긋대던 하이너가 머뭇머뭇 입을 열었다.

"날이 조금 풀리면, 내년 봄엔 바다에 가죠. 글랜포드보다 더 괜찮은 곳도 많습니다. 조금 내려가면 일몰이 아름답기로 유명한 선셋 클리프도 있고."

"……."

"예전에 갔던 산티아구 비치 기억납니까? 벨몬 카운티의. 거기 물개들을 보러 다시 가고 싶어 했잖아요."

"……네."

"그럼 조만간 벨몬 카운티로 휴가를 가는 게 어떻습니까? 봄이 오면 선셋 클리프나, 다른 서부 지역으로 가고."

"……."

"아네트?"

하이너가 걸음을 멈추며 그녀를 불렀다.

아네트는 길 위에 덩그러니 선 채 그를 올려다보았다. 어느새 과거의 여자는 사라져 있었다. 이 길 위에는 그와 자신뿐이었다. 하이너는 그녀의 대답을 기다리듯 초조한 표정이었다. 그런 그를 멍하니 응시하던 아네트가 한 박자 늦게 대답했다.

"그래요."

하이너의 얼굴이 희미하게 밝아지는 것이 보였다. 왠인지 그 대답만으로는 부족하다는 생각이 들었다. 아네트는 고개를 끄덕이며 한 번 더 대답했다.

"그래요."

한없이 행복했거나, 한없이 불행했던 나날들. 모든 순간은 결국 지나갔음에도 사랑과 증오가 교차하던 장소는 영원할 것처럼 이곳에 남아 있었다.

정원을 따라 이어지던 길이 끝났다. 아네트는 본관 입구로 들어섰다. 집사가 그녀를 기다리고 있었다.

"어서 오십시오, 로젠베르크 양."

"……오랜만입니다."

초로를 훌쩍 넘긴 노인인 집사는 별달리 변한 것이 없어 보였다. 성성한 백발도, 늘 인자한 미소를 머금은 얼굴도.

"그간 잘 지내셨습니까?"

"네. 집사님은요?"

"저야 늘 같지요. 요제프의 글공부 수업이 아직 끝나지 않아서, 잠시 기다리시겠습니까? 아니면 방에서 챙기실 물건을 먼저 확인하셔도 좋습니다. 전부 그곳에 있을 겁니다."

"……그럼 방을 잠시 확인해도 될까요?"

"물론입니다."

집사는 빙긋 웃으며 그녀를 방으로 안내했다. 아네트는 그의 뒤를 따라 한때 제 방이었던 곳으로 향했다. 수없이 지나다녔던 복도임에도 낯설었다.

"저는 1층에 있겠습니다. 편하게 둘러보시고, 혹 필요한 게 있으면 말씀해 주십시오."

"네, 감사합니다."

집사가 방문을 닫았다. 홀로 방에 남은 아네트는 얼마간 가만히 선 채 주변을 두리번거렸다.

그와 이혼한 지 벌써 햇수로 2년째임에도, 이곳은 놀랄 만큼 변한 것이 없었다. 모든 것이 제자리에 그대로 있었다. 마치 누군가 그대로 박제시켜 놓은 것처럼. 카트린의 집에 여전하던 제 방을 보는 것과는 전혀 다른 느낌이었다. 이곳의 모든 것은 지나치게…… 부자연스러운 정물 같았다.

약간 당혹한 채 방 안을 살피던 아네트는 이내 몸을 움직이기 시작했다. 그녀는 서랍이나 옷장을 열어 보며 챙겨 갈 것들을 찾았다.

책상 밑 서랍장을 확인하던 아네트의 손이 마지막 서랍에 닿았다. 그곳을 열자 안에서 잘그락거리는 소리가 났다. 마지막 서랍 안에는 처음 보는 고급 천 주머니가 들어 있었다. 아네트는 내가 이런 걸 갖고 있었던가, 하며 그것을 꺼내 보았다.

"……아."

천 주머니 안을 확인한 아네트가 작은 소리를 냈다. 오래전, 글랜포드의 해변에서 주웠던 조개나 소라 껍데기 같은 것들이었다.

하지만 이상했다. 아네트가 이것들을 넣었던 천 주머니는 분명 다른 것이었다. 아무 색도 무늬도 없는, 심지어 끄트머리가 조금

찢어진 낡은 천 주머니.

그가 호텔 쓰레기통에 버렸었던…….

아네트의 눈동자가 희미하게 흔들렸다. 그녀는 해진 데 하나 없이 곱고 부드러운 천 주머니의 표면을 한참 바라보았다.

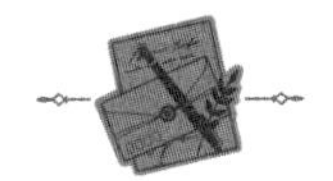

"요제프!"

요제프를 본 아네트가 두 팔 가득 아이를 끌어안았다. 요제프는 약간 멀뚱한 얼굴로 그녀에게 안겼다. 제가 별로 반갑지 않나 싶어 내심 실망하려던 순간, 약간 흥분한 듯 빠르게 박동하는 아이의 심장과 호흡이 품속에서 느껴졌다. 아네트는 활짝 웃으며 아이의 뺨에 가볍게 입을 맞췄다.

"요제프, 잘 지냈니? 나 안 보고 싶었어?"

요제프가 고개를 끄덕였다. 아이는 여전히 말을 하지 못하는 듯했다. 그에 가슴 안쪽이 욱신거리며 아파 왔다. 언젠가는 다시 말을 할 수 있게 되리라고 생각했는데, 그게 대체 언제일지 알 수가 없었다.

아네트는 어두운 기색을 내비치지 않으려 노력하며 이것저것 질문했다.

"여기서 생활하는 건 괜찮아? 글을 배우고 있다며, 어때? 따라가기 어렵지는 않고?"

요제프는 고갯짓으로 대답할 수 있는 것은 그렇게 대답하고, 아닌 것은 수첩에 단어나 문장을 적어 보여 주었다.

"그래? 선생님은 어떤 분이셔?"
「숙제를 만이 내줘요」

편지에서 보았던 삐뚤빼뚤한 글씨가 수첩에 그대로 적혀 있었다. 아네트는 웃음을 참으며 대답했다.
"숙제가 많구나. 그래도 다 하고 있지?"
요제프가 도리도리 고개를 저었다.
"그래, 할 수 있는 만큼만 해. 나도 선생님이 내주는 숙제 안 해 갔었어."

「아닌데 나는 거의 다는 하는데」

"……그렇구나."
그들은 꽤 오랜 시간 동안 이야기를 나누었다. 아네트는 요제프를 포츠만에 두고 온 것이 미안해서, 대화 내내 뺨을 쓸거나 머리를 넘겨 주는 것으로 그 감정을 표현했다.
"잘 지내고 있는 것 같아서 다행이네. 역시 요제프는 어디서든 잘해, 그치?"
그러자 요제프가 눈알을 굴리며 아네트의 눈치를 보았다. 요제프는 고개를 푹 숙인 채 수첩에 무언가를 쓰더니, 머뭇머뭇 그녀에게 보여 주었다.

「이제는 요제프랑 함께 가요?」

수첩에 적힌 문장을 확인한 아네트의 얼굴이 설핏 굳었다. 그리고 아이는 그런 그녀의 기색을 기민하게 눈치챘다. 아네트는 입술을 느리게 달싹였다. 분명 요제프에게 해야 하는 말들을 완벽히 준비해 왔는데, 도저히 입 밖으로 낼 수가 없었다.

"……요제프, 그러니까……."

집사에게 전화할 때부터 이미 마음은 정한 상태였다. 그녀는 아이를 거둘 수 없었다.

"내가, 많이 생각해 봤거든."

아네트는 그로트 일가에게 일어났던 일들을 기억했다. 그들은 자신 때문에 고향을 떠나 신시어로 이사해야만 했다. 그리고 카트린은 신시어에서 폭격으로 사망했다.

"나도 요제프를 많이 좋아해서, 함께 있을 수는 없을까, 계속 고민을 했어."

아네트는 요제프를 최선의 환경에서 키울 자신이 없었다. 아이가 자라나며 자신으로 인해 입게 될 상처의 가능성을 조금이라도 주고 싶지 않았다.

"그런데 내가 요제프와 함께 있으면, 요제프가 많이 힘들게 될 것 같더라고. 요제프는 훨씬 훨씬 더 좋은 곳에서 행복하게 살 수 있는데, 그러면 안 되잖아. 그래서……."

총사령관의 주선이라면 정말 좋은 입양처를 구할 수 있었다. 총사령관의 눈치를 보아서라도, 양부모는 아이를 결코 함부로 대하지 못할 테니까.

"……그래서, 요제프를 위해서 그러지 않기로 했어."

요제프는 완벽한 가정에서 질 좋은 치료와 교육을 받으며 안락하게 자라날 것이다. 설령 입양처를 구하지 못하더라도, 관저가 아이를 책임질 것이고.

"내가 요제프랑 함께 있기 싫어서가 아닌 거 알지?"

요제프는 이해하지 못하겠다는 듯, 상처받은 얼굴로 고개를 저었다. 그럼에도 제 감정을 표정으로 티 내지 않으려는 기색이 역력했다. 아네트는 가만히 요제프를 끌어안아 주었다. 아이는 그녀를 밀어내지는 않았지만 그렇다고 이전처럼 폭 안겨 오지도 않았다.

"……미안해."

작은 등에서 손을 떼며 아네트가 속삭였다. 손바닥에 아이의 온기가 남아 있었다. 그녀는 그 손을 꾹 쥐었다가 폈다.

"바로 가십니까?"

복도에 서 있던 집사가 온화한 얼굴로 그녀에게 물었다. 아네트는 걸음을 멈추고 고개를 끄덕였다.

"……네."

"가끔 요제프의 소식을 전해 드리도록 할까요?"

"그래 주신다면 감사하죠."

요제프와 함께할 수는 없겠지만, 아이가 자라나는 이야기를 들을 수 있다면 좋을 것 같았다.

집사는 빙그레 웃으며 말했다.

"요제프가 로젠베르크 양을 많이 그리워하는 듯했습니다. 아무래도 낯선 사람들뿐이라, 관저 생활엔 적응이 힘든 모양이더군요."

"그런……가요."

아네트는 집사가 그녀에게 요제프를 데려가는 것이 어떠하겠느냐, 아이도 그편을 좋아할 것이다, 등의 이야기를 할 것이라고 예상했다. 그러나 집사는 더 이상 그에 대해 말을 덧붙이지 않았다. 그저 잔잔한 미소만 머금고 있을 뿐이었다. 관저의 총괄 집사는 본래 대대로 백작가에서 일하던 집사 가문의 사람이었다. 이혼 이후, 거의 유일하게 관저 내에서 그녀에게 적대적이지 않았던 자이기도 했다.

둘 사이에 짧은 침묵이 흘렀다. 잠시 망설이던 아네트가 조심스러운 기색으로 입을 열었다.

"저, 혹시…… 각하의 소식에 관해 들은 게 있으세요?"

그에게서 답장이 올 때가 되었는데 아직이었다. 전시니 늦어지는 건 충분히 이해하지만, 왜인지 이상하다는 생각을 떨칠 수가 없었다.

아네트의 물음에 집사의 눈이 살짝 가늘어졌다. 뭔가를 알고 있나 싶었지만, 이내 집사는 고개를 저었다.

"저야 신문으로나 소식을 들을 뿐이지요."

"……그렇군요."

"무사히 귀환하실 겁니다."

어쩐지 속내를 들킨 듯한 기분이 들었다. 아네트는 눈을 내리깔며 그렇겠죠, 하고 중얼거렸다.

"그럼 집사님, 저는 이만 가 보겠습니다. 몸 건강히 잘 지내시고요."

"감사합니다. 로젠베르크 양도 언제 어디서나 건강하시길."

나이 들었음에도 깨끗하고 단정한 목소리였다. 아네트는 희미하게 미소 지어 보이고선 고개를 돌렸다. 그때, 불현듯 집사가 그녀를 불렀다.

"로젠베르크 양."

아네트가 멈칫하며 그를 돌아보았다. 집사는 예의 그 인자한 얼굴로, 조용히 물었다.

"관저로 돌아올 생각은 없으시지요?"

일순 그녀의 눈동자가 흔들렸다. 어째서 집사가 이런 질문을 하는 것인지 알 수가 없었다.

짧은 적막이 내려앉았다. 아네트는 집사를 탐색하듯 바라보았다. 하지만 주름 가득한 그의 얼굴에서는 아무것도 읽어 낼 수가 없었다.

이윽고 아네트는 눈을 내리깔아 가볍게 묵례하는 것으로 대답을 대신했다.

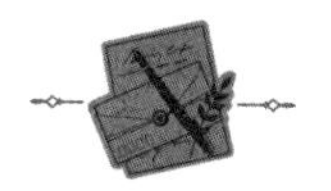

장을 보고 돌아오는 길에, 아네트는 주택 앞 길가에 버려진 작은 피아노 한 대를 발견했다.

피아노는 꽤 값이 나가는 물건이었다. 웬만한 이들은 감히 살 엄두도 내지 못하는 걸 이렇게 내놓다니. 휴양 도시인 산타몰리에 사는 이들이니 여유로운 편일 것이라고 짐작은 했지만, 이 정도일 줄은 몰랐다.

아네트는 저도 모르게 주변을 한번 둘러보았다. 아무도 없는 것을 확인한 후에도, 약간 망설이다가 피아노 가까이 다가갔다. 그녀는 양손 가득한 짐을 길바닥에 내려놓았다. 피아노 뚜껑을 열자 건반들이 드러났다. 그녀는 그중 하나를 조심스레 눌러 보았다. 건반이 낡아 보여서 기대하지 않았는데, 비교적 깨끗한 음색이 났다. 조금만 조율하면 괜찮을 것 같았다.

초조한 강아지처럼 괜히 이리저리 피아노를 살펴보던 그녀는 나직한 한숨을 내쉬었다. 이게 다 뭐 하는 짓인가 싶었다. 아네트는 내려놓았던 짐을 다시 들었다. 피아노를 마지막으로 한번 힐끗거린 그녀가 도망치듯 걸음을 옮겼다.

그리고 몇 시간 후, 피아노 앞에 다시 그림자가 졌다.

다행인지 불행인지 피아노는 아직 그 자리에 있었다. 아네트는 심란한 눈으로 피아노를 내려다보았다.

"……미치겠네."

나직이 중얼거린 그녀가 다시 피아노 뚜껑을 열어 보았다. 한낮의 햇살을 받은 건반들의 표면이 희게 빛났다.

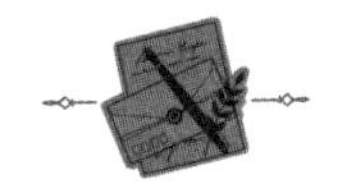

시간은 유수처럼 흘러갔다.

아네트는 요제프와 라이언과 꾸준히 편지를 주고받았다. 요제프의 입양처는 총사령관이 복귀한 이후 본격적으로 알아볼 예정인 듯했다. 요제프는 여전히 관저 생활에 적응하지 못하고 있었다. 오는 편지마다 그녀에게 오고 싶어 하는 아이의 의사가 묻어났다. 그러나 아네트는 애써 그 부분에 대해선 답장하지 않았다.

한편 라이언은 아네트가 새롭게 정착한 지역이 산타몰리라는 소식을 듣고 몹시 놀라워했다. 그의 본가가 산타몰리 바로 옆 도시인 노버베르크라고 했다. 라이언은 그녀의 새로운 출발을 축하하며, 제대하는 대로 산타몰리를 방문하겠다는 이야기를 전했다.

아네트는 하이너에게 꾸준히 편지를 썼다. 여전히 답장은 오지 않았다.

계절은 여름의 초입을 지나가고 있었다.

파살라 섬을 포함한 남부 해협의 전쟁이 완전히 마무리된 이후, 암호 해독에 관한 기사가 신문에 크게 났다. 그리고 이 암호 해독에 가장 큰 공을 세운 이는 단연 아네트 로젠베르크였다. 국가 차원에서 제법 큰 액수의 보상금이 그녀에게 지급되었다. 아네트는 보상금 전부를 전쟁고아들을 위해 설립된 고아원에 기부했다.

해당 사건을 통해, 과거 피아니스트로서 이루었던 아네트의 업적들이 재조명되었다. 곧장 그녀에게 인터뷰 요청이 쇄도했다. 아네트는 그중 한 곳의 요청을 받아들였다. 이번 전쟁에서, 큼직한 전황의 판도나 전투가 아닌 주로 개인의 이야기에 초점을 맞춘 기사들을 다루었던 신문사였다.

「야니스 : 피아니스트라고 해서 전부 악보를 분석할 줄 아는 건 아니라고 들었는데요.

A : 그건 피아니스트마다 다릅니다. 다만 저는 저를 가르치셨던 선생님께 악보 분석과 작곡을 함께 배웠기 때문에 비교적 익숙했어요. 실제로 직접 작곡을 하기도 했었고요.

야니스 : 직접 작곡을 하셨다고요?

A : 네, 작곡에 흥미가 있었거든요.

야니스 : 죄송합니다. 사실 귀족 여성이 악기 연주가 아닌 작곡까지 했다는 이야기는 처음 들어서요.

A : (웃음) 저도 들어 본 적은 없어요.

야니스 : 그렇다면 이제 작곡은 그만두신 건가요?

A : 그만뒀었지요. 하지만 이제 다시 공부를 시작해 볼까 해요.

야니스 : 그렇군요. 조심스러운 질문이지만…… 다시 작곡 공부를 시작할 마음이 드신 이유는 이번 일 때문인가요, 혹은 손을 다

치셨기 때문인가요?

A : 둘 다 맞아요. 한 가지 더 큰 이유가 있고요.

야니스 : 어떤 이유인지 들어 볼 수 있을까요?

A : 저는 원래, 제가 작곡에 재능이 없다고 생각했었어요. 그래서 오래전 완성했던 많은 곡들을 하나도 발표하지 않았죠. 그렇게 포기하고 살았는데…… 오랜 시간이 지난 후에, 누군가 제게 이런 말을 해 주었어요.

제 재능과 노력은 진짜라고. 제가 콩쿠르에서 미스 터치가 단 한 번도 없었던 유일한 참가자가 되기까지 얼마나 노력했는지, 얼마나 힘들어하고 괴로워했는지 안다고.

제가 연주뿐만 아니라 작곡에 흥미와 재능이 있었다는 것도 안다고. 한 번도 정식으로 곡을 발표한 적 없으니, 발표했다면 분명 달랐을 거라고.

그 사람의 말이 정말인지 아닌지는 아직도 잘 모르겠어요. 그래서 확인해 보려고 해요. 만약 아니라면 책임을 물어야죠. (웃음)」

시간은 계속해서 흘러가며 더위를 몰아냈다. 여름이 아주 가 버린 어느 날, 체셔 필드로부터 최종 승전보가 전해졌다.

연합군의 승리였다.

이를 기점으로, 대륙 곳곳에 분포되어 있던 추축국들의 전선이 일제히 무너져 내렸다. 오래전부터 위태하던 프란체의 경제력이 한계에 다다른 까닭이었다.

또다시 하나의 계절이 지나갔다. 그해 겨울, 유례없는 추위가 대륙을 강타했다. 동상으로 인한 적군의 사망자 수가 역대 최고치를 기록했다.

끝날 듯 끝나지 않던 전쟁이 비로소 마지막 페이지에 들어서고 있었다.

차가운 눈발이 휘날리던 AU 723년 1월 21일, 프란체가 연합국에 항복했다.

프란체의 항복 선언 이후— 국제연합군 주요 사령관이자 파다니아군 총사령관인 하이너 발데마르의 공식 종전 선언이 라디오를 통해 흘러나왔다.

[바로 오늘 1월 21일, 교전국은 쌍방에 막대한 피해와 유혈을 야기하였던 전쟁 상태를 완전히 종료함으로써 기존의 정전협정을 폐기하고 평화협정으로 나아갈 것임을 공동으로 선언하였습니다.]

이 라디오 방송은 아직 피가 마르지 않은 최전선에서부터, 전쟁의 피해가 닿지 않은 본토까지 전국 곳곳에 전해졌다.

[이 즉각적이고 완전한 종전협정을 따라 군사적 성질의 적대 행위와 무장 행동은 일체 금지될 것이며, 양측의 포로와 억류자는 교환될 것입니다.]

누군가는 종전의 기쁨에 환호했고, 누군가는 여전히 전쟁이 앗아간 것들에 대한 슬픔에 잠겨 있었다.

[파다니아 국민 여러분. 우리는 기나긴 역경을 이겨 내고 현재 역사의 주요한 페이지에 서 있습니다. 이 기로에서 우리 정부와 군은 완전한 평화의 현실을 앞당기고자 최선을 다할 것입니다. 평화

와 정의를 위해 투쟁한 여러분 모두에게 지지와 박수를 보냅니다.]

먼 길을 날아온 노란 나비가 전선의 철조망에 사뿐히 내려앉았다. 철조망 아래, 포탄이 수없이 터져 희끗희끗하게 변한 흙 사이로 연두색 작은 새싹이 돋아나고 있었다.

[……승리를 안겨 드립니다.]

15장

사랑하는 나의 억압자

프란체 군복을 입은 병사들이 무릎을 꿇고 양손을 머리 뒤에 댄 채 일렬로 앉아 있었다. 개중에는 헌팅엄 교회 학살 사건에 가담했던 병사들 또한 끼어 있었다. 이들은 곧 재판에 회부될 예정이었다. 그러잖아도 어제 군사재판소에서 프란체의 핵심 군사 지도자 열네 명이 사형을 선고받은 차였다.

프란체 병사들의 낯빛은 전부 거멓게 죽어 있었다. 파다니아 장교가 그들 사이를 걸어 다니며 무언가를 확인했다. 그러다 한 병사의 명찰을 확인하곤, 그 앞에 멈추어 서서 물었다.

"엘리엇 시도우?"

"그렇습니다."

"일어나."

장교는 가타부타 말도 없이 명령했다. 엘리엇은 순순히 자리에서 일어났다. 장교가 따라오라는 듯 손짓했다. 소총을 든 병사 둘이 엘리엇의 양쪽에 각각 따라붙었다. 엘리엇은 여전히 두 손을 뒤통수에 댄 채 걸음을 옮겼다.

이윽고 도착한 곳은 공터 뒤편이었다. 그곳에는 남달리 체격이 큰 고위 장교 한 명이 뒷짐을 지고 뒤돌아 서 있었다. 엘리엇은 그 뒷모습만으로도 상대를 알아보았다.

"손 내밀어."

병사들이 그의 손을 묶었다. 거칠기 짝이 없는 대우에 몸을 약간 휘청거리면서도, 엘리엇은 상대의 뒷모습에서 눈을 떼지 않았다. 양손이 피가 통하지 않을 정도로 꽉 묶였다. 저릿한 감각이 불쾌했다. 그러나 엘리엇은 짐짓 경쾌한 어조로 입을 열었다.

"오랜만이네."

그 말에, 상대가 천천히 뒤를 돌았다. 표백된 바위처럼 무감각한 얼굴이 서서히 드러났다. 참 변함없는 친구의 모습에 엘리엇은 씩 입꼬리를 올렸다.

"하이너."

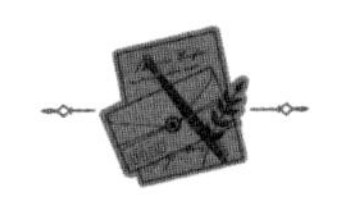

하이너는 한때 가까운 동료라고 생각했던 이를 몇 발자국 떨어진 곳에서 바라보았다.

잭슨은 더 나이가 들었을 뿐 10년 전과 크게 다를 것이 없어 보였다. 저 유들유들한 웃음도, 경박하다고 느껴질 만큼 가벼운 말투도.

"이야, 멀쩡해도 너무 멀쩡하네."

하이너를 훑어보던 잭슨이 마치 감탄이라도 하듯 말했다.

"내가 보낸 선물이 잘 작동하지 않았던 모양이야."

"역시 그날 저격수를 남겨둔 건 너였군."

헌팅엄 교회의 무너진 잔해에서 그녀를 구출해 낸 날, 그 자리에 저격수가 있던 것이 우연은 아니리라고 짐작했었다. 다만 확신하지 못했을 뿐. 그러나 이로써 확실해졌다.

잭슨은 그가 눈치챘을 줄 알았다는 듯 빙그레 웃었다.

"현장에서 바로 사살당했다고 해서 얼마나 슬펐다고. 나름 아끼는 놈이었는데."

"내가 그곳에 올 것이라 확신했던 모양이지."

하이너는 잭슨의 뒤에 선 병사들에게 손짓하며 무덤덤하게 말했다. 병사들이 즉각 뒤로 물러났다.

"흐음, 73퍼센트 정도는? 27퍼센트는 설마 했었거든. 무려 한 나라의 총사령관이신데 자기 몸 귀한 줄 알면 선불리 움직이지 않을 테니까. 그래도 온 걸 보면……."

말끝을 끌던 잭슨이 기가 찬다는 듯 짧은 헛웃음을 터트렸다.

"너, 역시 그 여자를 사랑했네. 로젠베르크 양이 하도 아니라고 해서 진짜 아닌가, 싶었지 뭐야. 이럴 줄 알았으면 포로로 어떻게 잘 써먹어서 진급이나 하는 건데. 훈장도 받고."

"그래서."

하이너는 서늘한 눈으로 그를 응시하며 말을 이었다.

"이 일이 끝나면, 장교가 되어서 나라에서 집도 받고 훈장도 받아 행복해지겠다더니…… 어느 정도는 꿈을 이뤘군그래."

"……."

"행복한가?"

일순간 잭슨의 얼굴에서 표정이 사라졌다. 하이너가 언급한 '이 일'이 무엇을 뜻하는지는 명확했다. 잭슨은 고개를 숙여 잠시 제

발치를 바라보다가, 다시 눈을 들며 하하, 하고 쉽게 웃었다.

"뭐, 그렇지."

"분명 너는 그녀를 포로로 잡을 수 있었다."

잭슨이 무슨 의미냐는 듯 한쪽 눈썹을 들어 올렸다.

"앞선 네 말은 이유가 되지 못해. 왜 그러지 않았지?"

"음, 포로로 잡을까 고민하기는 했는데……. 로젠베르크 양이 자기는 포로로서의 가치가 없다고 아득바득 우기는 데다, 또 얘길 들어보니 그럴싸해서 영 확신이 안 서더라고."

"……."

"그리고 그 여자가 나한테 후작 대신이라며 미안하다는 말을 하더라? 그 부분에선 내가 피해자래. 그런 말은 또 처음이었어. 뭐, 그래서……."

중얼거리는 듯한 잭슨의 말은 바람결에 흩어져 명확히 들리지 않았다. 잭슨이 어깨를 가볍게 으쓱여 보였다.

"그래서 그냥 그러고 싶지 않아졌어."

잭슨은 재판에 회부될 예정이었다. 그는 아마 종신형이나 사형 선고를 받게 될 것이다. 엘리엇 시도우 대위는 헌팅엄 교회 학살 사건의 주범 격이었으니까. 반드시 인정받아 행복해지겠다던 청년은, 패전국의 전쟁 범죄자가 되어 처벌을 기다리고 있었다.

해가 약간 기울어졌다. 나뭇가지 사이로 햇살이 조각조각 갈라져 비쳤다. 이들의 이송 시간이 다가오고 있었다. 하이너는 마지막 질문을 던졌다.

"그때, 어째서 문을 열었지?"

두 남자의 시선이 직선으로 맞부딪쳤다. 아무리 갖가지 모습과 신분으로 변장을 해도 감출 수 없던 눈동자가, 서로를 곧게 주시했다.

"글쎄."

잭슨이 속삭이듯 말했다.

"때늦은 사과라고 해 둘까."

그의 입을 바라보던 하이너는 그렇군, 하고 중얼거렸다. 건조한 겨울바람에 코트 자락이 펄럭였다. 짧은 침묵이 있었다. 어딘지 가라앉아 있던 잭슨의 얼굴은 이내 금방 활기를 되찾았다. 그가 이죽거렸다.

"그래도 이렇게까지 멀쩡하게 승승장구한 걸 보니 좀 배알이 꼴리는데."

"글쎄, 멀쩡하진 않으니 그걸로 조금은 위로가 되겠군."

"음? 무슨 말이야?"

그들 기준에서 멀쩡하지 않다는 건 최소 영구적인 손상 그 무언가였다. 그러나 하이너는 장애는커녕 다 낫지 않은 부상조차 없이 멀쩡해 보였다. 의아함을 담은 잭슨의 시선이 하이너를 천천히 훑어내렸다. 짧은 관찰 끝에 잭슨은 아까 하이너가 그를 향해 돌아설 때, 오른편으로 돌아섰다는 걸 깨달았다. 대화 내내 그가 제 입 모양을 주시하고 있었다는 것도.

아! 잭슨이 작은 탄성을 내뱉었다. 그가 킥킥거리며 웃었다.

"꼴 좋다."

그 웃음은 이내 수그러들었다. 공터 쪽에서 철컹거리며 철창문을 여는 소리가 났다. 하이너가 잭슨의 뒤편에 서 있던 병사들에게 손짓했다.

"그 여자랑 너무 행복해지지는 마. 존나 배 아프니까."

다가온 병사들이 잭슨의 양팔을 붙들었다. 잭슨은 그들에게 끌려가며 마지막 말을 내뱉었다.

"조금만 행복해지라고."

세 명분의 군화가 땅을 밟으며 멀어졌다. 차게 언 바닥에 낮은 흙먼지가 일었다. 그들의 뒷모습을 바라보던 하이너가 나지막이 대답했다.

"……그러지."

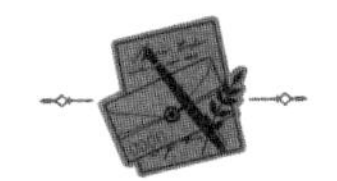

전후의 상황은 전시만큼이나 바쁘게 흘러갔다.

전쟁 범죄자들에 대한 재판과 처벌, 패전국의 배상금 문제, 영토의 재분할, 그리고 전후로 체결되는 다양한 조약들까지— 처리해야 하는 일들이 산더미였다.

정전 협정은 폐기되었다. 비체 조약이 체결되었던 웨이트리스의 도시 비체에서, 비체 평화 협정 및 평화 조약이 새롭게 논의되고 있었다. 또한 파다니아의 총사령관 하이너 발데마르의 강력한 주장으로 하나의 전후 조약이 체결되었다. 새로운 조항들을 추가한 전시국제법이었다. 의사, 간호사, 구급차와 의료지원차, 병원선, 그리고 국제 의료기구의 표장이 그려진 건물을 공격하는 행위를 강력히 금지한다는 것이 조약의 주요 내용이었다.

많은 것들이 차차 정리되어 가고 있었다.

저녁 하늘을 가로지르던 비행기가 서서히 고도를 낮추었다. 창밖으로 구름이 지나가고, 도시의 희고 노란 불빛들이 보이기 시작했다.

하이너는 날인된 최종 전시국제법 서류를 봉투에 넣은 후, 서류

가방을 열었다. 두툼한 연갈색 봉투들의 맨 앞에는 유난히 흰 편지 봉투 여러 개가 놓여 있었다.

그는 그중 하나를 꺼내 펼쳐 보았다. 정갈한 필체의 편지는 '친애하는 하이너에게'라는 문구로 시작했다.

「저는 지금 창문을 열어 놓고 당신에게 편지를 쓰고 있어요. 산타몰리에도 겨울이 찾아왔지만, 남부 지역이라 그런지 수도처럼 춥지는 않아요. 참 다행인 일이죠. 당신도 알다시피 전 더위보단 추위에 약하니까요.

그곳은 날씨가 어떠한가요? 당신은 안전히 잘 지내고 있나요? 답신을 받지 못해 걱정이 됩니다…….」

「저는 다시 작곡을 공부하고 있어요. 사실 다음 달 즈음엔 곡을 하나 완성할 수 있을 것 같아요. 새 곡은 아니고 예전에 만들었던 것을 다듬는 것에 불과하지만. 요제프를 만나러 관저에 들렀을 때 제 짐들을 가지고 왔는데, 과거에 쓰다 말았던 곡들을 발견했었거든요.」

「늘 당신을 걱정하고 있어요.」

「어서 당신이 무사히 돌아오기를 바랍니다.」

하이너의 눈이 단어 하나하나를 섬세하게 더듬어 나갔다. 그 기적과도 같은 모든 문장을.

그가 이 편지들에 답장하지 않았던 데엔 여러 이유가 있었다. 그중 가장 큰 이유는 이 전쟁에서의 확신이 없기 때문이었다. 카트린 그로트의 사망 소식을 전해 들은 이후엔 더욱 그러했다.

그날, 체셔 필드 폭격의 한가운데서 그는 깨달았다. 그녀에게 온전한 몸으로 돌아가지 못할 수도 있다는 것을.

하이너는 그녀에게 그 어떤 짐도 지우고 싶지 않았다. 그저 오롯한 승리만을 꽃다발처럼 안겨 주고 싶었다. 모든 것이 끝난 평화의 새날에서.

"각하, 곧 론체스터에 도착합니다."

비행기의 소음이 점점 커졌다. 왼쪽 귀가 유난히 먹먹했다. 하이너는 고개를 돌려 창밖을 내다보았다. 도시의 불빛들이 점점 가까워지고 있었다.

별이 무수히 박힌 밤하늘처럼 아름다운 정경이었다.

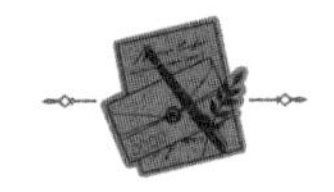

겨울의 끝자락, 아직 찬기를 머금은 공기가 거리 위의 낙엽을 한차례 쓸고 지나갔다. 산타몰리 시장은 평소보다 적막했다.

한산한 거리를 검은 코트의 한 남자가 걷고 있었다. 중절모를 깊숙이 눌러쓴 남자는 시장 구석의 작은 꽃집으로 들어섰다.

"어서 오세요."

줄기를 손질하던 주인이 자리에서 일어나며 간만의 손님을 반기려다, 상대를 확인하곤 일순 흠칫했다. 위압감이 느껴질 만큼 체격이 몹시 큰 사내였다. 가게가 작은 탓에 남자는 상체를 약간 수그려야 했다. 남자가 몸을 구깃구깃하게 접은 채 안을 두리번거리자, 주인은 상냥히 물었다.

"찾으시는 게 있으세요?"

"……꽃다발을 하나 주문하고 싶습니다."

"그럼요. 특별히 원하시는 꽃이 있으신가요?"

"푸른색 수국과 스타티스입니다."

"아, 그런데 스타티스는 여름에 피는 꽃이라……. 드라이플라워로는 있는데, 그것도 무척 예뻐요. 한번 보시겠어요?"

남자가 고개를 끄덕였다. 주인은 가게 안쪽에서 종이에 싸인 스타티스 묶음을 가지고 왔다. 푸르스름한 빛을 띠는 보라색 꽃잎은 수분기가 전혀 없음에도 화사했다.

"보통 다른 꽃들은 말리면 약간 변색되거나 칙칙해지는데, 스타티스는 색이 그대로예요. 오랜 시간이 지나도 여전히 아름답죠."

주인의 잔잔한 설명이 이어졌다. 남자는 스타티스를 관찰하듯 유심히 바라보았다.

"그래서 스타티스는 변함없는 사랑이라는 꽃말을 가지고 있기도 해요."

남자의 시선은 꽃 위에서 떨어지질 않았다. 주인은 그가 연인에게 꽃을 선물하려는 것이리라 추측하고선 빙그레 웃었다.

"그럼 이걸로 드릴까요?"

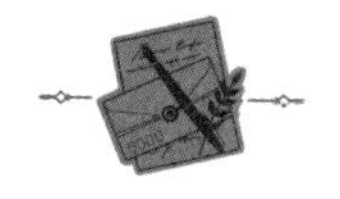

하이너는 꽃다발을 든 채 언덕길을 올랐다. 길을 둘러싼 나지막한 돌담 너머로 광활한 바다가 펼쳐져 있었다. 차가운 바닷바람에 꽃잎이 흔들렸다. 그는 혹 잎이 떨어질까, 품에 끌어안은 꽃다발을 코트 자락으로 덮었다.

얼마 전 아네트의 첫 번째 곡이 완성되었다. 아직 정식으로 발표하지는 않았으나, 신인 작곡가를 대상으로 하는 작곡 발표회에 출품할 예정이라고 했다.

꽃다발을 산 것은 그래서였다.

그녀가 새롭게 걸어가는 길을, 발표회 날보다 먼저 축하해 주고 싶었다.

멀리서 파도가 쳤다. 하이너는 저 너머 수평선이 보이는 이 언덕길을 아네트가 걸어가는 모습을 상상해 보았다. 그녀 특유의 단정하지만 가벼운 발걸음으로. 금색 머리칼이 바닷바람에 휘날리고, 긴 속눈썹이 햇살을 받아 빛나고, 바다를 담은 푸른 눈동자가 눈꺼풀 사이로 잠겨 들었다가 다시 드러나고. 펄럭이는 치맛자락이 길을 오르는 그녀의 다리에 감기고, 흰 발목과 복숭아뼈가 드러나고, 낮은 구두 굽이 땅과 맞부딪치며 규칙적으로 다각이고…….

그 모든 일련의 장면들이, 그의 머릿속에서 명화처럼 펼쳐졌다.

문득 거센 바람이 불었다.

언덕길을 오르던 그녀가 뒤를 돌아보았다.

금발이 허공을 어지럽게 수놓았다. 아네트는 숨을 몰아쉬며 그를 응시하고 있었다. 하이너는 제 눈높이보다 훨씬 위에 선 여자를 하염없이 올려다보았다.

쏴아아— 다시금 불어온 바람에 그녀의 형상이 흩어지듯 지워졌다. 하이너는 사라진 형상을 뒤쫓듯 계속해서 언덕을 올랐다.

곧 먼 시야에 하늘색 지붕의 집이 들어왔다. 그의 걸음이 조금 빨라졌다.

집은 도로에서 막히는 것 없이 바로 문과 이어졌다. 하이너는 이곳에 높은 울타리를 쳐야 하지 않을까 생각하며, 문 가까이 다가갔다. 가슴속에서 망아지 한 마리가 날뛰는 것처럼 심장이 박동했다. 자꾸만 몸에 힘이 들어가는 탓에, 안은 꽃다발을 으스러뜨리지 않기 위해 애를 써야 했다. 하이너는 문 앞에 허리를 곧게 펴고 섰다. 괜히 옷매무새를 점검한 후, 중절모를 벗어 쥐었다. 떨리는 호흡이 입 안에서 흩어졌다.

모자를 쥔 손으로 문을 두드리려는 순간.

"—."

불현듯 어디선가 희미한 말소리와 함께 웃음소리가 들려왔다. 하이너의 손이 멈칫했다. 분명히 남녀의 목소리였다. 그러나 소리가 난 곳이 오른쪽인지 왼쪽인지 분간할 수가 없었다.

잠시 제자리에서 서성이던 그가 조심스럽게 발을 뗐다. 하이너는 멀게 들리는 소리를 간신히 좇아, 주택의 뒷마당으로 걸음을 옮겼다.

말소리가 점점 가까워졌다. 그는 기척을 죽이고 다가갔다. 신발 아래로 메마른 잔디가 밟혔다. 이윽고 드러난 뒷마당의 정경에는 두 남녀가 있었다. 하이너의 희뿌연 눈동자 안으로, 하얀 의자 위에 앉은 여자가 가장 먼저 비쳤다. 도톰한 흰색 카디건을 어깨에 덮은 여자는 두 다리를 끌어안은 채였다. 비스듬히 기울어진 고개는 옆을 향하고 있었다.

하이너의 시선이 여자의 고개를 따라 옆쪽으로 옮겨 갔다. 그 끝에는 한 남자가 있었다. 공구를 든 남자는 텃밭의 울타리를 수리하며, 여자에게 끊임없이 말을 걸었다. 하이너는 그를 알았다.

라이언 프롬.

후방의 교회 건물에서 아네트와 함께 만났던 육군 62사단 중사였다.

"아하하—."

라이언이 무슨 말을 하자, 아네트가 입을 가리며 소리 내어 웃었다. 그 싱그러운 웃음소리는 차가운 공기를 타고 그의 귓가까지 전해져 왔다.

'아.'

하이너는 소리 없이 신음했다.

그들은 마치…… 함께 가정을 꾸려 나가기 시작한 신혼부부처럼 보였다. 한없이 평화롭고 행복해 보이는 광경이었다. 완벽에 가까울 만큼.

하이너는 제자리에 굳은 채로 그 광경을 바라보았다. 자신이 초대받지 않은 불청객처럼 느껴졌다. 도무지 더는 발이 떨어지질 않았다. 아무런 말도, 아무런 행동도 할 수가 없었다.

사실 어쩌면,

어쩌면, 그냥 이대로 앞으로 나아갈 수 있을지도 모른다.

그녀에게 꽃다발을 안기고, 아픔을 내보이고, 내가 이렇게 또다시 망가졌노라고— 그렇게 불쌍하고 비참한 모습을 보인다면. 그녀는 다시 자신을 안아 줄지도 모른다. 구걸하는 걸인을 차마 지나치지 못하듯 그의 상처에 함께 아파해 줄지도 모른다. 달빛이 아름답게 그들을 감싸던 그날의 밤과 같이.

하지만 그는 그럴 수 없었다.

글랜포드의 해변에서 눈부시게 웃던 그녀의 손목을 잡아챌 수 없었던 것처럼. 강제로 일으켜 세워, 관저로 끌고 갈 수 없었던 것처럼.

그는 그럴 수 없었다.

아네트의 죽음에 대한 갈망 앞에서, 더는 그녀를 구속할 수 없었던 것처럼. 끝내 놓아주는 것을 택할 수밖에 없었던 것처럼.

그는 그럴 수 없었다.

하이너는 그녀가 웃기를 원했다. 더는 아프지 않기를, 그저 행복하기를 바랐다. 실은 처음부터 그러했다.

그렇기에…….

그는 그럴 수 없었다.

제가 망친 것을 되돌려 줄 수 없다면, 최소한 더는 망치지 말아야 했다. 이제 그것만이 그에게 남겨진 의무였다.

하이너는 천천히 뒷걸음질 쳤다. 도란도란한 말소리가 멀어졌다. 두 남녀의 평화로운 광경도 이내 벽 뒤로 자취를 감추었다. 그는 하늘색 지붕의 주택에서 완전히 몸을 돌렸다.

거의 지나간 겨울의 한나절, 봄이 올 듯 말 듯 했다.

누군가 떠난 자리엔 꽃다발만이 남았다.

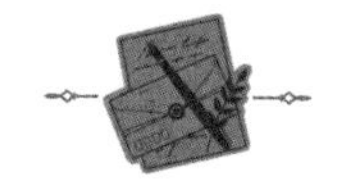

"아네트, 다 됐어요. 한번 와서 확인해 볼래요?"

"와아, 완벽해요, 완벽해요."

그녀의 감탄에 라이언이 뿌듯한 듯 씩 웃었다. 아네트는 그의 이마에 송골송골 맺힌 땀을 보며 미안한 얼굴을 했다.

"고마워서 어떡해요. 집 안도 손봐 줬는데 이것까지……."

"고맙긴요. 내가 더 고맙지. 우리 조카나 잘 부탁해요."

라이언의 십대 조카는 한 달 동안 산타몰리의 시장에 위치한 공방에서 일을 배우기로 했는데, 그때 아네트의 집에 잠시 머물기로 한 상태였다. 라이언은 미안하고 고맙다며 그녀의 집을 수리하는 일과 가구를 재배치하는 일 등을 전부 도와주었다.

아네트가 걱정스럽게 물었다.

"혹시 늦지는 않았죠? 저녁에 가 봐야 한다면서요."

"하하, 괜찮아요. 아직 조금 여유 있어요."

"안에서 뭐라도 마시고 가요. 힘들겠다."

"어유, 그럼 시원한 것으로 부탁합니다."

라이언이 공구함을 들고 자리에서 일어났다. 아네트는 자신이 들겠다고 했지만 그가 절대 양보하지 않는 탓에, 현관까지 오는 내내 작은 실랑이가 일었다.

"어라?"

옥신각신하던 그들은 현관문 앞에 놓인 꽃다발을 보고 멈추어 섰다. 수국과 스타티스를 엮어 만든 꽃다발이었다. 푸른 꽃잎이 살랑살랑 흔들리고 있었다.

"꽃다발이네요?"

고개를 갸웃거리던 라이언이 농담했다.

"아네트를 짝사랑하는 누군가가 몰래 두고 간 거 아니에요? 하하, 누군지는 몰라도…… 아네트?"

멍하니 그 꽃다발을 응시하던 아네트는, 돌연 휙 몸을 돌려 도로로 뛰어나갔다. 라이언이 그녀를 붙잡을 새도 없었다.

타닥. 낮은 굽의 신발이 완만한 내리막길을 디뎠다. 뜀박질은 점점 속도를 더해 갔다. 수평선에서부터 밀려온 바닷바람이 그녀의 머리카락을 헝클어뜨렸다.

당신이었어.

아네트는 정신없이 언덕을 달려 내려갔다. 숨이 조금씩 차오르기 시작했다. 치맛자락이 다리를 휘감으며 움직임을 방해했다. 그래도 계속해서, 계속해서 달렸다.

당신이었어.

어린 날, 아주 오랫동안 궁금해했었다. 창가에 이 꽃다발을 두고 간 사람은 누구였을까. 누가 내 연주를 도둑처럼 듣고 사라져 버렸을까. 내 눈동자의 색을 닮은 이 꽃다발은, 어느 낭만을 아는 신사가 준 것이었을까.

"나는…… 오래전부터……."

"정말로 오래전부터……."

"당신을, 계속해서 생각해 왔습니다."

철썩. 파도가 쳤다. 가슴 깊은 곳이 물살을 따라 밀려났다가 제자리로 돌아오기를 반복했다. 그녀는 눈을 감았다가 떴다. 내리막의 끝에, 그의 뒷모습이 보였다.

길 위에서 신발 굽이 규칙적으로 다각거렸다. 기민한 사람이니 곧장 기척을 눈치채리라고 생각했지만, 그는 그저 앞을 향해 걸어갈 뿐이었다.

아네트는 숨을 크게 한번 들이켰다.

"하이너!"

그리고 가쁜 호흡 사이로 그의 이름을 뱉었다. 그녀의 목소리를 실은 바람이 내리막길을 타고 흘러갔다.

다시 한번 파도가 쳤다.

검은 코트의 신사가 뒤를 돌아보았다.

하이너는 뒤를 돌아보았다.

언덕 위에 흰색 카디건의 숙녀가 서 있었다.

그의 시선이 아래에서부터 위로 더디게 올라갔다. 땅과 규칙적으로 맞부딪치는 낮은 구두 굽, 흰 발목과 복숭아뼈, 다리에 감겨들며 펄럭이는 치맛자락. 눈꺼풀 사이로 잠겨 들었다가 다시 드러나는 바다를 담은 푸른 눈동자, 햇살을 받아 빛나는 긴 속눈썹, 바닷바람에 휘날리는 금색 머리칼. 그 모든 일련의 장면들이 그의 눈앞에 펼쳐졌다.

문득 거센 바람이 불었다.

언덕길을 내려오던 그녀가 멈추어 섰다. 금발이 허공을 어지럽게 수놓았다. 아네트는 숨을 몰아쉬며 그를 응시하고 있었다. 하이너는 제 눈높이보다 훨씬 위에 선 여자를 하염없이 올려다보았다.

이 순간, 온 세상에 그녀와 자신만이 남은 듯했다.

그들은 한동안 아무 말도 없이 서로를 응시했다. 가까운 듯 먼 거리에서, 위에서 아래로, 그리고 아래에서 위로.

멈추었던 그녀의 걸음이 다시 이어졌다. 구두 굽 소리가 희미하게 울려 퍼졌다. 한 걸음, 두 걸음, 느리지만 멈추지 않고. 길고 길었던 내리막길을 따라 여자가 그에게로 왔다.

그들이 선 곳의 정경은 저 높은 언덕 위에서 바라보는 것처럼 대단치는 않았다. 그러나 여전히 이곳에도 햇살은 눈부시게 비쳤고, 바람이 불었으며, 파도가 치는 소리를 들을 수 있었다.

지척까지 다가온 아네트가 그를 올려다보고 섰다. 하이너는 반쯤 넋을 놓은 채, 시야에 들어찬 그녀의 얼굴을 응시했다.

그녀가 천천히 입을 열었다.

"……돌아왔네요."

"……."

"왜 다시 가요? 들어오지 않고."

"……다시 가다니."

"왔었잖아요, 집에."

"집에 간 것이 아니라……."

저도 모르게, 말도 안 되는 부정부터 튀어나왔다. 제대로 된 변명 따위는 생각할 틈도 없었다.

그러나 파다니아 출신 첩자 중 가장 높은 작전 성공률을 자랑했던 이답게, 하이너는 갖가지 그럴싸한 거짓말들을 금방 생각해 냈다. 그중 가장 논리적이고 합리적인 것 하나를 선별하는 일은 어렵지 않았다.

그러니까, 당신에게 위자료로 준 집은 내가 이곳에 가진 부동산 중 하나다. 나는 그 집 외에도 산타몰리에 집을 여러 채 가지고 있다. 그 부동산들을 한 번은 직접 확인해야 했고, 마침 복귀한 지금이 적절한 시기였고, 겸사겸사 당신에게 주었던 집이 어떠한지 확인해 보고 싶었을 뿐이다…….

그러나 머릿속에서 이어진 변명들은 자괴감만을 불러일으킬 뿐이었다. 정말이지 멍청하기 짝이 없었다. 하이너는 결국 그중에 어떤 말도 뱉지 못하고 입술만 달싹였다. 정말이지 그녀 앞에선 모든 게 엉망이 되었다.

아네트는 그런 그의 마음을 전부 알고 있다는 양, 말간 눈을 하고 있었다.

"……하이너, 당신도 알다시피— 어릴 적의 나는 운명을 동경하는 꽤나 지독한 낭만주의자였어요."

하이너는 그녀가 갑자기 왜 이 말을 꺼내는지 몰라 잠자코 있었다.

"제 철학 선생님께서 이런 말을 하신 적이 있어요. 세상에 운명이라는 건 없다고. 지나간 우연을 필연으로 받아들이는 순간, 사람이 그것을 운명으로 해석하게 될 뿐이라고요."

"……."

"그래서 나는 우리는 절대 운명이 될 수 없다고 생각했었어요. 적어도 내가 아는 한, 우리 사이엔 운명으로 해석할 우연 따윈 존재하지 않았으니까. 처음부터 모조리 계획된 것이었으니까……."

"……."

"하지만 그렇다면, 당신이 내 연습실 창가에 수국과 스타티스 꽃다발을 두고 갔던 것은 우연이었을까요, 필연이었을까요?"

그 말에, 하이너의 눈동자가 거세게 흔들렸다.

그 꽃다발이 아네트에게 전달되었을 줄은 몰랐다. 아니, 설령 전달되었다고 한들 그녀가 지금껏 기억하고 있으리라곤 상상도 하지 못했다. 심지어 그것이 어떤 꽃이었는지까지도.

꽃다발 따위, 아네트에겐 별것도 아닌 선물이었을 테니까. 그녀는 그가 주었던 볼품없는 것보다 훨씬 크고 화려한 꽃다발을 수도 없이 받았을 테니까. 그러니까, 나 따위는 당신에게 아무것도 아니었을 거라고…….

하이너의 얼굴이 멍해졌다. 머리를 한 대 얻어맞은 것 같았다. 늘어뜨린 손끝이 짧게 경련했다.

그는 운명 같은 것을 믿지 않았다. 그러나 그녀의 말대로라면, 그들의 시작은 전부 우연에서 비롯된 것이었다. 얼마든지 필연으로 해석할 수 있는.

하필 그가 후작의 저택에 가게 되어서. 하필 그가 장미 정원의 깊은 곳까지 발을 들여서. 하필 그때가 그녀의 연습 시간과 겹쳐서. 하필 그 연주가 오르골에서 흘러나오던 멜로디여서.

"……내가 당신을 원하게 된 것이 필연이었다면."

하필 당신은 그렇게나 귀하고 어여뻐서.

"시작되지 말았어야 하는 운명이었는데."

하이너는 갈라진 음성으로 중얼거리듯 말했다. 저 혼자 멋대로 만들고 해석한 우연과 필연들이 이 내리막의 끝에 죄악처럼 쌓여 있었다.

그 죄악을 산산이 부서뜨리듯, 문득 긴 바람이 불어왔다.

그녀의 금발이 마구 흩날리며 얼굴을 가렸다. 하이너는 무심코 손을 뻗어, 머리칼을 한쪽 귀 뒤로 넘겨 주었다. 다시 선명하게 드러난 얼굴은 잔잔한 미소를 머금고 있었다. 아네트의 입술이 나지막이 움직였다.

"돌이킬 수 있는 것은 없어요. 앞으로의 길을 만들 뿐이죠. 당신이 내게 그 꽃다발을 다시 준 것처럼."

"……."

"꽃다발 고마워요. 너무 예뻐요."

"……."

"그때도, 지금도."

그 아름다운 미소를 왜인지 똑바로 바라볼 수가 없어, 하이너는 눈을 떨구었다. 오갈 데 없이 허공을 헤매던 시선이 불현듯 한 곳에 멈추었다.

그녀의 흰색 카디건 위였다.

카디건 왼쪽 가슴 윗부분에는 보라색 브로치가 달려 있었다. 눈에 익은 것이었다. 하이너는 오래지 않아 저 브로치를 상기해 냈다.

"따뜻한 연말 되기를, 아네트 로젠베르크."

그녀의 연말 선물로 구매했었던, 그러나 이혼 이후 주어야만 했던 마퀴즈 컷의 브로치였다. 아네트가 저것을 간직하고 있었다는 사실에 그는 가슴이 벅차오르는 것을 느꼈다. 따뜻하고 부드러운 무언가가 속에서부터 울컥울컥 치미는 듯했다. 그리고 동시에 하이너는 자신이 지키지 못한 것을 떠올렸다. 그가 주저하며 입을 열었다.

"……아네트. 말할 것이 있습니다. 사실, 당신이 주었던 목도리를……."

"목도리요?"

"당신을 다시 만날 때 목도리를, 하고 오고 싶었는데…… 공습 대피 중에 그만 잃어버렸습니다. 미안합니다."

하이너가 힘겹게 말을 끝마쳤다. 죄책감이 그득히 묻어나는 목소리였다.

눈을 동그랗게 뜬 채 그의 말을 듣던 아네트는, 이내 한숨 쉬듯 웃었다. 별것 아니라는 듯한 웃음이었다.

"난 또 뭐라고."

잔뜩 긴장하고 있던 하이너의 어깨에서 힘이 약간 빠졌다. 아네트는 나긋한 음성으로 말했다.

"당신이 무사했잖아요. 그럼 됐어요. 목도리는 다시 만들어 줄게요. 지금부터 시작하면 아마 봄에는 완성할 수 있을 거예요. ……음, 또 봄이네요."

지난번 아네트가 그에게 목도리를 주었을 때도 봄이었다. 목도리를 하려면 다시 겨울까지 기다려야 하는 셈이었다.

아네트는 장난스레 말했다.

"돌아오는 겨울을 기다려야겠네요. 그때는 꼭 목도리를 한 모습을 보여 줘야 해요."

"……돌아오는 겨울."

하이너가 그녀의 말을 반복했다.

아네트는 그들이 같이 있는 겨울을 이야기하고 있었다. 그러니 그의 앞에는 적어도 1년의 미래가 더 있는 셈이었다.

편지에서 아네트는 그들이 함께 나아갈 수는 없음을 이야기했다. 그러나 동시에, 같은 세상을 살아 나가고 싶다고 했다. 서로의 걸음을 확인하고 격려하며.

"……아네트."

이렇게라면, 언제까지고 생을 연장할 수 있지 않을까.

"당신이 내게 주었던 행복과 행운은 다시 돌려주겠습니다."

그녀가 지정하는 만큼, 그렇게 조금씩, 계속해서 살아 나갈 수 있을 것이다.

"내겐 그런 것이 필요 없습니다. 행복이나 행운 없이도, 나는 당신을 위해 더 나은 세상을 만들겠습니다. 그러니까…… 아주 오랜 시간이 걸리더라도……."

하이너는 말을 끝맺지 못하고 잠시 망설였다. 그녀에게서 거절의 말이 돌아올까 봐 겁이 났다. 그런 그의 두려움에 마침표를 찍듯, 그녀가 대답했다.

"기다릴게요."

그리고 덧붙였다.

"언제까지나."

하이너의 얼굴이 일순간 굳었다. 그는 할 말을 전부 잊어버린 듯 입을 열었다가 닫기만 수차례 반복했다.

아네트는 그와 눈을 마주하며 환하게 웃었다. 하이너의 눈가가 희미하게 떨렸다. 뒤늦게 그는 삐걱삐걱 얼굴을 움직여, 가느다란 미소를 만들어 냈다.

"당신이 돌아와서 기뻐요."

아네트가 속삭이듯 말했다. 하이너는 그녀의 말을 거의 들을 수 없었지만, 입 모양으로 인지할 수 있었다.

쏴아—

수평선에서부터 밀려온 물살이 바위에 부딪혔다. 거품과 함께 부서진 파도는 다시 바다로 돌아가 눈부시게 빛나는 물결을 이루었다.

하이너는 떨리는 손으로 그녀를 가만가만 끌어안았다. 아네트가 그의 품에 고개를 기대었다. 정말로, 돌아와서 기뻐요. 품속에서 흩어진 속삭임을 이번에는 들을 수 있었다.

하이너는 돌아온 곳에서 그의 삶을 끌어안았다. 완전한 제자리는 아니었다. 온전한 관계의 원점도 아니었다. 너무 길고 힘겨웠던 시간을 지나, 겨우 어긋난 위치에 도착했을 뿐이었다.

그러나 그는 끝끝내 돌아왔다.

온 세상이 시작되었던 곳으로.

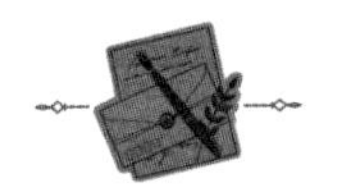

대륙 전쟁 이후, 국제 질서는 커다란 변화의 물결을 맞이했다.

전후 문제들의 처리를 위해 파다니아의 수도 론체스터에서 강화 회의가 열렸다. 강화 회의의 본 목적은 평화적 교류의 본격적인 시작을 알리는 것이었다.

그러나 이 회의에 참여한 전승국의 외무부들은 영토 할양과 배상금 문제를 비롯한 이권 다툼에 전력을 쏟았다. 이에 파다니아 군부 총사령관 하이너 발데마르는 강화 회의에 평화 청원서를 제출했다. 이와 같은 전쟁의 재발을 방지하고 세계 평화라는 본 목적을 이룩하기 위한 노력을 촉구한다는 내용이었다.

해당 청원서는 국내외 신문에 공개되어 전 세계인의 지지를 얻었다.

한편, 하이너 발데마르가 이끈 협상국 국방부 간의 협력 계획에 대한 논의는 성공적인 결말을 냈다.

국제 연맹이 창립되었고, 파다니아어는 이번 회의를 기점으로 공용어로서의 지위를 인정받았다.

혼란 속에서도 시대는 흘러갔다.

전범자들에 대한 군사 재판은 여전히 이어지고 있었다. 헌팅엄 학살 사건에 관여한 프란체 병사들은 집단 살해죄로 전원 종신형을 선고받았다. 섬에 있는 수용소로 이감된 그들은 일생을 마칠 때까지 노역해야 했다. 가석방이나 특별 사면의 대상에도 포함되지 않았다. 시민들은 이것도 부족하다며 사형을 요구했다.

분노의 화살은 직접 전투에 참여했던 병사들에게만 국한되지 않았다. 혁명 이후 프란체로 망명해 적국에 부역했던, 파다니아 왕정 복고 세력 또한 완전히 무너졌다.

안스가 슈테터를 포함한 복고 세력은 민족 반역자라 불리며 크게 지탄받았다. 실상 엄밀히 말하자면 그들은 망명자였으므로 반역 행위는 아니었기에, 법적인 처벌을 받지는 않았다. 그러나 그들은 재기가 불가능할 만큼 사회적으로 완전히 추락했다. 현재의 분위기만 비교한다면, 혁명 직후 아네트 발데마르에게 향하던 적의에 버금갈 정도였다.

안스가 슈테터는 홀쭉해진 재산을 들고 프란체의 작은 지방 마을에 칩거했다. 아네트와 다른 점이 있다면, 그는 총사령관의 관저라는 비호가 없다는 것이었다. 기자들에게 시달리던 안스가 슈테터는 결국 한 번 더 이사했다. 그리고 사람들의 관심이 시들해질 즈음, 그는 권총 자살로 삶을 마감했다.

모든 것이 흘러가고 있었다.

돌이킬 수 있는 것은 없었다. 앞으로의 길을 만들 뿐이었다.

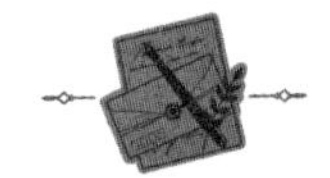

「*안스가 슈테터*」

아네트는 끄트머리가 구깃구깃해진 명함을 매만져 폈다. 명함 한구석에는 연락처와 호텔 주소가 적혀 있었다. 관저에서 안스가와 만났을 때 받았던 명함이었다. 하이너가 가져갔다가, 이혼 이후 관저를 나올 때 돌려받았던.

명함만 받아 보관해 두었을 뿐, 그 뒤로 다시는 안스가에게 연락하지 않았었다. 아네트는 가라앉은 눈으로 명함 위의 이름자를 들여다보았다.

어딘가에서 잘 살아갈 것이라고 생각했다. 과거는 추억으로 남긴 채, 그렇게 서로의 길을 걸어가게 되리라고. 그리 가 버릴 줄 알았다면 한번은 친구로서 연락해 볼걸 그랬다.

한 번은 안부를 물을걸 그랬다.
[……아네트?]
수화기 너머로 의아한 부름이 들려왔다. 그제야 정신을 차린 아네트가 명함을 테이블 위에 올려 두며 대답했다.
"아, 네. 듣고 있어요."
[그의 유산은 구복고 세력 측에 반환된다고 합니다. 또 그들의 처우에 관한 문제로 안스가 슈테터가 내게 편지를 하나 남겼는데…… 거기 당신에게 대신 전해 달라고 부탁한 말이 있습니다.]
"제게 전하는 말이요? 안스가가?"
[네. 그냥 그대로 읽겠습니다.]
그 특유의 낮고 무감한 목소리가 전화선을 타고 고저 없이 이어졌다.
[나의 오랜 친구 아네트에게. 지금 이 말을 전하는 사람이 너의 유일한 구원이 아니기를 바라며 쓴다. 미안해. 많은 것들에 대해서. 다만 네가 더 행복해졌으면 한다는 말은 거짓이 아니야.]

"내 손을 잡아, 아네트."

[나의 실책은 여전히 과거에 머물러 있던 것이었을까. 우리의 시대는 혼돈과 격변이었으니, 나의 삶이 끝내 과오였는지는 후손이 판단하겠지.]

"너는 더 행복해질 수 있을 거야."

[아네트, 너는 계속해서 나아가고 있었구나. 그 끝에서 보는 세

상이 부디 아름답기를 바라며. ……안스가 슈테터.]

건조하지만 단정한 음성이 마침표를 찍었다.

아네트는 전화기를 든 채 한참을 꼼짝 않았다.

프란체로 함께 가자던 친우의 제안이 아주 오래된 일처럼 느껴졌다. 귓가에 여운처럼 맴도는 하이너의 목소리를 곱씹으며, 아네트는 가만히 창밖을 바라보았다.

그 끝에서 보게 될 세상이 안스가의 바람대로 아름다울지는 아직 확신할 수 없었다. 어쩌면 그녀의 생에는 볼 수 없을지도 몰랐다. 그 세상이 아름다울지는, 이전보다 나아진 세상일지는, 그의 말처럼 후손이 판단할 것이다.

[……무슨 생각을 하고 있습니까?]

긴 정적이 불안했는지, 하이너가 조심스럽게 물어 왔다. 그에 아네트는 가볍게 농담했다.

"당신 생각이요."

[거짓말.]

"네, 거짓말이에요."

[왜 바로 인정을 하지?]

"안스가의 장례식에 갔어야 했을까요."

문득 튀어나온 물음에, 짧은 침묵이 전화선을 타고 건너왔다. 이윽고 하이너는 덤덤히 대꾸했다.

[기자들에게 괜한 먹잇감을 줄 필요는 없습니다.]

"……그렇죠?"

아네트는 씁쓸히 미소 지었다. 위로는 아니었으나 현실적인 대답이었다. 무거워진 분위기에 그녀가 화제를 돌렸다.

"그나저나 요제프는 뭘 하고 있어요?"

[방에 있을 겁니다.]

"아이 좀 바꿔 줘요."

[안 됩니다. 숙제 중이라.]

"숙제? 무슨 숙제요?"

[선생이 가장 좋아하는 책에 대한 분석문 같은 것을 써 오라고 한 모양입니다.]

"웬 분석문을……?"

재밌게 읽었으면 됐지 뭘 또 분석을 하나. 아이가 괜히 공부 때문에 스트레스를 받을까 봐 염려된 아네트가 채근했다.

"가서 숙제 좀 도와주고 그래요. 어려운 게 있으면 물어보라고 하고. 숙제한 것 문법도 좀 봐주고."

[숙제는 혼자 하는 겁니다.]

"내 공용어 숙제, 당신이 대신해 줬던 거 기억 안 나요?"

연애 시절, 하이너는 아네트의 외국어 숙제를 이따금 도와주곤 했다. 도와주는 게 아니라 해다 바치는 수준일 때도 있었다.

할 말이 없어진 하이너가 입을 다문 사이, 아네트는 재차 재촉했다.

"얼른요."

[……알았습니다.]

"……."

[…….]

"안 가요?"

[갈 겁니다.]

"그런데 왜 안 끊어요?"

[당신도 안 끊고 있잖습니까.]

"먼저 끊어요."

[싫은데.]

"……."

[당신이 보고 싶습니다.]

불현듯 튀어나온 고백에 아네트는 눈을 빠르게 깜빡였다가, 나직한 웃음을 터트렸다. 그녀는 웃음기 어린 목소리로 말했다.

"하이너, 봄이 오고 있어요. 무슨 뜻이게요."

[내 목도리가 오고 있군요.]

"그런데 산타몰리에 올 시간이 있어요?"

[갈 수 없어도 가야지.]

"무슨 소리예요. 시간 없으면 오지 말아요."

[하지만 목도리를…….]

"내가 수도로 가면 되는데 왜 자꾸 당신이 오려고 해요. 일정 보고 시간이 있으면 와요, 알았죠? 아니면 쫓아낼 거예요. 그럼 어서 요제프 숙제 좀 봐줘요."

그가 무어라 대꾸할 새도 없이 다다다 말한 아네트가 짧게 덧붙였다.

"……보고 싶을 거예요."

그리고 곧장 수화기를 내려놓았다.

전화를 끊은 아네트는 어쩐지 머쓱한 기분에 뺨을 매만졌다. 얼굴이 약간 화끈했다.

그녀는 커피를 한 모금 마신 후 현관으로 나갔다. 문을 열자 하얀 울타리로 둘러싸인 대문이 보였다. 하이너가 직접 사람을 보내 세워 준 것이었다.

아네트는 우체통에 꽂힌 신문과 편지를 꺼내 집 안으로 돌아왔다. 식탁에 앉아 남은 커피를 마시며 신문을 읽었다.

신문의 첫 면은 평화 협정의 진행 상황, 그리고 파다니아어가 공용어로 공식 인정되었다는 기사였다. 그녀는 기사를 꼼꼼히 읽어 내린 후 다음 장을 넘겼다.

두 번째 면을 전체적으로 훑어보던 아네트의 눈이 곧장 오른쪽 면에 고정되었다. 기사 제목에 언급된 그의 성을 발견한 까닭이었다.

아네트는 제목을 확인하며 커피잔을 들어 올렸다. 그리고 바로 그 순간, 잔을 든 손이 멈칫했다. 제목을 재차 확인한 그녀의 눈이 커졌다. 잘못 내려놓은 커피잔이 받침대와 부딪치며 쨍하고 요란한 소리를 냈다. 크게 찰랑거린 커피가 테이블 위로 약간 쏟아졌다. 아네트는 두 손으로 신문을 잡고 기사를 읽어 내려가기 시작했다. 힘이 잔뜩 들어간 손아귀 안에서 신문이 구겨졌다. 마지막 단어까지 읽은 그녀가 멍하니 고개를 들었다가, 다시 제목을 바라보았다.

「청각 재활 센터에서 목격된 발데마르 총사령관」

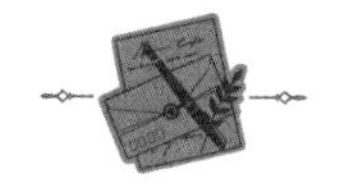

하이너는 아이의 방 앞에서 두 번 노크한 후, 잠시 기다렸다가 문을 열었다.

침대 위에 엎드린 채 숙제를 하던 요제프가 고개를 들었다. 하이너는 침대 끄트머리에 걸터앉으며 말했다.

"숙제는 앉아서 해야지."

요제프는 도리도리 고개를 저었다. 뭐가 싫다는 건지 알 수가 없었다.

하이너는 고개를 기울여 요제프의 숙제를 확인했다. 공책에 커다란 글씨로 무언가가 끄적끄적 쓰여 있었다.

"정확히 어떤 숙제지?"

요제프가 공책을 그에게 내밀었다. 하이너는 그것을 받아 읽어 보았다.

「1. 주인공은 누구입니까?

윌리엄

2. 행복의 꽃은 작품에서 어떤 의미입니까?

행복해져라

3. 주인공은 꽃을 찾기 위해 어떤 고난들을 겪었습니까?

등산, 강에서 수영하기, 추워하기, 더워하기…….」

뭔가 답변들이 이상했지만 하이너는 구태여 지적하지 않고 넘어갔다. 마지막 질문을 제외하곤 전부 답변이 채워져 있었다. 그는 열 번째 질문을 읽어 보았다.

「10. 주인공은 왜 행복의 꽃을 꺾지 않고 집으로 돌아왔습니까?」

"……어렵거나 모르는 게 있으면 물어보도록."

만일 아네트가 들었다면 곧장 타박이 날아들었을 만큼 무뚝뚝한 어투였다.

그의 말에 요제프가 열 번째 질문을 가리켰다. 하필 가장 까다로운 질문이었다. 하이너는 깊이 고심하며, 요제프에게 읽어 주었던 책의 내용을 되짚었다.

망나니 윌리엄은 눈이 쌓인 산꼭대기에서 마침내 행복의 꽃을 발견한다. 그러나 너무 아름답게 피어난 꽃을 차마 꺾지 못하고 다시 집으로 돌아온다는 것이 결말이었다.

하이너는 하얀 설산의 가장 높은 곳에서 꽃을 발견한 윌리엄의 모습을 상상해 보았다. 감히 손댈 수 없을 만큼 아름다운 꽃을 하염없이 바라보고 또 바라보다가, 결국 걸음을 돌려 홀로 산에서 내려오는 청년의 모습을.

"……꽃을 사랑하게 됐겠지."

하이너는 낮게 중얼거렸다. 요제프가 무슨 말이냐는 듯 고개를 갸웃거렸다.

"꽃을 찾아 헤매는 내내, 윌리엄은 이미 그 꽃을 사랑하고 있었던 거다. 자신은 몰랐을 뿐. 그리고 꽃을 보는 순간— 사랑이 무엇인지 깨닫게 되었겠지."

으레 사랑은 결여를 동반한다.

"그래서 그랬을 거다. 그래서 꺾지 못했던 거야, 아마……."

윌리엄은 결여를 채우기 위해 꽃을 사랑했다. 그리고 역설적으로 꽃을 사랑했기에 그는 결여되었다. 그렇기에 윌리엄은 꽃을 보는 순간 알아차렸을 것이다.

"……사랑하게 되어 버린 꽃을 아프게 하고 싶지 않아서."

자신이 저토록 아름다운 꽃을 사실 사랑해 왔다는 것을. 저 꽃을 꺾어 가진다 한들, 이 결여를 채울 수는 없으리란 것을. 고독과 외로움을 다른 존재를 통해 채우려고 할 때, 사람은 필연적으로 망가지고야 만다. 그것은 인간이 죽을 때까지 안고 가야만 하는 유산이므로.

요제프는 여전히 이해가 되지 않는다는 얼굴이었다. 아이가 수첩에 무언가를 적어서 보여 주었다.

「사랑하면 같이 있고 싶은데」

수첩을 확인한 하이너가 피식 웃었다. 요제프의 말이 틀리지 않았다.

과연 사랑은 그렇다. 사랑은 스스로의 결여를 인지하게 만들고, 공허와 고독 속에 삶을 내던지게 하지만, 그럼에도 끝내 원하는 일을 관둘 수는 없다.

"……하지만 어떤 사랑은 상대방을 아프게 하니까."

하이너는 나지막한 목소리로 아이에게 설명해 주었다.

"무슨 일이 있어도 상대방과 함께하고자 하는 사랑도 있고, 상대방을 그저 그 자리에 두는 사랑도 있다. 윌리엄이 꽃을 꺾지 않았던 것처럼."

「그래서 아네트도 요제프랑 같이 안있어요?」

"그런 거지. 이해가 빠르구나."

「하지만 함께 있어도 나는 안아픈데」

아네트가 자신을 데리고 가는 것을 원한다는 뜻인 듯했다. 요제프는 하이너의 말뜻은 알아들은 눈치였으나 정확히 왜인지는 모르겠다는 표정이었다. 하이너는 이것을 아이에게 정확히 설명할 자신이 없었다. 그조차도 이것을 깨닫는 데 아주 오랜 시간이 걸렸으니까.

그러나 하이너는 아네트의 선택을 충분히 이해할 수 있었다. 아무리 시간이 흘렀고 그녀에 대한 세간의 인식이 바뀌었다고 한들, 과거는 여전히 그 자리에 있었다.

여전히 아네트의 성은 로젠베르크였고, 여전히 일부 사람들은 그녀에게 적대적이었으며, 언젠가 요제프는 과거의 일들을 알게 될 것이다. 그 과거가 자라나는 아이에게 어떠한 영향을 미칠지 알 수 없었다. 아이 스스로가 괜찮다고 한들, 세상으로부터 받게 될 상처는 그들이 통제할 수 있는 권역이 아니었다. 아네트는 그런 미래를 애초부터 막고 싶었던 것이리라.

지금의 그들처럼.

그는 그저 손을 뻗어, 요제프의 작은 머리를 가만가만 쓰다듬어 주었다. 그에게서 낮지만 제법 부드러운 음성이 흘러나왔다.

"……조금 더 크면, 언젠가는 이해하게 되는 날이 올 거다."

현재 아이의 입양처가 몇 군데 추려진 상태였다. 최종 결정은 요제프가 직접 이들을 만나 본 후에 하게 될 것이다.

아이는 눈을 감은 채 하이너의 손길을 즐겼다. 조금 억센 머리카락이 손가락 사이로 사르르 빠져나갔다. 어린것 특유의 따끈한 온기가 느껴졌다. 하이너는 저도 모르게 옅게 미소 지었다.

이 아이는 행복하고 건강하게 자라날 것이다.

더 나은 세상에서.

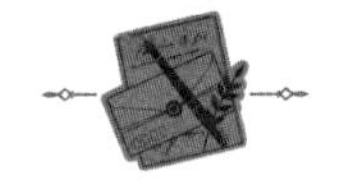

하이너는 집무실로 돌아오자마자, 신문에 실린 자신의 소식을 접했다.

그는 가라앉은 눈으로 보좌관이 두고 간 신문을 읽어 내렸다. 재활 센터에 드나드는 것이 결국 기자들의 눈에 띈 모양이었다.

사실 언제고 터질 일이라고는 생각했다. 예상보다 좀 더 빨랐을 뿐. 이로 인해 얻게 될 타격이나 사람들의 말 따위는 신경 쓰지 않았다. 유일하게 마음에 걸리는 점이라면, 역시 그녀였다.

언제나처럼.

하이너는 신문 위에서 눈을 떼고 고개를 돌렸다. 벽면에 붙은 거울 위에 제 얼굴이 비쳤다. 겉으로는 더없이 멀쩡해 보이는 모습이었다.

겉으로는.

그는 작은 한숨과 함께, 들고 있던 신문을 접어 책상의 왼쪽 구석에 처박았다. 둔탁한 소음이 오른쪽 귓가에서 났다.

하이너는 다소 신경질적으로 얼굴을 쓸어내렸다.

현재 제 상태는 빈말로라도 좋다고 할 수 없었다. 왼쪽 귀는 청력을 거의 상실했고, 오른쪽 귀도 이전보다 기능이 저하된 상태였다. 의사는 그의 청력이 돌아오기는 힘들 것이라고 했다. 지금으로서는 더 나빠지지 않도록 재활 관리를 하고 보청기를 제작하여 착용하는 수밖에 없다고.

즉, 그의 상태는 오늘이 가장 최선이라는 말이었다.

아네트에게 말하지 않았던 것은 그래서였다. 그녀는 언제까지고 그를 기다리겠다고 했지만, 하이너는 앞으로의 제 상태를 확신할 수가 없었다. 그래서, 그래서 말할 수가 없었다.

하이너는 다시 펜을 들고 서류를 넘겼다. 그러나 서류의 내용은 머릿속에서 이어지지 않고 자꾸만 조각조각 분해되었다. 인쇄된 활자 위로, 익숙한 필체로 쓰인 문장이 떠올랐다.

「친애하는 하이너에게」

수없이 보고 또 보아서, 이젠 완전히 외워 버린 문장들이었다.

「하이너, 당신과 헤어진 후 참 많은 생각을 했어요. 우리가 걸어온 과거와, 앞으로 걸어갈 미래에 대해.」

그를 죽음에서 끝내 삶으로 이끈.

「하지만 하이너, 오랜 고민 끝에 내가 내린 결론은— 우리가 함께 나아갈 수는 없다는 거예요.」

그들은 함께 나아가지 않을 것이다. 이것은 그녀의 결정이되 그의 결정이기도 했다.

「우리가 함께할 수 없다는 사실에는 참 많은 이유가 붙어요. 우리의 과거와 미래, 정치적, 사회적 문제, 그리고 당신과 나 사이에 산재하는 본질적인 문제들까지.」

그들은 서로에게 더는 가까워지지 않고, 그저 각자가 있는 자리에서, 각자의 삶을 살아 나갈 것이다.

「그럼에도 불구하고, 하이너.
내게 허락된 마지막 욕심이 있다면.」

그럼에도 불구하고 제게 허락된 마지막 욕심이 있다면.

"기다릴게요."
"언제까지나."

그저 오늘을, 내일을, 그리고 서로에게 약속된 최소한의 미래를 그녀와 함께하고 싶었다. 비록 그것이 서로 다른 자리일지라도.

하이너는 먼 미래를 알지 못했다. 제 상태가 호전될지 아닐지, 기다리겠다는 그녀의 말이 긴 시간이 지나도 유효할지, 그들이 과거를 완전히 딛고 살아 나갈 수 있을지…… 그 무엇도 확신할 수 없었다.

다만 최선의 현재를 살아 나갈 뿐이었다.

그의 내일에 그녀가 있기를 바라며.

느슨하게 풀어져 있던 손에 힘이 들어갔다. 펜의 각도가 다시 세워졌다. 그의 눈은 시간 속에 유배된 것처럼 검고 어두웠다.

이윽고 펜촉이 사각거리는 소리가 고요한 방 안을 채웠다. 해가 기울며 방 안의 그림자를 천천히 밀어냈다. 그는 저 빛이 이곳에 닿기까지 얼마나 먼 거리를 건너왔을지 생각했다.

세상이 어둠에 잠길 무렵, 잠깐의 소나기가 내렸다. 투둑투둑 빗줄기가 창을 두드렸다. 비는 오래 지나지 않아 그쳤다.

아네트로부터 다시 전화가 온 것은 그날 밤이었다.

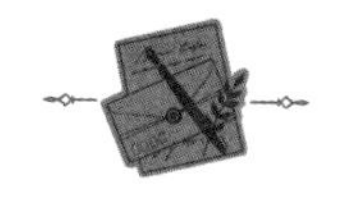

소나기가 그치고 밤이 깊어 갔다.

아네트는 전화기를 앞에 둔 채 턱을 괴고 한참을 앉아 있었다. 저녁을 먹고, 악보를 점검하고, 창밖의 빗줄기를 구경하며 생각을 정리하다 보니 어느덧 이 시간이었다.

그와 이혼한 이후로 꽤 오랜 시간이 흘렀다. 그러나 여전히 그들은 완벽한 결말을 내지 못했다. 아직 시간이 더 필요한 것일지도 몰랐다. 그렇다면 어떤 결말을 내야 할까.

돌이킬 수 있는 것은 없다. 앞으로의 길을 만들 뿐.

길을 만들기에 앞서, 어떤 길을 만들지를 정해야 했다. 또 어떤 길을 만들지 정하기에 앞서, 그들은 서로의 생각과 마음을 공유해야 했다. 그러나 하이너는 여전히 그녀에게 말하지 않은 것들이 많았다. 과거와 현재— 그리고 미래에 이르기까지.

차가운 겉모습과 달리, 그는 관계를 쌓는 데 회피적이고 방어적이었다. 아네트는 이제야 그 사실을 알 수 있었다. 그렇기에 그에게 왜 장애를 가지게 된 사실을 말하지 않았느냐며 화를 내고 싶지는 않았다. 이건 당장 해결할 수 있는 문제가 아니었다.

그는 너무 오랫동안 차갑고 고독한 세계에 홀로 있었다. 어쩌면 그들에게는 최소한 그만큼의 시간이 필요한 것일지도 몰랐다.

머릿속이 조금 명료해졌다.

아네트는 손을 뻗어 수화기를 들었다. 그리고 익숙한 듯 손가락을 움직여 다이얼을 돌렸다. 회선이 접속되고 착신음이 이어졌다. 오래지 않아 무미건조하게 들리는 낮은 목소리가 건너왔다.

[하이너 발데마르입니다.]
수없이 들었던 목소리였으나 새삼 낯설게 느껴졌다. 그러나 결코 부정적인 의미의 낯섦은 아니었다.
그들은 서로에 대해 매일 조금씩 알아 가고 있었다. 연인으로 2년을 함께했고 부부로 4년을 살았는데도, 마치 처음부터 새로 시작하는 기분이었다.
"아네트예요."
[……아직 안 잤습니까?]
"당신 생각을 하느라."
[이번에도 거짓말인가.]
"이번에는 정말인데."
그가 잠시 침묵했다. 아네트는 지금 그가 어떤 표정을 하고 있는지 볼 수 있다면 좋겠다고 생각했다.
그녀는 어떤 말로 서두를 꺼내야 할지 잠시 고심했다. 사실 이미 하이너도 기사가 났다는 사실을 알고 있을 터였다. 제가 이 밤중에 왜 전화를 했는지도. 그렇다면…….
[미안합니다.]
갑작스러운 사과에 아네트가 멈칫했다. 그녀는 부드러운 어조로 물었다.
"갑자기 왜 사과를 해요?"
[부상을, 미리 말하지 않아서.]
"네, 오늘 아침에 알았어요. 신문 보고."
[……당신 목소리는 상냥한데, 내용은 그렇지가 않은 것 같아서 헷갈리는군.]
그는 어쩐지 약간 기가 죽은 것 같았다. 그에 아네트가 나직한

웃음을 흘렸다.

"사실 조금 화가 나기는 했었어요. 헌팅엄에서 총상을 입었을 때도 그렇고, 나는 늘 당신 소식을 신문으로 듣는 것 같아서. 심지어 내 편지에 답장도 하지 않았으니."

[아네트, 헌팅엄에서는— 알잖아, 그때 나는 당신을 더 이상 만나지 않을 생각이었습니다. 당신을 보내 주려고 했었다고. 그 상황에서 굳이 알릴 필요가 없으니까…….]

"그럼 편지에 답장하지 않았던 건요?"

[……아무것도 장담할 수가 없어서 그랬습니다.]

"그래도 지금은 어떤지, 무사한지는 말해 줄 수 있었을 텐데요."

[아네트, 화를 낼 거라면 그냥 화를 내. 그렇게 말하니까 더 무섭군.]

"난 화내려는 게 아니에요."

[거짓말.]

"정말인데."

작은 한숨이 들렸다. 그는 정말로 곤란해하고 있는 것 같았다.

"신문을 보고 잠깐 화가 났던 건 맞지만, 지금은 화나지 않았어요. 정말이에요."

[아니, 아네트. 화내도 됩니다.]

"꼭 내가 화를 내길 바라는 사람처럼 구는군요."

[차라리 그게 나을 것 같아서 그래.]

"하이너, 우리는 사실상 아무 관계가 아니고 당신은 내게 모든 걸 말해 주어야 할 의무가 없어요. 그러니 당신은 미안해하지 않아도 돼요."

미안해하지 말라는 것치고는 언뜻 차갑게 들리는 말이었다. 아네트는 담담히 결론지었다.

"당신이 내게 거기까지만 말하고 싶다면, 우리는 거기까지인

거겠죠."

[……우리가 거기까지라고 생각해서 말하지 않은 게 아닙니다. 아네트, 난, 나는 단지—.]

말끝이 약간 흐려졌다. 그의 망설임이 전화선을 타고 전해지는 듯했다. 한참을 주저하던 하이너가 마침내 입을 열었다.

그는 현재 상태에서부터 앞으로의 불확실한 예상까지 전부 설명했다. 만에 하나 청력이 더욱 저하된다면, 최악의 경우 영영 상실될 수 있다는 사실까지도.

이야기를 듣던 아네트의 손이 가늘게 떨렸다. 그녀는 마른 입술을 살짝 물었다가 놓았다. 기사를 본 후, 그의 청력에 문제가 생겼을 것이라고 예상은 했었다. 하지만 이 정도까지인 줄은 몰랐다. 바로 지난번 만났을 때까지만 해도 그들은 큰 무리 없이 대화를 했었다. 제 입 모양에 집중한다거나 가끔 되묻는 일이 있기는 했지만, 크게 이상하게 생각할 정도는 아니었다.

"내게 이걸 숨겼던 건……."

목소리의 끝이 약간 갈라져 나왔다. 아네트는 목을 한번 가다듬은 후 말을 이었다.

"내가 알게 되면, 당신을 떠날 거라고 생각했기 때문인가요?"

[……그것보다는.]

"그것보다는?"

[그렇게 되더라도, 당신이 떠나지 않을까 봐.]

뜻밖의 대답에 아네트는 말문이 막혔다.

[말했다시피 나는 앞으로의 상태를 장담할 수가 없습니다. 지금은 일상생활을 해낼 수는 있으니 괜찮다고 하더라도, 만일 나중에 상태가 나빠진다면? 만일 그럼에도 불구하고 당신이 내 옆에 남겠

다고 한다면…….]

말끝이 떨리듯 점점이 오르내렸다. 하이너는 울컥 게워내듯 말했다.

[아네트, 나는 내게서 당신을 보내 줄 수는 있지만, 내게 오는 당신을 막을 수는 없습니다. 포츠만 병원에서 그랬던 것처럼. 그게 내 인내심의 한계입니다.]

"……."

[난 당신을 거부할 수가 없어, 알잖아.]

그 음성은 어딘지 씁쓸하게 들렸다.

아네트는 문득 그들의 결혼생활을 떠올렸다. 미련한 희망을 안은 채 그의 침실로 찾아가던 자신을, 단 한 번도 거부하지 않고 들이던 수많은 밤을.

[더는 당신을 나 때문에 불행하게 만들고 싶지 않습니다.]

그 말은 마치 그 자신이 불행이라는 소리처럼 들렸다.

아네트는 멍하니 정면을 응시하다가, 천천히 고개를 떨어뜨렸다. 어두운 집 안에 노란 전등 하나만이 동그랗게 켜져 수화기를 든 여자를 비추고 있었다.

바람에 차근차근 부서진 파도 소리가 열어 놓은 창 안으로 흘러들었다. 한동안 그들은 아무 말도 하지 않았다. 물기가 빠진 모래사장처럼 침묵이 버석하게 말라 갔다.

한참 만에 아네트가 입술을 뗐다.

"……이번 작곡 발표회, 못 온다고 했었죠?"

2월 27일에는 그녀의 작곡 발표회가 있었다. 그러나 발표회와 주요 회담 일정이 겹친 탓에, 그는 불참 의사를 전해 올 수밖에 없었다. 하이너는 몹시 애석해하고 미안해했으나 아네트는 진심으로 아무렇지도 않았다. 어차피 유명세도 없는 작은 발표회였다. 처음 정식으로 선보이는 곡이라는 데 의의를 둘 뿐이었다.

[예. 하지만 사람을 시켜서 꽃다발을……]

"안 그래도 돼요. 그 대신, 3월에 혹시 시간이 나면…… 잠깐 산타몰리에 들러 줄 수 있어요?"

하이너는 그녀의 의도를 가늠하듯 선뜻 대답하지 않았다. 몇 초 후, 그는 불안감을 애써 지워 낸 목소리로 대답했다.

[그러겠습니다.]

그제야 긴장이 풀린 아네트가 가벼운 한숨을 내쉬었다.

"좋아요. 그럼 3월에 봐요."

[……끊을 겁니까?]

"끊어야죠. 너무 늦었잖아요."

[아직 자정도 안 됐는데.]

"보통 사람들은 다 자정 전에 자요."

[난 안 그렇습니다.]

예전에도 이 비슷한 대화를 한 듯했다. 그가 그녀의 음식을 깨작거리는 버릇에 대해 지적했을 때였다.

"그렇게 일찍 일어나면서, 신기하기도 해라. 하지만 전 당신 같은 체력이 아니에요. 피곤하다고요."

[……피곤해?]

"피곤해요."

[그럼 어쩔 수 없지.]

하이너가 아쉽다는 듯 말했다.

[좋은 밤 되길, 아네트.]

어두운 적막 속에서, 수화기를 타고 전해지는 그의 목소리는 유난히 선명하게 들렸다. 아네트는 옅은 미소를 머금은 채 대답했다.
"……당신도, 좋은 밤 되길."

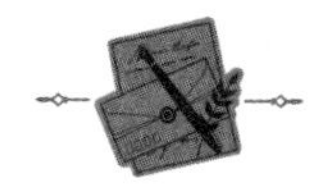

아네트가 발표회를 위해 곡의 완성에 전념하는 사이, 시간은 빠르게 흘러 2월의 막바지에 다다랐다.

겨우내 아네트는 악보 위에 유배된 것처럼 살았다. 그녀가 살았는지 죽었는지 걱정한 라이언이 한번 찾아와 생사를 확인하고 갈 정도였다.

작업 중 머릿속이 지나치게 복잡하거나 가슴이 답답해질 때면, 아네트는 절벽으로 나와 바람을 맞으며 바다를 구경했다. 그녀는 절벽에 부딪힌 파도가 산산이 부서지는 순간을 좋아했다. 그것을 보고 있노라면, 제 안에서 얼어 있던 무언가가 녹아내리는 듯한 기분이 들었다. 파도는 아무리 헤프게 부서져도 닳아지지 않았다. 그게 좋았다.

노을은 매일 선셋 클리프의 절벽을 삼켰다가 수평선 너머로 사라지기를 반복했다. 꼭 그만큼의 날짜가 지나갔다.

그리고 2월 27일, 아네트는 바우어 작곡 발표회에서 피아노 에튀드를 발표했다. 곡의 부제는 없었다.

그녀의 곡은 C단조 에튀드로, 오른손의 아르페지오(arpeggio, 화음을 한꺼번에 내지 않고 차례로 연주하는 주법)를 위한 곡이었다. 언뜻 쉬워 보이나 까다로운 기교적 주문이 상당히 많은 악보였다.

곡의 분위기는 전체적으로 음울한 느낌이었다. 그러나 마지막을 장조로 끝내는 피카르디 종지로 마무리함으로써 묘한 희망과 여운을 남겼다.

해당 작곡 발표회는 신인 작곡가들을 위한 작은 발표회에 불과했다. 그러나 아네트의 첫 곡은 알음알음 화제가 되었다. 아네트 로젠베르크라는 이름에 뒤따르는 솔직하거나 저열한 흥미 때문이기도 했지만, 곡 자체에 대한 화제성도 있었다.

대부분 아르페지오로 이루어진 그녀의 곡은 레가토(legato, 둘 이상의 음을 이어서 부드럽게 연주하라는 말) 연습을 위한 좋은 곡이라는 평을 받았다.

또한 에튀드임에도 음률이 상당히 아름다워, 악보보다 느린 템포로 서정적인 느낌의 연주를 다시 듣고 싶다는 의견이 많았다.

아네트는 곡에 제목을 따로 붙이지 않고 전부 넘버로 처리했다. 그녀의 곡은 '단조를 위한 에튀드' 혹은 '겨울 파도' 등의 별명으로 불렸다.

또한 최근 피아니스트 겸 음악 평론가로 활동하는 펠릭스 카프카는 그녀의 곡에 대해 '피아니즘의 감성 미학'이라는 짧은 평을 남겼다.

작곡 발표회가 끝난 후, 아네트는 축하한다는 카드가 꽂힌 커다란 장미 꽃다발을 받았다. 로젠베르크 저택의 장미 정원에 있던 것만큼이나 붉고 생생한 꽃이었다.

시간은 물살처럼 흘러갔다. 해가 절벽에 머무르는 시간이 점점 길어졌다.

3월, 마지막 겨울바람이 계절의 페이지를 넘겼다.

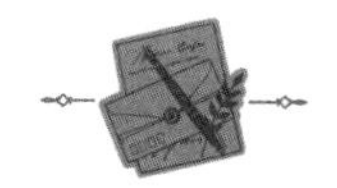

봄 햇살이 내리쬐는 화창한 오후, 하이너는 선셋 클리프로 향하는 언덕을 올랐다. 절벽과 도로 하나를 사이에 두고 알록달록한 지붕의 집들이 줄줄이 이어져 있었다. 하이너는 그중 하늘색 지붕의 집을 익숙하게 찾아냈다. 품에서 그녀가 준 열쇠를 꺼내 대문의 잠금쇠를 풀었다.

문을 여는 그의 어깨가 긴장으로 경직되어 있었다. 아네트와 한 약속대로 3월이 되자마자 이곳으로 오기는 했으나, 그녀가 과연 어떤 말을 할지 알 수 없었다.

전부 그만두자고 할까.

그저 완전한 타인으로 살아가자고 할까.

혹은, 그래도 괜찮다고 해 줄까.

그는 아네트가 어떤 말을 하든 따를 생각이었다. 헤어지자고 한다면 그럴 것이다. 남은 평생 그를 보고 싶지 않다면, 영원히 그녀의 앞에 나타나지 않을 것이다.

동화 속 망나니 윌리엄은 꽃을 포기했음에도 결국 해피 엔딩을 맞았다. 그러나 현실은 동화가 아니었다. 그는 해피 엔딩을 맞지 못할 것이다.

철컥 소리와 함께 하얀 대문이 열렸다. 그 소리가 마치 어떤 최후의 선고 같아, 하이너는 짧게 숨을 들이켰다. 뒤늦은 바람이 미련처럼 따라붙었다.

그래도, 그래도 괜찮다고 해 주었으면 했다. 전부 괜찮다고…….

전부 괜찮을 거라고…….

그는 울타리 안으로 들어서며 대문을 닫았다. 검은 구둣발이 푸릇한 잔디밭 사이에 난 작은 길을 밟아 나갔다. 몇 발자국도 채 가지 않아, 하이너는 불현듯 걸음을 멈추었다. 그가 고개를 들어 허공을 바라보았다.

어디선가 희미하지만 익숙한 선율이 바람결에 실려 오고 있었다. 하이너는 거기에 귀를 기울였다. 제가 들은 것이 맞음을 확신한 그가 저도 모르게 입을 열어 작은 탄성을 내뱉었다. 믿을 수 없다는 듯 그의 동공이 흔들렸다.

그 곡이었다.

그 오르골의 멜로디였다.

하이너는 홀린 듯 다시 발걸음을 뗐다. 간신히 더듬어 뒤쫓은 피아노 선율은 뒷마당 쪽에서 들려오고 있었다.

어린아이가 치던 그때의 곡처럼, 약간은 템포가 느리고 음이 묘하게 꺾이는 연주였다. 하이너는 이것이 그녀의 다친 왼손 때문임을 한 박자 늦게 깨달았다.

문득 그는 그들의 어린 날을 오래된 꿈처럼 떠올렸다.

감히 손댈 수조차 없을 만큼 새하얀 건물. 바람에 나부끼는 커튼 사이로 흘러나오는 선율. 발밑으로 부드럽게 밟히는 잔디. 열린 창틈과 커다란 피아노. 건반 위를 오가는 작은 손. 하얀 드레스와 땋아 내린 금발. 설탕 인형처럼 곱고 어여쁘던 여자아이…….

아주 오랫동안 질병처럼 앓아 왔던 순간들.

가까이선 본 적도 없는 얼굴을 밤마다 그리고 또 그렸다. 들은 적 없는 목소리를 상상하고 또 상상했다. 그 애의 푸른 눈이 자신을 한 번만이라도 스쳐 갔으면 좋겠다는, 그런 시시한 욕심을 내기도 했더랬다. 그 애와 긴 이야기를 나누어 보고 싶다는, 그런 과분한 욕심을 내기도 했더랬다.

뒷마당으로 향할수록 피아노 연주가 조금씩 선명해졌다. 그는 조용히 창가에 다가섰다. 열린 창 안으로 커튼이 펄럭이는 것이 보였다.

커다란 피아노 앞에 하얀 원피스의 여자가 앉아 있었다. 해가 드는 창가에 앉은 여자는 온통 빛으로 덧칠한 것처럼 눈부셨다. 인간 중 가장 성스러운 존재라는 성녀보다도 고귀해 보이는 모습이었다.

하이너는 반쯤 넋을 놓은 채 그 옆모습을 응시했다. 마치 환상처럼 아름다운 꿈을 반듯이 잘라내고, 그 단면이 비추는 상을 보고 있는 것만 같았다.

그러니까…… 아름다웠다.

두려울 만큼.

마치 어린 시절로 돌아간 것만 같았다. 제가 봐선 안 될 것을 보고 있는 듯한 기분이 들었다. 그는 저도 모르게 뒷걸음질 쳤다.

바스락.

발밑에서 나뭇가지가 밟혀 부서졌다. 하이너는 소리 없이 급한 숨을 들이켰다. 동시에 뚝 하고 피아노 소리가 멈추었다.

햇볕이 창가를 내리쬐었다. 온통 빛나는 시야가 잔상처럼 희뿌옇게 변했다.

여자가 고개를 돌렸다. 그는 본능적으로 몸을 숨기려다 멈칫했다. 방 안에서 피아노 의자가 드르륵 뒤로 밀려났다. 구두가 창가 쪽으로 다가오는 소리가 들렸다.

하이너는 도망치지 않고 그 자리에 선 채, 네모난 창 안을 멀거니 바라보았다.

'아…….'

흐릿하게 어른거리는 정경 속에서 작은 여자아이가 걸어오고 있었다. 햇살을 받은 그 애의 금색 머리카락 표면이 희게 빛났다.

그들의 거리가 점점 가까워졌다. 걸음마다 아이는 점점 자라났다. 아이에서 소녀로, 소녀에서 청년으로, 그리고 청년에서 완전히 성숙한 여자로.

부옇던 시야가 어느 순간 선명해졌다. 열린 창 하나를 두고 두 남녀가 마주 보고 섰다. 지척의 푸른 눈동자는 그를 오롯하게 담고 있었다.

"하이너."

빛 속에서 그녀가 눈부시게 미소 지으며 그의 이름을 불렀다.

그 순간, 하이너는 제 삶을 그림자처럼 지배하고 있던 먼 기억들이 한 걸음 물러나는 것을 느꼈다. 그는 짧은 찰나 모든 말을, 모든 사고를, 모든 기억을 잊어버렸다. 눈앞에 실재하는 여자만이 정물처럼 선명할 뿐이었다.

여자가 물었다.

"왜 문으로 들어오지 않고 거기에 있어요?"

"……연주가……."

한때 소년이었던 남자가 머뭇머뭇 입을 열었다.

"연주가 좋아서."

그리고 오래전부터 전하고 싶었던 말을 내뱉었다. 아주 오래전부터, 건네보고 싶었던 말을.

그에 아네트가 머쓱한 듯 제 뺨을 쓸었다. 그럴 리 없다는 표정이었다. 그녀는 변명하듯 말했다.

"그래요? 박자도 안 맞고 많이 엉망인데……. 어릴 적 가장 많이 쳤던 에튀드 곡 중 하나예요. 연주 기교를 한창 습득할 때 보통 에튀드로 연습을 시작하니까요. 지겹도록 쳤었죠."

"당신이 이번에 등단한 곡의 장르도 에튀드이지 않습니까?"

"네, 그래서 어릴 때 쳤던 곡들을 다시 쳐 보고 있어요."

그녀가 어릴 때 어떤 곡들을 쳤는지, 그는 대부분 알고 있었다. 곡의 제목은 모르더라도 듣는다면 전부 기억해 낼 자신이 있었다.

하이너는 충동적으로 고백했다.

"당신이…… 저 곡을 연주할 때였습니다."

"네?"

"그때 당신을 처음 봤습니다."

그의 말에 아네트가 눈을 크게 떴다. 그녀는 놀란 듯 하이너를 올려다보다가, 작게 미소 지었다.

"……그랬군요."

혼잣말처럼 중얼거린 그녀가 물었다.

"하이너, 이 곡의 제목을 알고 있나요?"

"……모릅니다."

하이너는 일부러 이 곡의 제목을 찾아보지 않았었다. 로젠베르크의 아가씨를 선망하던 시절 따위, 과거의 그에겐 지워 버리고 싶은 기억이었으니까.

"이 에튀드는 몇 개의 소곡을 배열한 〈사랑의 비정형〉이라는 모음곡 중 하나예요. 고전 양식의, 꽤 오래된 음악이죠."

어차피 오르골은 부서졌고, 성녀처럼 성결하던 소녀도 사라졌고, 그의 삶을 비틀어 버린 멜로디 따위 증오스러울 뿐이었으니까. 그래서, 이 곡의 제목을 찾아보지 않았었다.

"사랑하는 나의 억압자."

그리고 먼 길을 돌아 그는 답을 얻었다.

"그게 이 곡의 제목이에요."

가느다란 목소리가 그의 낡아 버린 의문에 마침표를 찍었다. 하이너는 멀거니 그녀의 입술을 바라보다가, 따라서 중얼거렸다.
“……사랑하는 나의 억압자.”
마치 필연과도 같은 제목이었다. 어쩌면 로젠베르크의 장미 정원에서 그 곡을 우연히 들었을 때부터, 그의 운명은 결정지어졌을지도 몰랐다.
아네트는 창가에서 한 걸음 물러나며 입을 열었다.
“하이너, 당신에게 내 에튀드를 들려주고 싶어서 불렀어요. 왼손을 유연하게 쓰지 못해서 엉망일 테지만…… 그래도.”
두 걸음.
“당신이 멀리서 들을 수 없다면— 내가 당신과 가까이에 있으면 되잖아요. 만약, 혹시나 당신이 아예 들을 수 없게 되더라도…… 당신이 건반을 누르는 내 손을 볼 수 있도록. 그렇게 가까이에서.”
세 걸음.
“이게 내 대답이에요.”
아네트는 천천히 피아노 의자에 다시 몸을 앉혔다. 길고 가느다란 손가락이 건반을 눌렀다. 그녀는 그를 향해 설핏 웃어 보인 후, 손을 움직이기 시작했다.
연주가 시작되었다.
조금 느린 박자로 음이 이어졌다. 잔잔하고 부드러운 선율이 그들 사이를 오르내렸다. 하이너는 한 손으로 창가를 짚고 선 채 그 연주를 들었다.
그곳에서 그는 그녀의 유일한 관객이었다.
그녀가 그의 유일한 피아니스트인 것처럼.
아름다운 선율이 나긋하게 그를 감싸 왔다. 영원할 것만 같은 순간이었다. 하이너의 입매가 웃는 듯 우는 듯 희미하게 떨렸다. 가슴 깊은 곳이 주체할 수 없이 일렁거렸다.

아네트.

이 삶이 무너지고 나면, 당신만이 유일한 유적으로 남아 있겠지. 내 생의 전부가 당신이었다. 그리고 당신일 것이다.

아네트.

당신은 거기 있고 나는 여기 있다. 우리 사이에는 여전히 몇 걸음의 거리가 있지만, 우리는 서로를 바라볼 수 있고 서로를 들을 수 있다. 그렇게 당신은 또다시 내게 유적이 된다.

아네트, 내 삶의 형벌.

나의 아름다운 족쇄.

내 온 마음을 다해, 내 온 생을 다해 사랑하는…….

사랑하는 나의 억압자.

연주를 이어 나가던 아네트가 문득 고개를 돌려 그를 바라보았다. 시선이 마주쳤다. 하이너는 격렬하게 요동치는 온갖 감정들을 애써 내리눌렀다.

그리고 그녀를 향해 환하게 미소 지어 보였다.

먼 수평선으로부터 바람이 불어왔다. 절벽에서 하얗게 부서진 파도가 선율을 싣고 바다로 돌아갔다. 새롭게 생겨난 물결이 햇살 아래서 빛났다.

연주는 그렇게, 오래도록 계속되었다.

참고 문헌

Shell Shock, 전쟁신경증의 한 형. Myers, C.S. (1940). Shell Shock in France 1914-18, Based on a War Diary. Cambridge: Cambridge University Press.

자크 라캉, <욕망 이론>, 권택영, 문예출판사q, 1994, 19p

마이클 하워드, 『제1차세계대전』, 최파일, 2015, 교유서가

게르하르트 L. 와인버그, 『제2차세계대전』, 박수민, 2018, 교유서가

에리히 마리아 레마르크, 『서부전선 이상 없다』, 홍성광, 2009, 열린책들

이경구, 『롬멜 7기갑사단 뮤즈강 도하작전 연구』, 육군본부 군사연구소, 2009

Costel Coroban, 『The Great War and Scottish nurses' diaries』, Cambridge Scholars Publishing, 2019

프리드리히 니체, 『이 사람을 보라』, 이상엽, 지만지, 2016, p.64

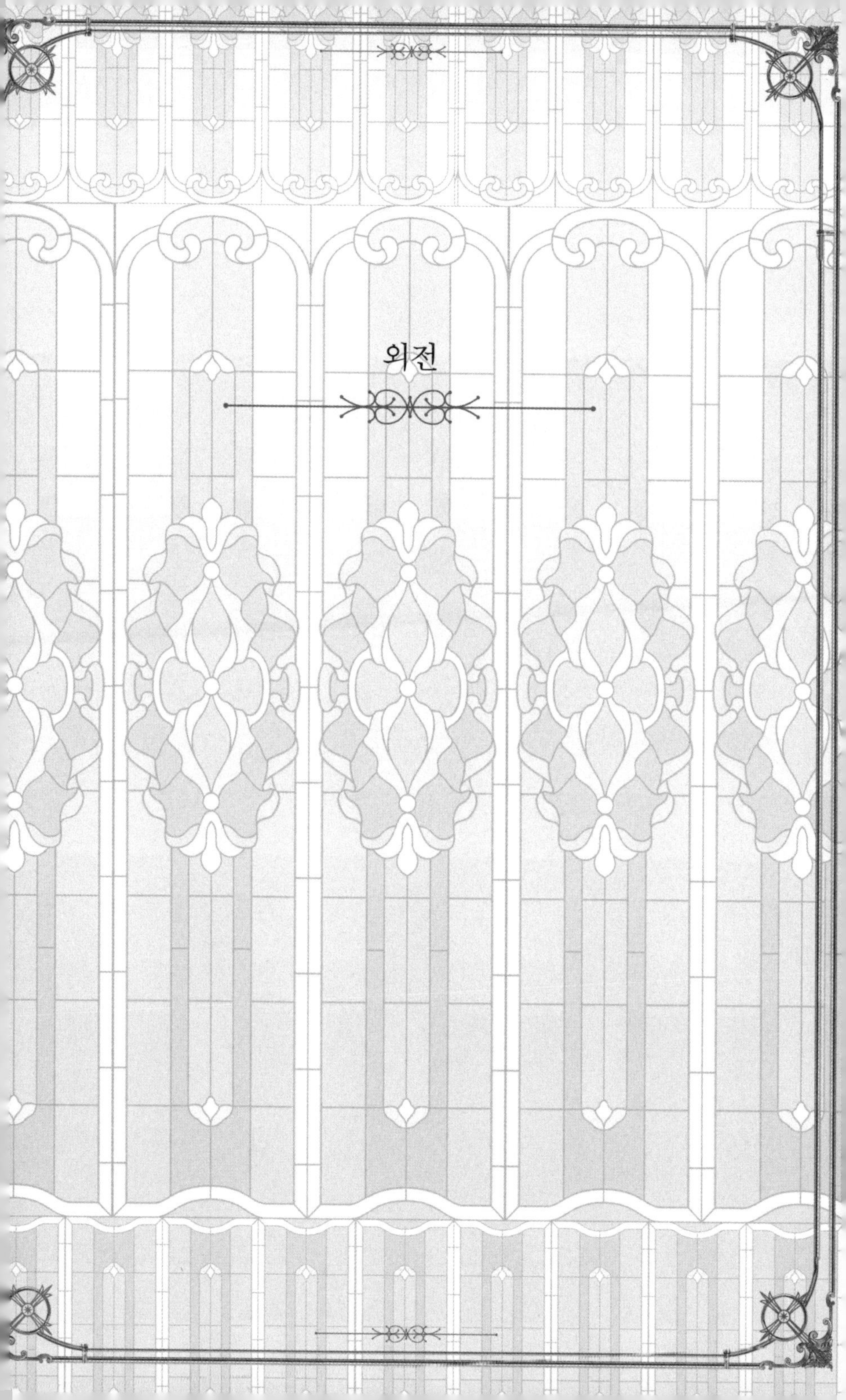

외전

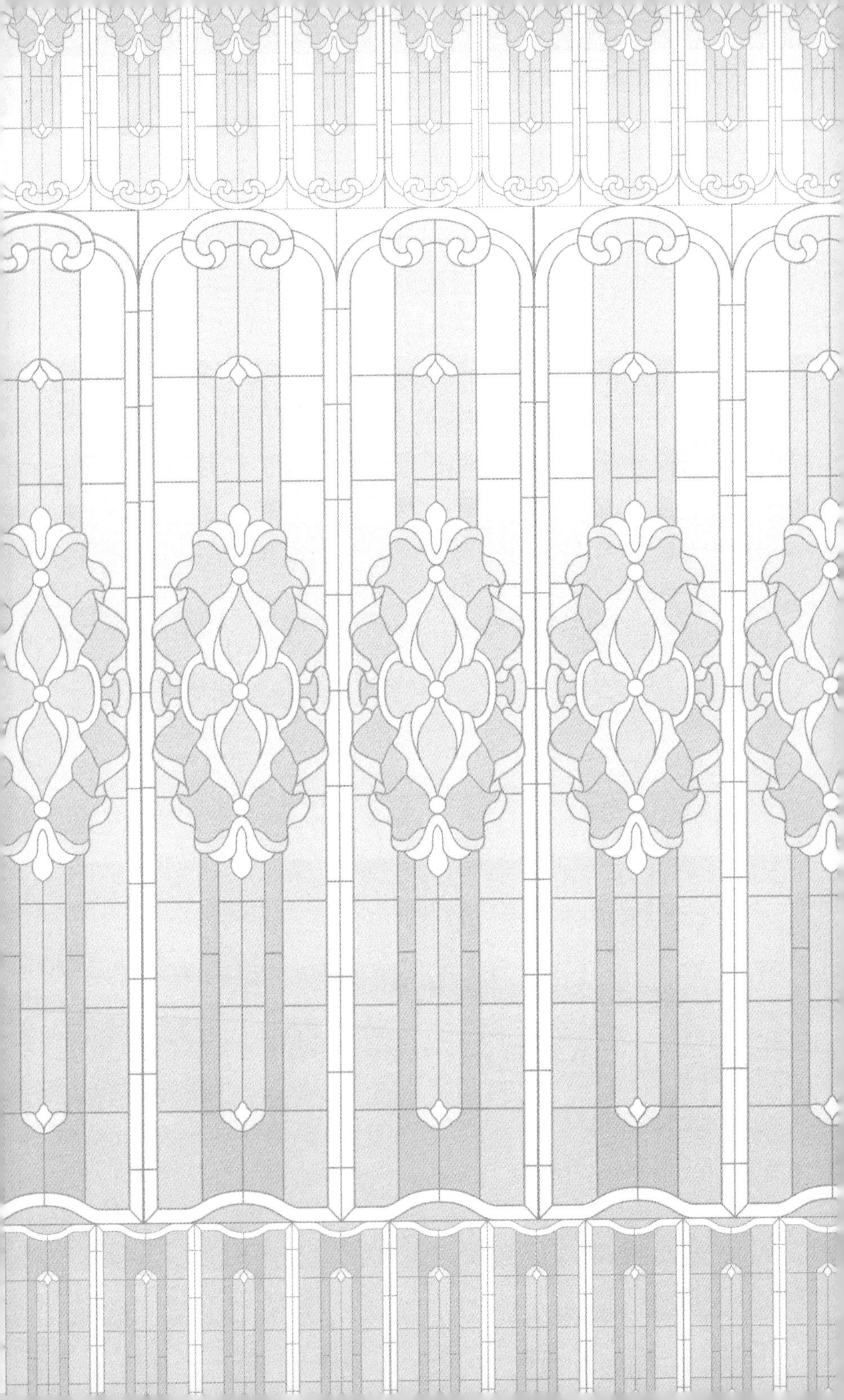

AU 720년, 겨울.

째깍째깍.

하이너는 잔뜩 흐트러진 자세로 의자에 앉아 시계 초침이 돌아가는 것을 바라보았다. 그의 눈은 반투명한 막에 싸인 것처럼 흐릿했다.

째깍째깍.

초침 소리가 더욱 커져 가며 방 안을 가득히 채웠다. 분명 시계는 끊임없이 움직이고 있는데, 시간이 흘러가지 않는 것처럼 느껴졌다.

참 이상했다.

제 의지와는 상관없이 숨이 계속해서 이어지고 있다는 것이.

하이너의 시선이 아래쪽으로 떨어졌다. 책상 위에는 서명이 완료된 서류가 비뚜름하게 놓여 있었다. 이혼 서류였다. 저 몇 장도 되지 않는 종이가, 길고 지난했던 그의 삶의 결과였다.

하하. 하이너는 짧게 웃었다. 텅 빈 웃음소리였다. 실성한 사람처럼 몇 번 더 비식거리며 흘러나오던 웃음은 별안간 뚝 끊겼다.

하이너는 천천히 눈을 내리감았다.

어두운 세계엔 침묵만이 가득했다.

그 여자를 가두기 위해 평생에 걸쳐 쌓아 올린 성벽 안에는, 결국 그만이 홀로 남겨져 있었다. 하이너는 이곳을 나가는 방법을 일생 몰랐다.

자신이 나갈 수 없다면, 그녀가 돌아오기를 기다려야만 했다. 그러나 떠난 사람은 돌아오지 않는다는 사실을 그는 알고 있었다. 그의 동료들이 그러했고 그가 죽인 이들이 그러했듯이.

앉은 곳을 중심으로 바닥에 핏물이 점점 번져 나갔다. 하이너는 고개를 숙인 채 붉게 물든 바닥을 바라보았다. 오래전 떠나간 이들이 그 위에 서 있었다. 에단, 유고, 데온, 앤, 전우들, 혁명군 동지들, 왕족들과 귀족들, 로젠베르크 일가까지도…….

문득 앤의 끼릭거리는 목소리가 나지막이 속삭였다.

'무서워?'

아니, 두려워.

'왜?'

내가 모든 걸 망가뜨렸다. 내가 모든 걸 망쳤어. 이제 내게 남은 건…….

'네가 원하던 것 아니야? 소중한 건, 완벽히 숨길 수 없으면 망가뜨리는 것이 낫다며.'

앤의 핏방울이 바닥 위로 떨어지는 것이 보였다. 그녀의 군화는 핏물과 진흙에 절어 있었다. 앤이 산뜻한 어조로 말했다.

'저 여자가 네게 소중하잖아.'

하이너는 멍하니 고개를 들었다.

그 순간, 그를 둘러싸고 있던 이들이 신기루처럼 사라졌다. 곁에는 아무도 남아 있지 않았다. 뒤이어 둔탁한 깨달음이 찾아왔다.

그 여자가 내게 소중했다.

생의 전부를 다 써도 아깝지 않을 만큼, 함께 파멸로 걸어 들어간다 해도 좋을 만큼, 삶과 죽음을 전부 함께하기를 갈망할 만큼.

아니, 사실은, 그저 한 번이라도 닿아 보고 싶을 만큼…… 그렇게.

참 많이 소중했다.

그 말이 이토록 낯설었던가.

똑똑. 누군가 그의 방문을 노크했다. 하이너는 대답도 하지 않은 채 망상과 상념을 곱씹고 또 곱씹었다. 머릿속 어딘가가 고장 난 것만 같았다.

몇 번의 노크 후에도 답이 없자, 문이 조심스럽게 열렸다. 하이너가 앉아 있는 것을 확인한 집사의 얼굴에 약간의 의아함이 서렸다.

"죄송합니다. 혹 무슨 일이 있으신 줄 알고."

하이너의 시선은 여전히 책상 위 언저리에 고여 있었다. 집사가 낮게 헛기침했다.

"저…… 각하. 이런 것까지 보고드리는 게 맞을지는 모르겠습니다만, 그래도 아셔야 할 것 같아……."

집사는 머뭇거리며 본론을 꺼냈다. 집사의 말이 이어질수록 흐릿하던 하이너의 눈동자에 초점이 돌아왔다.

그는 반쯤 얼이 빠진 얼굴로, 당장에라도 몸을 일으켜 세울 듯 책상을 짚었다.

"뭐……?"

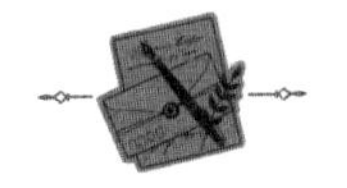

그녀의 처소가 위치한 본관까지 한달음에 온 것과 달리, 방문 앞에서 하이너는 잠시 주저했다.

이 문을 열면— 그녀가 평소처럼 앉아 있을 것만 같았다.

지치고 창백한 낯을 한 채 그를 바라볼 것만 같았다.

생을 금방이라도 놓아 버릴 듯한 눈으로…….

거기까지 생각이 닿았을 때, 하이너는 무의식적으로 벌컥 문을 열어젖혔다. 한순간 몸이 떨릴 만큼 싸늘한 공기가 닥쳐왔다.

방 안에는 아무도 없었다. 서류 봉투 몇 개만이 침대 위에 덩그러니 놓여 있을 뿐이었다.

하이너는 저벅저벅 걸어가 봉투들을 열어 보았다. 안에는 은행에서 위자료를 찾는 데 필요한 합의서와 증명서 따위가 그대로 들어 있었다. 처음부터 가져갈 생각 따위는 없었다는 듯.

일순간 눈앞이 아득해졌다. 집사의 말을 듣고 나서도 설마설마했는데, 직접 눈으로 확인하자 누군가 머리를 후려친 것 같은 기분이 들었다.

그는 몸을 돌려 미친 듯이 방 안을 뒤졌다. 아네트가 가져간 것들이 무엇인지 확인하기 위해서였다. 그러나 방은 터무니없을 만큼 그대로였다. 값이 될 만한 물품은커녕 얼마 되지 않는 현금마저 제자리에 놓여 있었다.

오직 그 여자만, 그녀 하나만 홀연히 사라져 버렸다.

책상 밑의 마지막 서랍까지 열어 본 하이너가 정신없이 물건들을 꺼냈다. 그 순간, 무언가가 와르르 바닥으로 굴러떨어졌다. 천 주머니에서 빠져나온 닳은 유리 조각과 조개껍데기가 바닥을 굴러다니고 있었다. 적막 속에서 도르륵, 소리를 내며 굴러가던 둥근 조각은 이윽고 멈추었다. 아네트가 글랜포드의 해변에서 주웠던 것들이었다.

노란 램프 빛 속에서 유리 조각의 표면이 희미하게 빛났다. 하이너는 그것들을 잠시 멍하니 바라보다가, 별안간 벌떡 몸을 일으켰다.

그는 침대 위에 놓인 서류 봉투를 낚아채듯 쥐고선 다급히 건물을 나왔다. 외투도 챙겨 입지 않은 채였다. 하이너는 정원을 가로질러 관저 입구까지 단숨에 도달했다. 입구를 지키던 경비병들이 당황하며 그에게 거수경례했다. 그가 사납게 외쳤다.

"당장 흩어져서 주변 수색해! 아내의."

하이너는 잠시 말을 멈추었다. 짧게 숨을 들이켠 그가 빠르게 명령을 이었다.

"……아네트 로젠베르크의 소재를 파악해. 당장."

"예, 알겠습니다!"

"혹 하천에…… 떠밀려 온 시체가 있는지도 확인하도록."

그렇게 말하는 그의 목소리는 극심하게 떨리고 있었다. 하이너는 경비병들의 대답을 끝까지 듣지도 않고 몸을 돌렸다. 한겨울의 매서운 추위가 옷깃을 파고들었다. 그는 그녀가 아직 이 근처에 있을 것이라는 막연한 확신으로, 미친 듯이 사위를 헤맸다.

막연한 확신으로, 막연한 희망으로, 막연한 바람으로, 그리고 이토록 확실한 절망과 불안감으로…….

왜?

번개가 치듯 의문이 뇌리를 뒤흔들었다. 손아귀 안의 서류가 구겨졌다.

왜?

왜?

왜?

왜 이것을 챙기지 않았지? 왜 아무것도 가져가지 않았지? 당신은 대체 어디로 가려는 거지?

침대 위에 고스란히 놓여 있던 서류들은 아네트가 남은 생에 전혀 미련이 없음을 여실히 나타내고 있었다.

입술이 덜덜 떨려 왔다. 매서운 추위 때문인지 다른 무엇 때문인지 알 수 없었다. 하이너는 뿌옇게 흩어지는 입김을 가르며 계속해서 걸었다. 시시각각 이성의 끈이 닳아 갔다. 시야가 자꾸만 흐트러졌다. 그럼에도 그는 무언가에 홀려 정신 줄을 놓은 사람처럼 무작정 걸음을 옮기고 또 옮겼다.

얼마간 근방을 헤매던 하이너는, 관저에서 올라올 보고를 기다리는 것이 이보다 훨씬 효율적이리라는 사실을 뒤늦게 깨달았다.

그는 차게 언 얼굴을 쓸어내렸다. 멍청한 짓을 하고 있었다. 멍청한 짓을……. 한숨과 함께 입김이 흘러나왔다.

겨울바람이 마른 가지를 흔들었다. 싸아아, 건조한 소리가 났다. 이윽고 보폭이 큰 걸음이 방향을 틀었다.

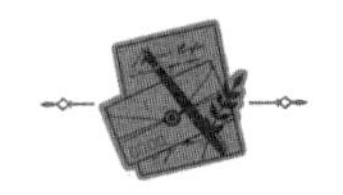

아네트의 행방에 대한 단서가 잡힌 곳은 기차역이었다. 그녀는 한 여자와 함께 신시어행 표를 두 장 끊었다고 했다.

추적 끝에 하이너는 아네트가 카트린 그로트의 집으로 갔다는 사실을 알아냈다. 이 소식을 접하자마자 가장 먼저 떠오른 추측은, 당연하게도 복수였다. 카트린 그로트가 아네트에게 좋은 감정을 가지고 있을 리 만무했다. 어쩌면 제 동생이 끝마치지 못한 복수를 마무리하려는 것일지도 몰랐다.

아네트라고 이를 모르지 않을 터였다. 제 추측이 맞든 아니든, 그걸 순순히 따라간 것부터가 그녀가 여전히 생에 미련이 없다는 증거였다.

곧장 하이너는 신시어 경찰서에 출동 명령을 내린 후 그로트 가로 전화를 연결했다. 오래지 않아 건너편에서 낯선 목소리가 들려왔다.

[……여보세요. 카트린 그로트…….]

"하이너 발데마르입니다. 아네트, 지금 그곳에 있습니까?"

서두를 모조리 생략한 물음에 카트린은 잠시 말이 없었다. 그 짧은 침묵 동안, 하이너는 제 목이 바짝바짝 타는 것을 느꼈다.

몇 초 후 카트린이 한숨처럼 말했다.

[오해를 살 거라고 미처 생각하지 못한 제 불찰이네요.]

"거기 있느냐고 물었습니다."

[네, 지금 방에 올라가 있어요. 아마 쉬고 있을 겁니다.]

아직 확실히 확인되지 않은 사안이었으나, 그 말에 하이너는 그나마 안도할 수 있었다. 하지만 의심을 완전히 버리지 못한 그가 경고하듯 말했다.

"곧 경찰이 확인을 위해 방문할 겁니다."

[그러세요. 다만 조용히 찾아 달라고 말 좀 전해 주시겠어요? 이렇게 경찰까지 동원해서 찾고 있는 걸 알면 전 부인분께서 참도 좋아하겠군요.]

태연하기 그지없는 카트린의 목소리에 하이너는 할 말이 없어졌다.

이혼까지 해 놓고 이렇게 뒤를 좇은 사실을 그녀가 알게 된다면 자신을 정말 경멸하게 될지도 몰랐다.

'아니, 차라리 경멸이라도 하면 다행인가…….'

전화선을 타고 적막이 흘렀다. 그들은 무언가를 더 묻지도, 그렇다고 전화를 끊지도 않은 채 얼마간 있었다. 한참 만에 하이너가 입을 열었다. 오랫동안 말을 하지 않은 사람처럼, 약간 쉰 듯한 목소리가 흘러나왔다.

"……왜입니까? 왜 그녀를……."

[그냥, 아무 데도 갈 곳이 없어 보여서요.]

"……."

[어디에도 가고 싶지 않아 보이기도 했고.]

달그락. 수화기 너머로 그릇이 부딪치는 소리가 들려왔다. 아주 평범하고 지극히 일상적인, 그러나 맑고 평온하게 들리는 그 소리는 그의 가슴속에 미미한 파문을 남겼다.

왜인지 모를 통증에 하이너는 눈을 내리감았다.

하이너는 복도를 등지고 선 채 싸늘한 방 안을 바라보았다. 문가에 검은 그림자가 길게 늘어졌다. 방 안에는 램프 불 하나만이 켜져 있었다. 바닥에서 유리와 플라스틱 조각들이 희미하게 빛났다. 아까 서랍을 뒤지다가 천 주머니에서 떨어진 것들이었다.

하이너는 방 안으로 천천히 걸음을 옮겼다. 그리고 상체를 숙여 바닥에 떨어진 천 주머니를 주워 들었다.

투둑—.

동시에 무언가가 우수수 굴러떨어지는 소리가 났다. 그는 천 주머니 아래쪽을 확인해 보았다. 아까는 정신이 없어 미처 보지 못했는데, 아랫부분이 해져서 찢어져 있었다. 천 주머니는 이미 홀쭉해진 채였다. 하이너는 그것을 들고 우두커니 한참을 서 있었다. 그러다 불현듯, 몸을 돌려 방을 나섰다.

오래지 않아 문가에 다시 기다란 그림자가 졌다. 돌아온 그의 손에는 척 보기에도 고급스러워 보이는 가죽 주머니가 들려 있었다.

하이너는 바닥에 무릎을 굽혀 앉아, 떨어진 것들을 하나하나 주워 담았다. 가는 선이 나이테처럼 새겨진 작은 돌멩이가 손아귀에 쥐어졌다. 껍데기가 깨진 소라고둥도, 수없이 깎이고 닳아 끝이 둥글게 된 유리도, 작은 플라스틱 조각도 차례차례 그의 손에서 가죽 주머니로 옮겨 갔다.

하이너는 눈을 감았다가 떴다. 문득 시야에 들어온 손이 옅게 떨리고 있었다. 힘주어 주먹을 쥐어 보았지만 떨림은 쉽사리 멎지 않았다.

"……윽."

그는 주먹 쥔 손을 이마에 가져다 대며 억눌린 소리를 내뱉었다. 주먹 안에 든 유리알은 차갑고 딱딱했다.

전부, 전부 쓸모없는 해변의 쓰레기에 불과했다. 호텔에서 이것들을 발견했을 때 쓰레기통에 처박았던 것은 그래서였다. 온갖 아름답고 귀한 것들만 누리며 살아온 여자니까. 그런 여자가, 이따위 것들을 소중히 여길 수도 있다는— 그런 가정 같은 건 할 수 없으니까.

만일 그런 가정을 하게 된다면, 그 여자가 '그런 사람'일 수도 있다고 생각하게 된다면.

내가 지금껏 믿어 오고 확신하고 자행했던 모든 일들이…….

그 모든 것들이…….

하이너는 낮게 기침했다. 숨이 부족해 헐떡거리는 듯한 기침이었다. 그는 어깨를 웅크리며 호흡하기 위해 노력했다.

가슴속에 커다란 구멍이 뚫린 것 같았다. 살고자 숨을 들이켜면 모조리 그곳으로 흘러나가 버렸다. 그는 추위에 웅크리는 짐승처럼 상체를 둥글게 말았다. 흡사 신께 고해하는 듯한 자세였다. 불에 덴 듯 머리가 뜨거웠다.

아네트.

아네트.

아네트.

당신은 대체 무슨 마음으로 이것들을 주웠나.

대체 어떤 마음으로, 내가 버린 것들을 기어코 되찾아 왔나.

하이너는 힘겹게 숨을 들이쉬었다가 내뱉었다. 목구멍 안쪽에서 무언가가 자꾸만 구역질처럼 올라왔다. 아주 긴 시간 그의 속에 차곡차곡 쌓여 왔던 것.

그러니까, 그건 아마 어떤 말이었다.

언제나 마음속 깊은 곳에서는 이 말을 내뱉어야 한다는 걸 알고 있었다. 그러나 하이너는 기어코 그것을 발음하지 않았다. 그 말을 내뱉기엔 너무 늦었다는 사실을 알기 때문이었다.

이제 돌이킬 수 있는 것은 아무것도 없다는 사실 또한 자각하고 있기 때문이었다.

"당신을 원망하지 않아요."

모든 마음을 소진해 버린 것처럼 담담하던 목소리가 그의 머릿속을 메웠다. 하이너는 떨 듯 고개를 숙였다.

"당신을 원망하지 않아요."

그녀의 목소리는 끊이지 않는 메아리처럼 이어졌다. 그는 흩어진 파편들의 한가운데서, 작고 쓸모없는 것 하나를 붙들고 소리 없는 신음을 토해 냈다.

"당신을 원망하지 않아요."

이제 하이너는 그 말이 무엇을 뜻하는지 알았다.

그에게는 원망할 가치조차 없다는 의미였다.

온기 없는 공기가 남자를 감싸 안았다. 그는 오랫동안 무릎 꿇은 채, 끝내 내뱉지 못한 말을 속으로 삼켜 내고 또 삼켜 냈다.

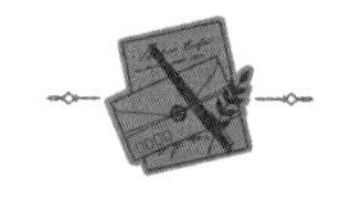

물을 마시기 위해 부엌으로 향하던 하이너는 걸음을 멈칫했다. 어두운 조명 하나가 켜진 거실 소파에 누군가 누워 있었다.

하이너는 발걸음 소리를 죽이고 소파 가까이 다가갔다. 테이블 위에 펼쳐진 책, 느슨하게 떨어진 손, 그리고 쿠션 위로 흐트러진 금색 머리카락이 보였다.

그녀는 소파에 웅크리고 누워 있었다. 노란 조명 빛에 한쪽 뺨이 드러났다. 하이너는 아주 예민한 동물에게 접근하듯 조용히 상체를 숙였다. 오른쪽 귀를 가져다 대자 새근새근한 숨소리가 났다. 감긴 눈꺼풀은 미동도 없었다. 깊은 잠에 빠진 듯했다.

종종 피곤할 때면 아네트는 지금처럼 거실 소파에서 잠들어 버리곤 했다. 여름휴가를 맞아 이곳 산타몰리에서 며칠 머무르며, 그녀에 대해 새롭게 알게 된 사실 중 하나였다. 예전이었다면 상상도 할 수 없는 일이었다. 과거 아네트는 완벽한 수면 환경이 갖추어진 침대에서만 잠을 청했었으니까.

새삼 그는 현재의 그녀를 실감했다.

하이너는 잠든 여자를 가라앉은 눈으로 바라보았다. 고단한 인생을 헤쳐 오며 마르고 수척해진 얼굴이었으나, 그에게는 여전히 처음 본 그때처럼 소녀 같았다.

문득 소파에 늘어뜨린 그녀의 손목이 시야에 들어왔다. 힘주어 잡기도 두려울 만큼 가는 손목 위에는 선명한 흉터가 자리하고 있었다. 가슴속이 서늘해지는 느낌이 들었다. 하이너는 그것을 만질 듯 손을 뻗었다가, 잠시 머뭇거리고선, 끝내 거두어들였다.

문득 아네트의 미간이 설핏 찡그려졌다. 그는 흠칫하며 상체를 뒤로 물렸다. 그녀는 무언가 괴로운 듯 고개를 약간 비틀더니, 몸을 더욱 웅크렸다.

어두운 침묵이 흘렀다. 가라앉은 시선이 그녀의 감긴 눈꺼풀 위를 맴돌았다.

악몽이라도 꾸는 것일까.

또 어떤 아픈 기억이 당신을 괴롭히고 있을까.

이럴 때마다— 하이너는 자신이 그녀에게서 앗아간 것들을 생각하곤 했다. 그건 비단 혁명에 관한 문제만은 아니었다. 혁명은 일어났어야만 했고, 로젠베르크는 필히 몰락했어야만 했다. 이건 그녀 하나만을 위해 혁명을 돕기로 했던 그의 선택과는 별개였다. 그 모든 건 반드시 일어났을 일이었다. 시기의 문제일 뿐.

이 때문에 그가 되짚어 나가는 문제는 결국 둘만의 무엇에 국한되곤 했다. 그러니까…… 관계의 모든 갈림길에서 스스로 했던 최악의 선택들을.

애초에 당신에게 거짓으로 접근하지 않았더라면.

혹은 당신에게 모든 사실을 밝히고 협조를 청했더라면.

혁명이 끝난 직후에라도 이해와 용서를 구했더라면.

세상이 당신에게 던지는 돌을 내가 막아 주었더라면.

당신의 외로움과 슬픔에 조금이라도 공감했더라면.

그러면 당신은 지금보다 덜 아플 수 있었을까…….

무엇이든 이젠 전부 지나가 버린 일일 뿐이었다.

어느새 아네트의 표정은 한층 평온해져 있었다. 하이너는 그녀의 목뒤와 무릎 밑에 손을 넣어 조심스럽게 안아 들었다. 가는 몸이 품에 들어오고, 약간 꺾인 고개가 그의 어깨에 기대어졌다. 그녀는 아무것도 눈치채지 못한 듯 여전히 수마에 빠져 있었다.

하이너는 그녀가 깨지 않도록 조용히 걸음을 옮겼다. 그 모든 일련의 행위는 습관처럼 익숙했다.

가만가만한 호흡이 그의 목덜미 가까이에서 오르락내리락했다. 하이너는 욕심껏 힘주어 끌어안고 싶은 욕망을 억누르며 계단을 올랐다.

그는 이 순간을 좋아했다.

그녀가 모든 힘을 풀고 제게 온전히 기대 오는 순간을. 그를 밀어낼 이유 같은 것은 단 하나도 존재하지 않는다는 듯, 이토록 무방비한 순간을. 그들 사이에 그어진 선과 최소한의 거리조차 무색해져 버리는 이 순간을…….

방에 들어가서 자라는 흔한 잔소리 한번 하지 않았던 것은 그래서였다. 그녀에겐 아무 의도도 의미도 없을, 그렇기에 고작 짧은 착각에 불과할 뿐인 이 순간이나마 간직하고 싶어서. 그런 치졸한 욕심 때문에.

하이너는 스스로를 비웃으며 시선을 떨어뜨렸다. 어두운 밤중 유독 창백하게 보이는 얼굴이 시야에 들어왔다.

그는 자꾸만 아네트의 호흡이나 심장 박동 같은 것을 확인했다. 그녀가 제 품에 내맡겨져 있다는 사실이 기꺼우면서도 한편으론 더없이 불안한 탓이었다. 그녀는 걱정이 될 만큼 가벼웠지만, 하이너는 마치 세상을 든 것만 같은 기분이 들었다.

곧 그는 그녀의 방에 다다랐다. 신중한 손길로 아네트를 침대 위에 내려놓고 손을 빼려는 순간, 그녀가 작게 뒤척였다.

"음……."

하이너는 적군에게 위치를 들킨 저격수처럼, 모든 동작을 정지한 채 그녀를 바라보았다.

아네트의 눈꺼풀이 천천히 열렸다. 그 사이로 푸른 눈동자가 드러났다. 아직 반쯤 잠에 취한 눈이었다. 하이너는 어찌할 바를 모른 채 있다가, 슬쩍 손을 빼냈다. 그러자 그녀의 눈에 약간 빛이 돌아왔다.

아네트가 잠긴 목소리로 중얼거렸다.

"하이너……?"

"응."

"당신인가요?"

하이너는 고개를 끄덕였다. 그러자 그녀가 사르르 입매를 올렸다.

"당신이군요."

잠기운이 가득한 얼굴로 미소 짓는 아네트는 참 예뻤다. 그는 가슴이 꽉 조여드는 듯한 기분을 느꼈다.

"꿈을 꿨어요."

"꿈?"

그는 다정한 목소리로 되물으며, 침대 끄트머리에 걸터앉았다.

"당신을 처음 만났을 때."

"그 정원 말입니까?"

"네. 그런데…… 꿈이 현실이랑은 조금 달랐는지, 아니면 내가 눈치채지 못했던 건지……."

"무엇을요?"

"꿈속에서의 당신이 꼭…… 사랑에 빠진 눈을 하고 있어서."

그녀는 아직도 반쯤 꿈속에 있는지 긴가민가한 얼굴이었다. 하이너는 낮게 웃었다.

"현실에서도 그랬을 텐데."

"거짓말. 그때 내가 미웠잖아요."

"미워하는 것보다 원하는 마음이 더 컸습니다. 그 정원에서 처음으로 당신을 마주했을 때……."

하이너는 그 순간을 되새기듯 말끝을 약간 늘였다.

"당신과 대화를 이어 나가려고 내가 얼마나 애를 썼는지 압니까? 금방이라도 당신이 '대화 즐거웠어요. 그럼 이만.' 하고 가 버릴까 봐."

"그런 것치고는 표정이 무서웠는데."

"무서웠다고?"

그는 몹시 뜻밖의 말을 들은 것처럼 인상을 찌푸렸다. 아네트가 손을 뻗어 그의 미간을 꾹 눌렀다.

"이거 봐요. 무섭다니까."

하이너는 그녀의 손을 잡아 제 무릎 위에 올려 두며 변명했다.

"긴장했던 겁니다."

"긴장했었어요?"

"당연하지. 첫 대면인데 어떻게 긴장을 안 합니까?"

"나는 그냥…… 참 딱딱한 사람이라고 생각했어요."

"첫인상부터 망했었군."

소리 내어 웃은 아네트가 고개를 저었다.

"그럴 리가. 처음부터 당신이 근사하다고 생각한걸요."

"……정말로?"

"정말로. 아, 군인은 별로인데……라고 생각하면서도 당신과 다시 만날 날을 기대했어요. 당신과 마주칠 때마다 속으로 참 설렜었는데, 알았나요?"

"처음 함께했던 만찬에서, 당신이 내게 어느 정도 호감을 가지고 있다는 것쯤은……."

"하이너 씨. 내가 당신에게 마음이 있다는 걸 알고 접근했군요?"

눈을 장난스레 흘긴 아네트가 잡힌 손을 빼내려 했다. 그러자 하이너는 손을 꽉 쥐며 중얼거리듯 말했다.

"정말 그냥 가벼운 호감이라고만 생각했었습니다. 그리고 어차피……."

말끝은 이어지지 않았다. 아네트가 어리둥절하게 그를 바라보았으나, 그는 주저하듯 눈을 내리깔 뿐이었다. 내뱉지 못한 말이 입속에서 사그라졌다.

"어차피, 뭐요?"

아네트는 눈을 빠르게 깜빡이며 말을 재촉했다. 잠시 다른 대답을 고심하던 그가 늦지 않게 대꾸했다.

"어차피…… 지금도 난 당신 마음을 얻으려고 노력 중입니다."

"이미 내 마음은 당신에게 있는걸요."

순간적으로 말문이 막힌 하이너가 입술만 달싹였다. 아네트는 잡힌 손으로 그의 손가락을 부드럽게 쓰다듬으며 물었다.

"아직도 못 믿나요?"

"……믿습니다."

나지막이 대꾸한 하이너는 그녀의 뺨에 달라붙은 머리카락을 떼어 주며 말을 돌렸다.

"눈에 졸음이 가득하군. 어서 자요."

"당신은?"

"잠들 때까지 옆에 있겠습니다."

"내가 애도 아니고……."

아네트는 그렇게 말하면서도 기분이 나쁘지 않은 것처럼 보였다. 그녀는 눈을 감은 채 먼 기억을 회상하듯 말했다.

"있잖아요, 나는 아주 예민한 아기였대요. 안고 있을 때는 얌전하게 자는 듯하다가, 눕히기만 하면 깨서 울었다고……."

"어쩐지, 아까 안고 올라올 때는 얌전히 자더니 눕히자마자 깨더군."

"나 이젠 아무 데서나 잘 자요. 바닥에서도 잘 수 있는걸."

아네트는 짐짓 자랑스럽게 말했지만, 그는 어쩐지 입 안이 썼다. 열악한 야전 병원의 철제 침대와 차가운 땅바닥에서 잠을 청했을 그녀의 모습이 떠올라서였다.

하이너는 잠시 망설이다 제안했다.

"……당신이 원하면 다시 안아서 재워 주겠습니다."

"됐거든요."

아네트는 소리 죽여 웃더니, 가물가물한 목소리로 말했다.

"그냥 이렇게 있어 줘요."

하이너는 맞잡은 작은 손을 옅게 토닥이며 그녀가 잠들기를 기다렸다. 가만가만한 호흡이 길고 느려질 때까지. 고요하고 평화로운 공기가 그들 사이를 맴돌았다. 하이너는 한참 동안 그녀의 곁을 떠나지 않고 자리를 지켰다.

이제 아네트는 약 없이도 잠을 청할 수 있었다. 여전히 이따금 악몽에 시달리곤 했지만, 오래가지는 않았다.

모든 것이 조금씩 나아지고 있었다. 모든 것이…….

"아직도 못 믿나요?"

그녀의 질문이 문득 되돌아왔다. 하이너는 맞잡은 손을 잠시 내려다보았다.

믿는다는 대답은 거짓이 아니었다. 그는 이제 아네트의 그 어떤 것도 밀어내고 싶지 않았다. 그러기엔 이미 너무 먼 길을 돌아왔으니까. 다만…….

하이너는 끝맺지 못했던 말을 입속으로 중얼거렸다.

어차피.

어차피 당신 마음은 내 마음을 이기지 못할 거야.

당신이 아무리 내게 마음을 줘도, 결코 내 것만 못할 테지.

이건 어떤 자조나 체념적인 생각이 아니었다. 그저 있는 사실을 담담히 직시하는 것일 뿐이었다.

아네트는 세상의 많은 것에게 마음을 나누어 주고 있었다. 피아노, 요제프, 브루너와 올리비아, 라이언, 그 외 이웃들, 그리고 이미 세상을 뜬 로젠베르크 일가와 카트린에게까지도. 만일 누군가 아네트에게 이 전부와 하이너를 맞바꿀 수 있느냐고 묻는다면, 그녀는 고민할 것이다. 그게 그와의 차이였다. 하이너는 그녀 외의 무언가에 마음을 주는 법을 조금씩 배워 가고 있었다. 하지만 그뿐이었다. 그 무엇도 아네트와는 비교할 수 없었다.

여전히 그의 세상은 전부 그녀였다.

그러나 아네트는 여전히 그를 온전히 받아들이지 못하고 있었다. 한 번 기만당했던 결혼 생활은 그녀에게 깊은 상처를 남겼고, 결혼이라는 제도로 그와 묶이는 것에 두려움이 있었다. 어쩌면 당연한 일이었다. 그 또한 그녀의 마음을 믿는다고 하면서도, 온전하다고 여기지는 않았으므로. 이것이 그들의 관계였다.

그들은 함께하는 내내 서로에 대한 불신을 버리지 못할 것이다. 과거는 시간에 무뎌지거나 희미해지되, 여전히 그 자리에 존재할 테니까.

모든 것은 흘러간다.

돌이킬 수 있는 것은 없었다. 앞으로의 길을 만들 뿐…….

하이너는 아네트가 깊이 잠든 것을 확인하고선, 조심스럽게 자리에서 일어섰다. 조용한 발걸음으로 문을 닫고 나와 계단을 내려갔다.

아네트가 그에게 준 방은 1층에 위치했다. 당연히 같은 방은 기대하지도 않았지만, 그 선택이 왜인지 그녀 마음의 거리감을 의미하는 것 같아 씁쓸했다.

하이너는 문을 열고 제 방으로 들어섰다. 미지근한 어둠이 그를 감싸 안았다. 그는 새삼스러운 기분으로 캄캄한 방 안을 응시했다.

문득 하이너는 제가 더 이상 어둡고 밀폐된 공간을 두려워하지 않는다는 사실을 깨달았다.

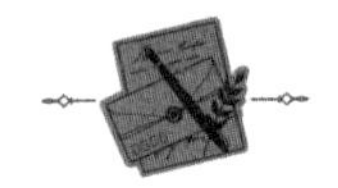

창가에 아침 햇살이 내리쬐었다. 새벽녘 안개가 걷힌 사위는 맑은 여름날의 빛으로 환하게 물들어 있었다.

1층의 욕실 문이 달칵 열렸다. 어깨에 수건을 걸친 하이너가 안에서 걸어 나왔다. 그의 머리칼 끝은 아직 젖은 채였다.

집 안은 고요했다. 하이너는 수건으로 머리를 털며 부엌으로 걸어갔다. 익숙한 손길로 주전자에 물을 올리고, 커피 그라인더에 볶은 원두를 갈았다. 물 끓는 소리와 원두 가는 소리가 적막을 몰아냈다. 하이너는 드리퍼에 갈린 원두를 넣고 그 위에 끓인 물을 조금씩 부었다. 김 서린 유리 티포트 안으로 갈색 물이 조르륵 내려왔다. 커피가 내려지기를 기다리는 동안, 그는 천에 싸 둔 보청기를 꺼내 닦은 후 왼쪽 귀에 꼈다.

본래 하이너는 커피를 즐기지 않았다. 정확히는 업무나 사교적인 상황에서 내오는 커피를 사무적으로 마실 뿐, 직접 찾는 일은 없었다. 그러나 그는 산타몰리에서만큼은 매일 습관처럼 커피를 내렸다. 눈 뜨자마자 주전자에 물을 올릴 만큼 커피를 좋아하는 아네트를 위해서였다. 미리 커피를 내려 둔 후, 막 일어난 그녀와 작은 테이블에 마주 보고 앉아 잔을 들며 이야기를 나누는 건 그가 가장 좋아하는 일과 중 하나였다.

하이너는 다 내려진 커피를 잔에 따랐다. 향긋한 커피 향이 모락모락 피어올랐다. 그는 만족스러운 눈으로 테이블 위에 놓인 잔 두 개를 바라본 후, 계단 위로 시선을 돌렸다.

'오늘은 조금 늦게 일어나는군.'

아네트의 기상 시각은 대체로 규칙적이었다. 이쯤이면 세면을 마친 그녀가 1층으로 내려올 시간이었다.

하이너는 그녀를 깨우기 위해 계단을 올랐다. 이전에도 몇 번 이런 적이 있었고, 그는 그녀를 깨우는 일 또한 좋아했다.

아네트의 침실 앞에 선 그가 방문을 두 번 노크했다. 그러나 안에서는 아무런 기척이 없었다.

"아네트?"

부름에도 대답은 돌아오지 않았다. 한 번 더 노크한 하이너가 방문을 열어 보았다. 벌어지는 문틈으로 빈 침대가 보였다. 이불이 가지런히 정리된 침대 위에는 그가 찾는 여자가 없었다. 방을 나와 욕실을 확인해 보았으나 역시 비어 있었다.

집 안을 채운 적막이 불현듯 무겁게 다가왔다. 그는 욕실 앞에서 뒷걸음질 쳤다. 가슴이 선득해졌다.

하이너는 급히 계단으로 발걸음을 옮겼다. 스스로가 지나치게 과민하다는 것을 알고 있지만, 어쩔 수가 없었다.

집 안의 적막은 '그날'을 떠올리게 했으므로.

그날. 기묘할 만큼 고요하고 차갑던 공기. 불러도 돌아오지 않는 대답. 지독한 장미 향과 함께 흘러나오던 희뿌연 수증기…….

"아네트!"

계단을 내려오며 하이너는 그녀의 이름을 크게 불렀다. 그러나 집 안은 여전히 고요하기만 했다. 거실, 작은 방, 욕실, 부엌까지 1층을 전부 헤집고 다니던 하이너는 부엌에 작게 딸린 창고로 들어가 보았다.

창고에 난 창을 통해 밖을 확인한 그가 소리 없이 안도했다. 뒤뜰 한구석, 작은 인영이 텃밭 앞에 앉아 있었다.

덜컹거리던 심장이 그제야 제자리를 찾았다. 하이너는 곧장 창고에서 나와 뒤뜰로 연결되는 문을 열었다.

여름날의 쨍한 빛이 쏟아졌다. 그는 눈살을 약간 찡그렸다. 짧은 눈부심이 지나간 후, 뒤뜰의 정경이 눈에 들어왔다.

챙이 넓은 밀짚모자를 쓴 여자가 텃밭 앞에 쪼그리고 있었다. 두 다리를 감싸 안은 채 텃밭을 관찰하는 모습이 마치 어린 소녀 같았다.

하이너는 잠시 가만히 서서 그 모습을 바라보았다. 시야가 흐리게 보일 만큼 눈부신 햇살 때문인지, 모든 것이 꿈의 편린처럼 느껴졌다. 그녀가 기척을 느꼈는지 고개를 돌렸다. 그를 발견한 아네트는 눈을 몇 번 깜빡이더니, 옅게 미소 지었다.

그 순간 꿈은 현실이 되었다.

김 서린 유리창을 닦아내듯 세상이 한층 선명해졌다. 하이너는 걸어가 그녀의 왼편에 섰다. 채 정돈하지 못한 음성이 약간의 떨림을 담고 흘러나왔다.

"……여기 있는 줄 몰랐습니다."

"아, 오늘 일찍 눈이 떠져서. 날이 좋기에 잠깐 나왔어요."

대수롭지 않게 대답한 아네트가 텃밭 한쪽을 가리켰다.

"이것 봐요."

그녀의 손끝이 가리킨 곳에는 꽃봉오리가 맺힌 캐모마일이 있었다. 아네트는 작은 꽃봉오리들을 흐뭇하게 바라보며 말했다.

"너무 귀엽죠?"

"꽃이 피려는군요."

"꽃이 피고 이삼일 후에 차를 우리면 가장 맛이 좋대요."

"잡아먹을 겁니까?"

"무슨 가축이라도 잡는 것처럼 말하지 말아요."

하이너는 믿을 수 없다는 눈으로 이제 막 피어나려는 캐모마일을 응시했다. 자신이 이 꽃을 보기 위해 얼마나 공을 들였는데…….

여름휴가 내내 이 집에 머무르며, 그는 텃밭을 가꾸는 일에 매진했다. 사실 처음부터 이렇게까지 전적으로 매달릴 생각은 없었다.

일이 이렇게 된 건 그러니까, 라이언 프롬, 그놈 때문이었다. 그놈은 제 조카가 아네트의 집에 잠시 신세를 진다는 이유로 몇 번이 집을 드나들었다. 그러면서 초기 정착 과정에 약간 기여를 한 모양이었다. 라이언 놈은 집 안을 보수하고 가구 재배치를 도와준 것은 물론, 텃밭의 울타리를 수리하고 모종을 심어 주었다. 아네트는 그에 크게 고마워했다.

"식물을 보기만 했지 키우는 건 처음이라, 너무 막막하더라고요. 농사가 생각보다 품도 많이 들고 어렵고…… 그래도 라이언이 많이 도와줘서 다행이었어요."

그길로 하이너는 텃밭 농사에 대해 공부하기 시작했다. 온갖 좋다는 비료와 영양제 등을 구매했고, 지지대도 직접 설치했다. 이러한 그의 노력은 예상보다 더 큰 빛을 보았다.

농사엔 재능이 없다던 아네트의 말대로, 그녀가 가꾼 식물들은 영 크기가 작았다. 그러나 하이너가 직접 손을 대기 시작하자 식물들은 무서운 속도로 쑥쑥 자라났다. 이를 본 아네트는 기뻐하고 신기해했다. 그녀의 반응에, 하이너는 전투에서 승전보를 들었을 때만큼이나 큰 뿌듯함을 느꼈다. 게다가 그 또한 이 작은 텃밭에 나름 애정을 느끼던 차였다.

하이너는 약간 힘없이 중얼거렸다.

"……꼭 꽃을 딸 필요는 없을 것 같은데."

"그럼 기른 보람이 없잖아요."

아네트는 매정하게 말하며 자리에서 일어나더니, 펌프로 물을 길어 물뿌리개에 담았다. 그러자 곧장 하이너가 그녀를 만류했다.

"이런 거 직접 하지 말라니까."

그는 덤덤한 얼굴로 펌프 앞에 서서 물을 길었다.

얼떨결에 물러난 아네트가 그의 숙인 뒷모습을 내려다보았다. 그을린 피부와 커다란 덩치, 그리고 가벼운 셔츠 차림새가 꼭 남부 출신의 농부 같았다.

산타몰리에 머무르는 내내, 하이너는 절대 그녀가 힘쓰는 일을 하게 두지 않았다. 물을 긷는 것은 물론 텃밭과 집안일도 대부분 그가 전담했다. 덕분에 아네트는 본의 아니게 궂은일은 거의 하지 않고, 깨끗한 집에서 잘 자라나는 식물들만 유유자적 구경하고 있었다.

그녀가 고마움 반 한숨 반으로 웃으며 그의 옆에 쪼그려 앉았다.

"자꾸 이러면 나 버릇 나빠지는데."

"그냥 나한테 시켜. 날 뒀다가 뭐 합니까?"

"당신 떠나고 나면 어차피 전부 내가 해야 해요."

"그러니까 사용인 한 명을……."

"혼자 사는데 무슨 사용인이 필요해요. 직접 하고 말지."

"하더라도 그놈 도움은 받지 마십시오. 필요하면 나한테 전화하고."

"그놈?"

"라이언 프롬 말입니다."

아네트가 황당하다는 듯 그를 올려다보았다.

"라이언이 갑자기 왜 여기서 나와요?"

"그놈이 당신 집을 자꾸 드나드니까."

하이너는 불퉁한 기색을 구태여 감추지 않았다. 그러잖아도 이 문제에 관해 불만이 많은 상태였다. 그의 말에 아네트는 눈을 동그랗게 뜨며 고개를 저었다.

“그런 사이 절대 아니라니까요.”

“그런 사이가 아니라는 건 압니다. 당신을 못 믿는 게 아니라, 그냥 그놈이 마음에 안 들어서 그래.”

“라이언이 당신에게 뭐 잘못했어요?”

“잘못이 아니라……. 아니, 잘못이라면 잘못이겠군. 우리가 무슨 관계인지 알면서 당신 집을 제집처럼 드나드는 거.”

“언제 제집처럼 드나들었다는 거예요. 그때는 라이언의 조카가 여기 머물러서 좀 자주 왔던 거고, 이제는 거의 만나지도 않아요. 하는 김에 양동이도 채워 줘요.”

하이너는 순순히 양동이를 끌어다 물을 길며 반박했다.

“조만간 그 집에 방문하기로 했다는 말을 얼마 전에 들은 것 같은데, 착각입니까?”

“그건, 알잖아요, 라이언의 어머니가 산타몰리에 아는 사람이 많아서 여기 정착하는 데 이래저래 도움 많이 주신 거. 한번은 찾아뵈어야죠.”

아네트의 말에는 틀린 구석이 없었다. 그 외향성은 집안 유전자인 건지, 프롬 가는 온 지역에 모르는 사람이 없었다. 홀로 산타몰리에 온 아네트에게 여러 도움을 준 것도 사실이었다. 여기 이웃들이 큰 거부감이나 거리감 없이 그녀를 받아들인 데에는 프롬 가의 덕이 컸다.

다 알면서도, 아는데도, 하이너는 여전히 불안감을 지울 수가 없었다.

인정하긴 싫지만 라이언 프롬은 인간적으로 좋은 남자였다. 특유의 긍정적이고 호쾌한 성격은 그녀의 아픔과 상처마저도 감싸 줄 수 있으리라…… 자신과는 다르게. 게다가 라이언 프롬은 건강하고 사랑이 넘치는 가정 환경에서 자란 번듯한 남자였다. 천애고아에 훈련소 출신인 스스로와 비교가 되지 않을 수 없었다.

"그는 좋은 친구예요. 갑자기 관계를 끊을 수는 없어요."

"아네트. 당신더러 친구를 사귀지 말라는 게 아닙니다. 하지만 라이언 프롬이 당신을 마음에 두었던 건 사실이잖습니까. 아직도 그럴지도 모르는 일이고……."

"난 여기 혼자 정착했어요. 그동안 그쪽 가족들에게 도움받은 게 있는데, 이제 와 모른 척하라는 건가요?"

"난 다만, 지나치게 엮일 필요는 없다는 얘기야."

"그러는 당신도 아넬리 양과 자주 얼굴을 보잖아요."

그 말에 하이너의 한쪽 눈썹이 올라갔다.

"아넬리 양은 여기서 왜 나옵니까?"

"당신이 라이언을 언급한 거랑 같은 이유죠."

"전혀 경우가 다릅니다."

"뭐, 약혼 이야기까지 오갔으니 당신 쪽이 더하기는 하네요. 물 넘쳐요."

아네트의 지적에 하이너가 발밑을 확인했다. 생각 없이 물을 긷다 보니 어느새 양동이가 가득 차 넘쳐흐르고 있었다.

하이너가 한숨과 함께 상체를 세웠다. 그러고선 약간 화가 난 얼굴로 그녀에게 손을 내밀었다.

"해가 뜨거우니 안으로 들어가지. 당신도 알다시피 나는 그 약혼 거절했습니다. 게다가 아넬리 양과 만나는 건 공적인 이유고."

아네트는 그의 손을 잡고 일어나며 쌀쌀맞게 대꾸했다.

"나도 라이언을 이성으로 생각해 본 적이 없어요."
"앞으로도 그럴 거라는 보장이 있습니까?"
"뭐예요, 유치하게."
"옛날에 당신이 잠깐 만났던 상대 중, 원래 친구 관계였던 이가 있었던 걸로 기억하는데?"
"옛날에 연애할 때, 과거 얘기는 꺼내지 말자는 규칙을 정했던 걸로 기억하는데?"
그들은 뒤뜰을 벗어나는 내내 옥신각신했다. 하이너는 뒷문을 열어 아네트를 먼저 들여보내고, 자신도 들어선 후 등 뒤로 문을 닫았다.
아네트는 팔짱을 낀 채 그를 마주 보며 말했다.
"과거 얘기로 치면 나라고 할 말이 없는 줄 알아요?"
"해 보십시오."
"헌팅엄에서 교회 건물에 갇혔을 때, 엘리엇이 내게 '전 남편의 옛 여자들'이 궁금하지 않느냐는 질문을 하더군요. 여자도 아니고, 여자들?"
"작전의 일환이었을 뿐입니다. 진심으로 마음 준 적은 단 한 번도 없었습니다."
"아하, 그래요? 몸은 줘도 마음은 안 줬다?"
"몸도 안 줬습니다!"
하이너가 억울하다는 듯 다급히 변명했다. 그는 흘러내린 앞머리를 대충 쓸어넘기며 한숨을 내쉬었다.
"이 얘기는 관두지."
"언제는 해 보라더니."
"논점에서 벗어났잖습니까. 그래서 그놈을 계속 만나겠다는 겁니까?"

"빙빙 돌리지 말고 말해요. 당신이 원하는 게 뭔데요? 라이언과의 관계를 아예 끊어 내는 거?"

"그래, 솔직히 말하지. 당신이 딴 놈이랑 대화하는 것도 싫습니다. 됐나?"

그러자 아네트는 기가 막힌다는 듯 하, 하고 웃었다.

"그냥 세상에 나랑 당신만 남고 싶다고 하지 그래요?"

"그건 말 안 했는데 잘 아는군."

"당신 정말 이기적이에요."

"압니다. 알아서 그동안 별다른 말 안 했던 거고. 그냥…… 당신도 어느 정도 날 이해할 수는 없어?"

"나는 내가 누구와 만나건, 그게 대체 왜 중요한 건지 모르겠어요. 내가 지금 좋아하는 건 당신인데."

아네트가 답답하다는 듯 그를 살짝 노려보았다. 둘의 얼굴은 어느새 서로의 숨결이 닿을 만큼 가까워져 있었다.

하이너는 눈가를 움찔거렸다. 그의 턱에 힘이 들어가는 것이 보였다. 입매를 딱딱하게 굳힌 그가 완고한 어조로 말했다.

"내가 스파이 출신인 거 잊었습니까? 미인계는 안 통합니다."

"아니, 그냥 본 건데 무슨……."

"아무튼 정말 필요한 일이 아니면 그놈과 단둘이 만나지 마."

하이너는 제멋대로 결론짓고서 몸을 돌려 버렸다. 평소보다 묵직해진 발걸음 소리가 마룻바닥을 쿵쿵 울렸다. 그의 어깨는 화가 난 것처럼 경직되어 있었다. 아네트는 어처구니가 없다는 얼굴로 그 뒷모습을 바라보았다.

돌연 하이너가 걸음을 잠시 멈추었다. 그는 얼굴을 보일 듯 말 듯 고개를 약간 돌리더니, 무뚝뚝한 투로 말했다.

"커피 내려 놨으니까 마셔요."

그러고선 작게 한마디 덧붙였다.

"다 식었겠군."

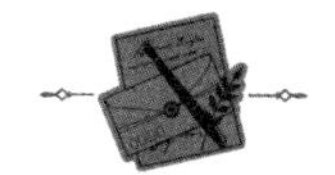

산타몰리는 여름철 관광으로 유명한 해양 도시였다. 아름다운 바다는 물론, 질 좋은 지하수로 제조하는 가르펠 맥주의 산지로도 잘 알려져 있었다.

아네트가 거주하는 지역은 중심부에서 조금 떨어진 곳에 위치했다. 그러나 노을이 걸린 절벽을 보기 위해 관광객들이 이 지역을 종종 방문하곤 했다. 특히 이번 해의 산타몰리는 휴가철과 맥주 축제가 겹쳐 그 어느 때보다도 활기를 띠고 있었다.

그런 와중에도 아네트는 여느 때처럼 피아노 앞에 앉아 있었다. 그녀는 눈앞의 악보를 노려보며 건반을 눌렀다.

'정말 기가 막혀서…….'

악보의 음계를 따라 피아노 소리가 났다. 그러나 평소보다 조금 느린 연주였다.

'대체 그게 싸울 일인가? 좋게 말하면 되지, 왜 과거 이야기는 또 끌고 오는 거야.'

저도 모르게 손가락에 힘이 들어갔다. 음이 둔탁해졌지만, 아네트는 아랑곳하지 않고 약간 짜증을 섞어 피아노를 쳤다.

'생각해 보면 연애 때도 저랬지. 자꾸 과거에 누굴 만났는지나 궁

금해하고…… 정작 자기는 전부 숨기고 거짓말했으면서.'

기어코 삐끗한 손가락이 이탈음을 냈다. 동시에 연주가 멈추었다. 아네트는 한숨을 내쉬며 약간 뻐근한 왼손을 가볍게 털었다.

오늘 내내 이 세 번째 마디에서 영 나아가질 못하고 있었다. 멀리서부터 미묘하게 전해져 오는 축제의 소음 탓인지, 아침에 있었던 일 탓인지 통 집중이 되질 않았다.

정말이지 서른의 나이에 이런 일로 싸우게 될 줄은 몰랐다. 저 유치한 남자가 어딜 봐서 그 냉담하고 엄격하다는 파다니아의 총사령관이라는 말인가.

말싸움 이후로 그들은 오늘 내내 냉전 중이었다. 아네트는 종일 연습실에 틀어박혔고, 하이너도 제 일로 바쁜 듯 보였다. 혹은 일부러 바쁜 척을 하거나. 아침이면 함께 커피를 마시는 것이 그들의 일상이었는데, 오늘은 그것조차 건너뛰었다.

오늘 하루를 회상하던 아네트는 분노가 가라앉기는커녕 더욱 커져 갔다. 그녀는 아침에 그가 했던 말들을 하나하나 곱씹었다.

'나를 못 믿는 게 아니라고? 거짓말. 그게 나를 못 믿는다는 말과 다를 게 뭐야.'

하이너가 그녀의 마음을 완전히 신뢰하지 못한다는 건 어렴풋이 짐작하고 있었다. 그러나 차마 이를 입 밖으로 꺼낼 생각은 하지 못했다.

그녀 또한 그렇기 때문이었다.

아네트가 그의 마음을 신뢰하지 못하는 데엔 여러 이유가 있었다. 물론 그들의 과거 문제가 가장 컸고, 그 외에 또 하나는…….

'스킨십을 안 해.'

유치한 이유라고 생각할 수도 있지만, 그녀로서는 신경을 쓰지 않을 수 없는 문제였다. 아네트는 피아노 앞에 덩그러니 앉아 심각하게 생각했다.

하이너는 가벼운 포옹이나 손을 잡는 것을 빼고는 일절 스킨십을 하지 않았다. 기가 막혔다. 저런 건 친구 사이에도 하는 거였다.

'한집에 머무르는데 어떻게 이럴 수가 있지? 결혼 생활 때도 그렇고, 지금도 그렇고, 내가 먼저 다가가지 않으면 할 마음이 없는 거야? 연애 때 틈만 나면 입 맞추려 들던 건 다 연기였다 이거지?'

생각이 꼬리를 물수록 의심은 의심을 더해 갔다. 거기엔 결혼 생활 내내 그의 방을 먼저 찾아가며 짓밟혔던 자존심도 한몫했다.

'설마 이 사람…… 하고 싶은 욕구가 없나……?'

생각이 여기까지 다다르고 나자, 순간 맥이 탁 풀렸다. 왜인지 모를 자괴감에 아네트는 두 손으로 얼굴을 감쌌다.

'왜 이런 생각을…….'

함부로 재단할 사안이 아니라는 건 알았다. 적어도 잠자리 문제에 관해선 아네트는 그를 이해했다. 하이너에게는 꺼릴 수밖에 없는 이유가 있었다. 이미 그녀가 그의 모든 걸 안다고 하더라도, 이 문제를 다시 수면 위로 올리는 건 서로에게 조심스러운 일이었다.

손바닥 아래로 한숨이 흩어졌다. 얼굴을 감싸고 있던 손이 미끄러지듯 떨어져 나갔다.

드러난 얼굴은 한결 정돈되어 있었다. 아네트는 허리를 꼿꼿이 세우고 고개를 당긴 후, 다시 건반 위에 손을 올렸다.

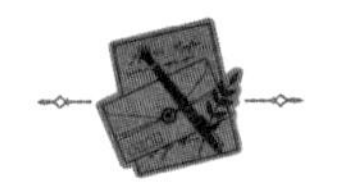

날카로운 선을 타고 흘러내린 땀방울이 턱 끝에 매달렸다. 땀방울은 몸의 움직임을 따라 흔들렸다가, 무게를 견디지 못하고 떨어졌다.

오랫동안 단단하게 다져진 상체가 바닥과 가까워지고 멀어지기를 반복했다. 바닥을 짚은 한 손에 핏줄이 불거져 있었다. 잔뜩 팽창된 팔뚝과 등에는 온갖 흉터들이 가득했다. 그 모습은 마치 무수한 싸움 끝에 끝내 제 영역을 지배하는 데 승리한 육식 동물을 연상케 했다.

한 팔을 굽혔다가 펴는 단순한 동작이 계속해서 반복되었다. 개수가 점점 늘어남에도 자세는 전혀 흐트러짐이 없었다.

"후……."

이윽고 그의 입에서 긴 숨이 흘러나왔다.

하이너는 상체를 유연하게 늘리는 재규어처럼, 땅을 짚은 채 그대로 허리를 세워 자리에서 일어났다. 물 흐르는 듯한 움직임이었다.

몸을 일으키자마자 땀방울이 후드득 떨어졌다. 하이너는 손등으로 턱을 쓱 훑고선, 수건과 옷을 챙겨 욕실로 걸어 들어갔다. 옷을 벗은 그가 욕실 거울 앞에서 잠시 멈칫했다. 근육으로 꽉 짜인, 흉터투성이의 상체가 유리 표면에 비쳤다.

하이너는 무표정한 얼굴로 거울을 물끄러미 바라보았다. 가슴 한가운데 찍힌 낙형은 본래의 철자를 알아볼 수 없을 만큼 표면이 뭉그러져 있었다.

몇 달 전, 그는 의사에게 흉터 시술을 받았다. 사실 그건 시술이라고 할 수도 없었다. 불로 흉터 표면을 지진 후 그 화상을 치료한 것에 불과했으니까.

낙형이 아니라 일반적인 화상 자국으로 보이도록 하기 위해서였다.

"워낙 오래되고 범위가 큰 흉터라 제거는 어려워서, 이게 최선이긴 합니다만…… 마취를 해도 많이 고통스러우실 겁니다."

"상관없습니다."

어차피 그까짓 고통은 아무것도 아니었다. 하이너는 주저 없이 시술을 받았고, 본래의 목적을 고려한다면 시술의 결과는 좋았다. 허무할 만큼이나.

사실 언제고 이 낙형을 없앨 기회는 많았다. 그 스스로 내버려 둔 것일 뿐이었다.

의사를 포함한 그 누구에게도 이것을 보여 주고 싶지 않기도 했고, 어차피 앞으로 영영 보여 줄 일이 없으리라 생각하기도 했다.

또한 이 낙형은 그에게 하나의 제동기였다.

전부 내던져 버리고 사랑 하나만을 선택하고 싶어질 때마다, 모든 과거 따윈 없었던 것처럼 그녀를 끌어안고 싶어질 때마다— 그의 현실을 자각하게 하는.

'아니, 어쩌면…….'

고요한 시선이 얽은 흉터 위에 머물렀다. 문득 하이너는 그 자신도 오랫동안 자각하지 못했던 이유를 떠올렸다.

그녀가 알아주길 바랐다.

언젠가, 그녀에게 제 모든 것을 드러내 보이고 싶다는 마음이 저변에 있었다. 이렇게 망가지고 일그러진 모습을 애써 숨기면서도…… 실은, 알아주길 바랐다.

"당신이 이런 나까지 사랑할 수 있었을까? 당신의 완벽한 삶에…… 이런 오점투성이인 나를, 과연 들이려고 했을까?"

찌꺼기뿐인 나의 바닥까지도…….

유리 위의 시선이 천천히 미끄러졌다. 거울에서 돌아선 하이너는 물을 퍼 담아 몸에 끼얹었다.

차가운 물이 얼룩덜룩한 피부를 타고 흘러내렸다.

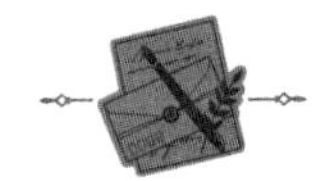

욕실에서 나온 하이너는 수건으로 머리의 물기를 털어 내다 멈칫했다.

1층 구석에 위치한 아네트의 작업실에서 희미한 피아노 소리가 흘러나오고 있었다. 평소보다 훨씬 이른 작업 시간이었다.

'어제 밤늦게까지 불이 안 꺼지더라니…….'

한번 무언가에 몰입하면 끝을 보고야 마는 게 그녀의 성미였다. 책의 첫 페이지를 열면 그 자리에서 결말까지 읽어 내리는 여자였다.

이번에도 분명 새벽까지 작업하다가, 쪽잠만 자고선 아침부터 다시 작업을 시작했을 게 뻔했다.

하이너는 작업실 문 앞을 잠시 서성거렸다. 어제 아침부터 오늘까지 아네트는 내내 작업실에만 틀어박혀 있었다. 그와는 말도 섞지 않을 심산인 듯했다.

작게 한숨을 내쉰 하이너가 부엌으로 걸음을 돌렸다. 그리고 평소 일과대로 주전자에 물을 올린 후 원두를 갈기 시작했다.

은은한 피아노 소리와 부드러운 커피 향은 더없이 잘 어울렸다. 그는 어렴풋이 들리는 곡을 감상하며 커피를 내렸다.

자신이 아네트의 곡을 처음으로 듣는 사람이라는 사실이 기꺼웠다. 아쉽게도 저번 첫 곡은 놓쳤지만, 앞으로는 무조건 사수할 생각이었다.

어느 순간 피아노 소리가 멎었다. 두 개의 잔에 원액을 따르고 적당량의 물을 부어 섞은 그가 슬쩍 입을 대어 보았다. 오늘따라 커피 맛이 괜찮은지 신경 쓰였다.

시음을 마친 하이너가 커피잔을 테이블 위에 올려 두었다. 그러더니 어딘가 마음에 들지 않는다는 듯, 팔짱을 낀 채 테이블을 노려보았다.

고민하던 하이너는 찬장을 열어 한 번도 쓰지 않던 컵 받침을 두 개 꺼냈다. 받침 위에 커피잔을 올린 후, 잔의 위치와 각도를 완벽하게 맞추었다. 테이블보까지 주름 없이 판판하게 편 그가 만족스러운 듯 허리를 폈다.

여전히 연주는 이어지지 않고 있었다. 작업실 앞으로 걸어간 하이너는 문 하나를 두고 잠시 머뭇거렸다.

며칠 후면 여름휴가도 끝이었고, 그는 론체스터로 돌아가야만 했다. 얼마 남지 않은 그녀와의 시간을 이렇게 흘려보낼 수는 없었다.

하이너는 숨을 한번 들이켜고선, 정갈한 자세로 문을 두드렸다.

똑똑.

"……들어가도 됩니까?"

대답은 곧장 건너오지 않았다. 그 짧은 순간이 그에게는 억겁처럼 느껴졌다. 입이 바짝 말라 오려던 때, 문 너머로 들어오라는 말이 들려왔다.

하이너는 속으로 안도의 숨을 내쉬며 문을 열었다.

작업실 안은 단출했다. 종이 더미가 쌓여 있는 책상과 피아노 한 대가 전부였다. 책상 옆에 놓인 작은 쓰레기통은 폐기한 것으로 보이는 종이들로 가득 차 있었다.

아네트는 단정한 자세로 피아노 앞에 앉아 그를 가만히 응시하고 있었다. 속을 알 수 없는 얼굴이었다.

하이너는 발표가 어색한 남학생처럼 약간 주저주저하며 입을 열었다.

"방해했습니까?"

"……괜찮아요. 왜요?"

왜요, 라는 물음이 용건만 말하고 빨리 꺼지라는 말처럼 들렸다. 그에 조급해진 하이너는 무작정 단어를 내뱉었다.

"그, 커피……."

순간적으로 사고가 멈추었다. 그는 재빠르게 뒷말을 골랐다. 커피 아직 안 마셨습니까? 커피 필요하지 않습니까? 커피 같이 마시지 않겠습니까?

무엇 하나 성에 차질 않았다. 한참 동안 뒷말이 이어지지 않자, 아네트가 고개를 갸웃거리며 되물었다.

"커피, 뭐요?"

"그, 커피, 내려 놨는데……."

얼결에 내어 놓은 말은 형편없었다.

잠시 침묵이 흘렀다. 하이너는 제 입을 주먹으로 치고 싶어졌다.

아네트는 뭐 어쩌라는 듯한 표정—그의 눈에는—이었다. 그녀가 무어라 입을 열기 전에 하이너는 곧장 다음 말을 이어 붙였다.

"당신 아침에 커피 안 마시면 피곤해하잖습니까."

"……."

"어제 늦게 잔 것 같던데."

"……."

"그러니까…… 피곤하니까."

"……."

"……내가 다 잘못했습니다."

"……."

"내가 예민했어, 아네트. 당신 인간관계에 너무 간섭했던 것 같습니다. 그, 둘이 너무 자주 보는 것만 아니라면…… 그러니까 단둘이는 말고, 다 같이 만나는 모임 같은 거라면…… 물론 어디까지나 내 의견이지만……."

말할수록 처참해지는 것 같았다. 애써 수습해 보려던 하이너는 결국 입을 다물었다. 다시 정적이 찾아왔다.

둘은 멀뚱멀뚱 서로를 바라보았다. 그는 이 분위기를 어떻게 해야 할지 감조차 잡히지 않았다.

아네트는 그를 물끄러미 올려다보다가, 불현듯 작게 웃음을 터트렸다. 풋 하는 웃음소리가 적막을 깼다. 그녀는 한 손으로 입을 가리고선 쿡쿡거리며 웃었다. 그 모습을 멍하니 응시하던 하이너가 얼떨결에 따라 웃었다.

다시 눈이 마주쳤다. 아네트의 푸른 눈동자는 한결 따뜻한 빛을 머금고 있었다. 하이너는 그제야 그녀의 마음이 조금 풀렸음을 알아차렸다.

"……그래요."

아네트가 웃음기 어린 목소리로 대답했다.
"같이 마셔요."

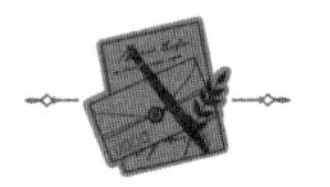

어제 아침에 시작되었던 냉전은 그다음 날 아침에 끝이 났다. 길다면 길고 짧다면 짧은 냉전이었다.
커피잔을 앞에 둔 대화 끝에 그들은 나름대로 합의도 보았다.

"당신이 신경 쓰는 부분이 뭔지 알아요. 어느 정도 나도 이해하고요. 정말로 필요한 일이 아니라면 그와 단둘이 만나지는 않을게요. 하지만 프롬 가의 사람들은 모두 내게 소중한 인연이고, 최대한 이어 나가고 싶어요. 대신 당신과의 관계를 확실히 말해 두도록 할게요. 괜찮죠?"

하이너도 이에 수긍했다. 사실 완전히 만족한 것은 아니었지만 그녀의 화가 풀린 것만으로도 다행인 일이었다. 일은 그렇게 마무리되는 듯싶었다.
그러나 그들은 화해한 이후에도 점심 식사조차 함께하지 못했다.
아네트는 끝내지 못한 작업을 마저 해야 했고, 하이너 또한 업무에 그의 지시 사항이 필요한 부분이 있어 휴가를 할애할 수밖에 없었다.
낮 시간을 거의 흘려보낸 후에야 각자의 일이 마무리되었다. 그리고 늦은 오후 무렵, 그들은 산타몰리 시장에 내려가 함께 장을 보기로 했다.

아네트는 어깨가 살짝 드러나는 상아색 반소매에 무릎까지 오는 연둣빛 치마를 입고, 금발을 가지런히 땋은 후 돌려 고정했다. 오랫동안 처박아 두었던 굽이 낮은 부티도 꺼냈다.

준비를 끝낸 그녀가 거울 앞에 서서 옷매무새를 점검했다. 고작 시장에 가는 것이었지만, 간만에 그와 함께하는 외출이라 그런지 괜히 마음이 들떴다.

마지막으로 아네트는 챙이 좁은 클로슈햇을 썼다. 모자를 즐겨 쓰는 그녀를 위해 올해 여름 그가 선물해 준 것이었다.

신을 갈아신고 1층으로 내려오자, 하이너가 장바구니를 들고 서 있었다. 그는 계단을 내려오는 아네트를 빤히 쳐다보더니 툭 던지듯 말했다.

"오늘 예쁘군."

"오늘만요?"

"원래 예쁜데 오늘 좀 심하네."

하이너는 그녀의 얼굴에서 눈을 떼지 않은 채 덤덤하게 대답했다. 누가 보면 칭찬을 하는 게 아니라 책을 낭독하는 것 같았다.

아네트는 뺨을 살짝 붉히며 웃었다. 둘 사이에 어색한 기운이 흘렀다. 하이너는 머쓱한 듯 목뒤를 쓸더니, 손에 쥐고 있던 회색 정모(peaked cap)를 눌러썼다.

아네트는 이곳에서 구태여 얼굴을 가리고 다니지는 않았다. 그러나 하이너와 동행하는 경우라면 달랐다. 아는 사람들은 아는 것이 그들의 관계였지만, 괜히 드러내서 좋을 건 없었다.

"잘 가려졌습니까?"

"앞을 조금만 더 내려 볼래요?"

"이렇게?"

"숙여 봐 봐요."

하이너가 순순히 고개를 숙였다. 그녀는 까치발을 하고 두 손을 뻗어 그의 모자를 고쳐 주었다.

"됐다."

하이너가 고개를 살짝 들었다. 동시에 지척에서 눈이 마주쳤다. 아네트는 그와의 거리가 너무 가깝다는 것을 뒤늦게 인지했다.

시선이 얽혔다. 그녀는 눈을 깜빡이는 것도 잊은 채 얼마간 정지해 있었다. 그의 눈길에 감금된 것만 같았다. 그녀를 빤히 쳐다보던 하이너가 천천히 입술을 뗐다.

"……당신 오늘 바쁜가?"

그에게서 느릿한 목소리가 흘러나왔다.

"아, 아뇨."

"작업은요?"

"음…… 막혔던 부분은 끝냈어요. 왜요?"

"그냥, 휴가도 얼마 안 남았는데 같이 시간 보내고 싶어서."

"당신만 바쁘지 않으면……."

"난 한가해."

모자 그림자 아래에서 검게 물든 눈동자가 그녀의 얼굴 위를 천천히 훑었다. 눈에서 코로, 코에서 뺨으로, 뺨에서 입술로…….

아네트는 저도 모르게 어깨를 빳빳하게 굳혔다. 묘한 긴장감이 등줄기를 훑어내렸다. 체감상 아주 오랜 시간이 지난 것처럼 느껴졌다.

그러나 눈을 한번 깜빡이고 나자, 시선은 어느새 거두어져 있었다. 하이너는 허리를 세운 후 깔끔하게 한 걸음 물러났다. 그러고선 신사다운 자세로 문을 열어 주었다.

"어서 가죠."

아네트는 얼떨결에 고맙다고 중얼거리며 문을 나왔다. 오후의 햇살이 눈부시게 내리쬐었다. 어쩐지 허탈한 기분이 들었다.

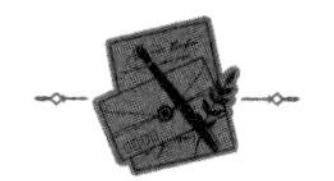

여름휴가 기간과 겹친 맥주 축제 때문인지, 산타몰리 시장은 오늘 유독 활기가 넘쳤다.

시장 여기저기서 가르펠 맥주가 보였다. 지나가는 사람들도 병맥주를 입에 하나씩 물고 있었다.

아네트는 신기한 듯 얼음 바구니에 담긴 맥주들을 구경했다.

"일반 사람들도 맥주를 좋아하는군요. 군인들만 많이 마시는 줄 알았어요."

"대중들에겐 가장 보편적인 술입니다. 맥주 마셔 본 적 있습니까?"

"아뇨, 술은 와인만 좀……."

귀족들은 대개 과실주만 취급했다. 맥주와 같이 곡물로 빚는 술은 노동자들이나 즐기는 것이라고 여겨서였다. 궐련은 경박하다며 파이프를 고집했던 것과 비슷한 이유였다.

"그로트 가에서도 말입니까?"

"카트린도 브루너도 술은 하지 않았어요. 그 둘은 워낙 독실한 종교인이라."

"그렇군."

그렇다면 아네트의 경우엔 이전까지 맥주를 접할 기회도 없었을 터였다. 전쟁터에서나 군인들이 물처럼 마셔 대는 것을 봤겠지.

잠시 망설이던 하이너가 조심스럽게 제안했다.

"괜찮다면 한번 시음해 봐도 좋을 겁니다. 가르펠 맥주는 세계적으로 유명하니까."

"음……."

"……물론 내키지 않으면 굳이 할 필요는 없고."

하이너는 그녀의 눈치를 살피며 괜히 덧붙였다. 아무리 험한 일들을 많이 겪었다고 한들, 아네트는 귀족 출신이었다. 그것도 왕가 혈통의.

그녀는 심각한 얼굴로 여전히 주저하고 있었다. 그에 하이너는 아무래도 노동계급의 술이 꺼려지는 것이리라 짐작했다. 그가 말을 돌리려는 찰나, 아네트는 자못 진지하게 입을 열었다. 그녀에게서 나온 질문은 전혀 의외의 것이었다.

"맛있을까요?"

"……예?"

"맛없는 술은 싫은데……."

아네트는 결정해 달라는 듯 그를 빤히 쳐다보았다.

아이들이 웃는 소리가 와르르 울려 퍼졌다. 맑은 웃음소리는 이내 장내의 소란 뒤로 잦아들었다. 하이너는 대답도 잊은 채 그녀의 말간 낯을 멍하니 응시했다.

돌연 가게 안에서 태연한 목소리가 들려왔다.

"맛있어요. 고소해. 먹어 봐요."

간이 의자에 앉아 부채를 부치던 노파였다. 아네트는 웃으며 되물었다.

"그래요?"

"산타몰리에 살면서 가르펠 맥주를 안 먹어 보면 쓰나. 저기, 언덕 위에 사는 아가씨지요?"

"저를 아세요?"

"알지요. 피아노 치는 아가씨."

아네트는 싫은 기색 없이 가만히 미소만 지었다. 드문 일도 아니었다. 산타몰리 시장을 포함한 근방 사람들은 선셋 클리프 언덕에 '아네트 로젠베르크'가 산다는 사실을 알고 있었다.

"이쁘게두 생겼네. 옆에는 애인이에요?"

"네? 아, 네."

노파는 심드렁한 얼굴로 부채를 부치며, 하이너를 힐끗 보았다.

"어이구, 가릴 거면 제대로 가려야지. 밑에선 다 보이네."

다 안다는 듯한 말이었다. 뜨끔한 하이너가 모자를 깊게 눌렀다. 아네트는 서둘러 말을 돌렸다.

"저, 맥주 한 병에 얼마예요?"

"병당 2페니. 네 병 사면 7페니."

"네 병으로 할게요. 제일 시원한 걸로 주세요."

"어유, 그럼. 제일 시원한 걸로 줘야지."

노파는 얼음물 안에 담긴 맥주들을 만져 보며 물었다.

"맥주 축제엔 갈라고요?"

"아, 아뇨. 안 가려구요."

"왜 안 가요? 젊은 사람들 다들 난리구만."

"어휴, 상상만 해도 정신없어요. 그냥 집에서 쉬려고요. 할머님은 축제에 가세요?"

"나도 됐어요. 그래, 그런 데 가 봐야 복잡하구 정신 사납구 그렇지 뭐. 밤에 불꽃놀인가 뭔가 한다는데 그거나 보려구. 아가씨 집은 언덕에 있으니까 잘 보이겠네. 자, 여기."

노파가 맥주를 건넸다. 하이너는 그것들을 바구니에 넣은 후 돈을 지불했다.

"……감사합니다."

"고마워요. 둘이 잘 어울리네. 그러고 서 있으니 신혼부부 같어."

노파가 펄럭펄럭 부채를 부치며 말했다. 아네트와 하이너는 약간 쑥스러운 시선을 주고받은 후 작게 웃었다.

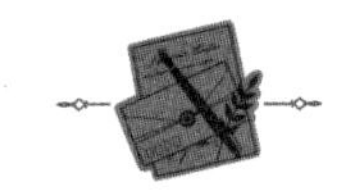

집에 돌아온 그들은 식재료를 정리한 후 함께 저녁을 준비했다. 하이너는 비프스튜를, 아네트는 호박 파이를 만들었다.

뒤늦게 안 사실이었지만 하이너의 요리 실력은 꽤 수준급이었다. 오랫동안 이곳저곳을 떠돌아다니며 저절로 늘게 된 것이라고 했다. 그에 비해 아네트의 요리 실력은 형편없었다. 카트린에게 배운 레시피들로 연명하는 수준이었는데, 호박 파이도 그중 하나였다.

하이너는 능숙한 손길로 고기와 채소를 다듬었다. 토마토와 화이트와인 등을 섞어 끓인 국물에서 달큼한 냄새가 났다. 호박 파이 반죽을 오븐에 넣자, 비프스튜가 때맞추어 완성되었다. 하이너는 접시에 스튜를 퍼 담아 수저와 함께 놓은 후 맥주를 유리컵에 따랐다.

아네트가 고개를 갸웃하며 물었다.

"병째 마시는 게 아닌가요?"

"병째 마셔도 되고 컵에 따라서 마셔도 되고. 정해진 방법은 없습니다."
"하지만 다들 병째 마시던데……."
"군인들이 하는 걸 그대로 따라 할 필요는 없습니다."
"하긴, 거긴 유리컵이 없었으니까요."
납득한 아네트는 맥주가 찰랑거리는 유리컵을 들었다. 그와 가볍게 잔을 부딪친 후, 살짝 입을 대어 맛보았다.
"어떻습니까?"
"음, 달진 않지만…… 나쁘지 않아요. 괜찮네요."
"당신은 커피는 잘 마시면서 술은 단것만 찾는군."
"이상하게 술은 단 게 좋더라고요."
"술 잘합니까?"
"잘 모르겠어요. 많이 마셔 본 적이 없어서. 당신은요?"
"글쎄, 약하진 않은 것 같습니다."
"나도 그렇게 생각해요."
"어떻게 알지?"
"당신이 아버지 술 상대하는 걸 한두 번 봤나요. 늘 아버지와 다른 장교들만 나가떨어지곤 했죠."
하이너는 살짝 웃고선, 맥주 컵을 입에 가져다 대며 중얼거리듯 말했다.
"……주량이 유전이라면 당신은 약하겠는걸."
아네트는 스튜를 떠서 맛보더니, 눈을 커다랗게 뜨며 작은 탄성을 흘렸다. 예상보다도 더 훌륭한 맛이었다.
"사용인 고용하라는 거 말이에요."
"음?"
"아무래도 난…… 당신을 고용하고 싶어요."

“……당신은 칭찬하는 법이 조금 독특한 것 같습니다.”

하이너는 한 손으로 턱을 괴며 입매를 올렸다.

“하지만 나야 좋지. 총사령관직보다 훨씬 매력적인걸.”

“나 돈 없어서 월급은 얼마 못 주는데.”

“월급은 다른 걸로 대신하도록 합시다.”

“뭐로 대신하는데요?”

“글쎄…….”

그는 스튜를 뜨며 어깨를 으쓱였다.

“당신 얼굴 매일 보는 걸로 대신하지.”

“그거 엄청 비싸요. 돈 내고 일해요.”

그들은 서로의 얼굴을 마주 보며 웃었다. 오븐 안에서 구워지는 호박 파이의 고소한 냄새가 부엌을 채웠다. 첫 잔이 금세 비워지고, 하이너가 두 번째 맥주병을 땄다.

분위기가 한창 무르익을 무렵, 갑자기 전화벨이 울렸다. 아네트가 의아한 얼굴로 자리에서 일어났다.

“전화 올 곳이 없는데…….”

그녀는 거실 안쪽으로 걸어가 전화를 받았다. 네, 아네트 로젠베르크입니다, 아…… 네, 네. 짧은 말소리가 났다.

이윽고 다시 부엌으로 돌아온 아네트는 약간 애매한 표정이었다. 그가 의아한 듯 한쪽 눈썹을 들어 올렸다.

“하이너, 당신에게 온 전화예요.”

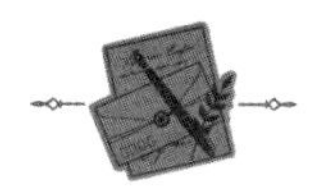

아네트는 수저로 스튜를 휘휘 저었다. 안쪽에선 그의 말소리가 계속해서 이어졌다. 통화는 지지부진 길어지고 있었다.

유겐 소령에게서 온 전화였는데, 아무래도 그의 지시가 필요한 일이 있는 듯했다. 휴가 중임에도 군의 총책임자를 찾는 이들은 많았다. 하이너는 산타몰리에 올 때도 서류를 한가득 챙겨 왔었다. 이해는 했지만, 수시로 업무를 처리하는 그를 보고 있노라면 조금 섭섭한 기분이 드는 건 어쩔 수 없었다.

'오늘 한가하기는 무슨.'

혼자 맥주를 홀짝거리고 있으려니 두 번째 병도 금방 비워졌다. 아네트는 세 번째 맥주병을 따서 잔에 꼴꼴 따랐다. 무료한 시선이 창밖을 향했다. 밖은 벌써 컴컴한 밤이었다. 그녀의 손가락이 유리잔을 툭툭 두드렸다.

아네트는 느리게 눈꺼풀을 깜빡였다. 약한 술기운과 함께 잡생각이 찾아들었다.

'……아까 키스할 타이밍 아니었나?'

그의 모자를 고쳐 준 후 가까이서 눈이 마주쳤을 때, 분명 묘한 분위기가 잡혔었다. 하지만 하이너는 아무 사심도 없다는 듯 깔끔하게 물러나 버렸다.

'진짜 뭐야?'

혼자 눈이라도 감았으면 민망할 뻔했다. 괜히 자존심이 상한 아네트는 우울한 얼굴로 맥주를 마셨다.

연애 시절, 하이너는 틈만 나면 껴안거나 입을 맞추려 들곤 했

다. 그가 자신을 빤히 쳐다볼 때면 아네트는 자연스레 다음 말을 예상하곤 했다. '입 맞춰도 됩니까?'

그러던 건 연애 때가 마지막이었다. 결혼 이후엔 그가 너무 바빴기에 제대로 된 데이트를 할 시간도 없었고, 혁명 이후엔…… 뭐, 말할 것도 없었다.

'진짜 다 연기였나? 원래는 그런…… 그런 욕구가 없는 사람인 건가?'

잔이 비워지는 속도만큼이나 아네트는 울적해졌다. 어제 다투었던 일이 아직 완전히 풀어지지 않은 것도 한몫을 했다. 가물가물 취기가 올라왔다. 네 번째 병을 잡으려는 때, 불쑥 나타난 손이 맥주병을 빼앗아 갔다.

"뭐 합니까?"

아네트는 인상을 찌푸린 채 고개를 들었다. 하이너가 어처구니가 없다는 표정으로 서 있었다.

"혼자 이걸 다 마신 겁니까?"

"이거 봐, 또 뺏어 가네."

"내가 뭘 뺏었다고……."

"당신 기억나요? 옛날에, 벨렌 호텔에서…… 펠릭스 카프카가 왔던. 그때도 내 술을 뺏어 갔잖아요."

"그땐 당신이 자꾸 잔을 비우니까—."

"날 혼자 내버려 뒀으면서 무슨 할 말이 있어요. 그럼 거기서 내가 술을 안 마시면 뭘 해요?"

"그건…… 아네트, 그건 내가 미안해."

그가 순순히 사과를 해 왔다.

"그때 내가 당신에게 상처를 준 걸 압니다."

“난 아직도 당신이 헷갈려요. 날 사랑하는 게 맞아요?”

그 말을 끝으로 얼마간 침묵이 흘렀다. 아네트는 속상한 얼굴로 시선을 떨어뜨렸다. 술기운에 되는대로 내뱉기는 했지만, 마냥 그를 원망할 게 아니라는 사실을 알았다.

그의 몸이 천천히 낮아졌다. 하이너는 한쪽 무릎을 꿇고 앉은 채 그녀와 눈을 맞추려고 했다. 아네트의 기색을 살피던 그가 다정한 음성으로 물었다.

“아네트, 내가 뭐 또 잘못했나?”

갑작스러운 그녀의 원망에도, 하이너는 조금의 당혹감도 없이 제 잘못을 확인하려 들었다. 그 태도에 아네트는 되레 더욱 속상해졌다. 그녀는 마땅한 대답을 찾지 못하고 망설이기만 했다. 하이너는 그런 그녀를 재촉하지 않았다.

펑.

별안간 바깥에서 무언가 터지는 소리가 울려 퍼졌다. 폭죽 소리였다.

동시에 아네트의 어깨가 움찔 떨렸다. 첫 폭죽을 시작으로, 형형색색의 불꽃이 하늘을 연이어 수놓기 시작했다.

축제를 알리는 불꽃이었다. 그러나 둘은 창밖으로 고개를 돌리지 않았다. 그녀의 손등에 푸릇한 핏줄이 섰다. 아네트는 꽉 눈을 감으며 두 귀를 막았다. 펑. 요란한 파열음이 귀를 메웠다. 커다란 폭죽 소리가 악몽처럼 세상을 채우던 폭격음과 겹쳐 들렸다.

병원에서도, 대피 중에도, 갇힌 교회에서도, 무너진 잔해 안에서도, 끊이지도 않고 귓가에 지독하게 따라붙던 그 소리. 귀를 막아도 폭격음은 계속해서 전해져 왔다. 아네트는 무언가에 짓눌리듯 어깨를 움츠렸다. 다음 순간, 커다란 온기가 그녀를 감싸 왔다.

모든 고통과 아픔을 전부 몰아내 줄 것처럼 단단한 품이었다. 아네트는 그 품에 얼굴을 묻은 채 악몽을 견뎌 냈다. 펑. 폭죽 소리가 한 겹 유리된 것처럼 먹먹하게 들렸다. 그는 불꽃놀이가 끝날 때까지, 그리고 끝난 후에도 한참 동안 그녀를 감싸 안고 있었다.

세상이 완전히 고요해졌다. 그러고도 한참 후에야 아네트는 귀를 막았던 손을 천천히 떼어 냈다. 어깨의 떨림도 어느새 가라앉아 있었다. 그녀를 덮고 있던 품이 약간 물러났다. 아네트는 고개를 들었다. 희미하게 일렁거리는 눈동자가 그녀를 바라보고 있었다.

"……무너진 잔해 사이에서 당신을 발견했을 때."

하이너는 조용히 입을 열었다.

"당신을 완전히 보내 주겠다고 생각했었습니다. 그리고 포츠만 기차역에서 떠나는 기차를 뒤따르면서, 결심했습니다. 영원히 당신을 지키겠다고."

"……."

"당신의 무너지지 않는 요새가 되고, 당신이 맞서야 하는 모든 순간에 아군이 되겠다고. 당신이 어디에 있든, 가고 싶은 곳이 어디든, 가야 하는 곳이 어디든…… 함께하고 싶다고."

그는 그녀와 눈을 맞추며, 한 자 한 자 감정을 눌러 담아 말했다.

"나를 평생 믿지 않는대도 상관없습니다. 나는 평생 당신에게 말할 수 있으니까. 당신을 사랑해."

아네트의 눈이 흔들렸다.

"아네트, 내 목숨보다 당신을 사랑해. 언제나 나는 아무것도 아니었어."

취기를 무기로 꺼낸 유치한 투정에, 그는 그 무엇보다 무거운 고백을 내어 놓았다. 아네트는 입술을 몇 번 달싹였지만 쉬이 말이

나오지 않았다.

“내가 못 미더운 부분이 있으면 말해 주십시오. 고칠 테니까……. 난 멍청해서 당신이 말 안 하면 잘 모릅니다.”

“당신은 멍청하지 않아요.”

“그러면 어서 말해 주십시오. 뭐가 당신 기분을 상하게 했지?”

아네트는 선뜻 대답하지 못하고 머뭇거렸다. 입 밖으로 말하기엔 너무 별것 아닌 이유처럼 느껴졌다.

“그냥…….”

“그냥?”

“……당신이 나랑 별로 닿으려고 하지 않는 것 같아서.”

“내가? 당신이랑?”

하이너는 몹시 뜻밖의 말을 들었다는 듯한 얼굴이었다. 그 무구한 표정에 아네트는 도리어 어이가 없어졌다.

“트, 틀린 말 한 건 아니잖아요.”

“그러니까 어느 부분에서?”

“연애 때랑 비교해 봐요. 포옹이나 손잡는 것 외엔 아무것도 안 하잖아요…….”

“내키지 않는 건 당신이잖습니까.”

이번에는 아네트가 어리둥절해졌다.

“내가요?”

“그래서 방도 따로 준 것 아닙니까?”

“그거야 방은 따로 쓰는 게 당연히 편하니까…….”

“당신이 날 완전히 못 믿는다는 건 알고 있습니다. 당신이 원하지 않으면 안 할 거고.”

“아니, 내 말은…… 원하지 않았던 건 언제나 당신이었잖아요. 그러니까, 나랑 별로⋯⋯ 안 하고 싶잖아요."

아네트의 말끝이 기어들어 갔다. 그에 하이너는 별 괴상한 소리를 다 들었다는 듯 얼굴을 찌푸렸다.

"그게 대체 무슨 소립니까?"

아네트는 당혹스러워졌다. 그게 대체 무슨 소리냐고 묻고 싶은 건 도리어 이쪽이었다. 당신이 원하지 않으면 안 한다니. 도대체 언제 자신이 원하지 않았단 말인가.

"기억 안 나요? 결혼 생활 때 당신 방을 찾아간 건 언제나 나였어요."

"내 손으로 관계를 그렇게 파탄 내 놓고, 당신 방을 어떻게 찾아가란 말입니까?"

"잘만 찾아왔으면서."

"밤에 말하는 거야. 무슨 색정광도 아니고, 그 상황에서 관계만 하러 당신을 찾아갈 순 없잖습니까. 그리고 애초에."

하이너는 이런 말을 제 입으로 하는 게 민망한지 잠시 숨을 고르더니, 억눌린 목소리로 말했다.

"내가 찾아온 당신을 왜 돌려보내지 않았다고 생각하는 겁니까?"

그의 목덜미는 약간 붉어져 있었다. 아네트는 당황스레 그를 올려다보다가, 깊이 생각하지 않고 대꾸했다.

"⋯⋯모르겠는데요?"

"⋯⋯그래, 모르니까 내가 당신이랑 안 하고 싶어 한다는⋯⋯ 그런 말도 안 되는 소릴 하는 거겠지."

하이너는 정말로 어이가 없는 것 같았다. 그의 말을 되짚어 보던 아네트가 머뭇거리다 물었다.

"그럼⋯⋯ 나랑 하고 싶어요?"

하이너의 얼굴이 잠깐 멍해졌다. 그는 입을 일자로 다물더니, 나지막한 한숨과 함께 얼굴을 거칠게 쓸어내렸다.

"……당신은 가끔 너무 솔직해. 옛날에도 그랬습니다. 당신이 아무렇지도 않게 던진 말에 나 혼자 미친놈처럼……."

문득 말을 멈춘 하이너가 그녀를 빤히 쳐다보았다. 갑작스레 찾아든 정적 속에서 시선이 맞부딪쳤다. 아네트는 눈을 동그랗게 뜬 채 이어질 말을 기다렸다.

찰나 시간이 멈춘 듯했다.

빠르게 욕설 비슷한 것을 내뱉은 하이너가 성큼 다가섰다. 그는 허리를 숙여 단숨에 그녀의 입술을 삼켰다. 언제나 정중한 질문으로 시작하던 과거의 키스와는 확연히 달랐다. 조급했고, 또 거칠었다. 애정만큼이나 진득한 욕망이 느껴지는 입맞춤이었다.

놀란 아네트는 몸을 약간 굳혔다가, 떨리는 눈꺼풀을 내리감고선, 조심스레 그의 어깨에 손을 올렸다. 커다란 손이 그녀의 뒤통수를 받쳤다. 키스가 더욱 깊어졌다. 젖은 살점을 가볍게 빨아당기고, 입안 점막을 훑어내리는 감각이 선명했다. 그는 각도를 바꾸어 가며 입을 맞추어 왔다. 축축한 소리가 계속해서 이어졌다. 아네트는 틈 사이사이로 간신히 호흡했다. 숨이 버거워질 때가 되어서야 입술이 미끄러지듯 떨어졌다. 그녀는 눈도 제대로 뜨지 못한 채 헐떡거렸다. 하아. 뜨거운 숨결이 뒤섞였다.

"이 기회에 분명히 해 둡시다."

스칠 듯 가까운 입술 사이로 그가 속삭였다.

"난 당신을 원하지 않은 적이 없어. ……무슨 의미로든."

아네트가 무어라 대답하기도 전에 하이너는 다시 입술을 맞부딪쳐 왔다. 혀가 뒤엉켰다. 키스가 길어질수록 그녀의 상체도 점점 뒤로 밀려났다. 바닥이 없는 것처럼 아찔한 감각이 농밀한 키스 때문인지, 위태로운 자세 때문인지 알 수가 없었다.

아네트는 급히 그를 밀어내며 고개를 비틀었다. 그의 젖은 입술이 입가와 뺨을 스친 후 떨어졌다. 하이너는 사탕을 빼앗긴 아이처럼 미간을 약간 찡그린 채 그녀를 바라보았다. 그녀는 저도 모르게 웅얼웅얼 변명했다.

"너, 넘어질 것 같아서……."

그는 작게 신음을 내뱉더니, 팔을 뻗어 그대로 그녀를 번쩍 안아 올렸다. 숨을 들이켠 아네트가 그의 목을 끌어안았다.

"어디 가요?"

"당신이 안 넘어질 만한 곳."

"나도 다리 있는데."

"당신 걸음 속도 못 기다립니다."

"그것도 못 기다리는 분이 지금까진 어떻게……."

말이 끝나기도 전에 하이너가 1층의 제 방문을 열어젖혔다. 그는 방 안으로 성큼성큼 걸어 들어가, 그녀의 슬리퍼를 휙휙 벗겨 던진 후 아네트를 침대 위에 내려놓았다.

아네트는 한쪽 벽에 기대앉은 채 호흡을 가다듬었다. 조금의 여유도 없이 곧장 그가 침대 위로 올라왔다. 남자의 커다란 몸이 불쑥 가까워졌다. 시야가 온통 그였다. 하이너는 그녀의 양옆에 손을 짚고선, 위에서 몰아붙이듯 또다시 입을 맞추었다. 아네트는 그와 벽 사이에 갇힌 채 격렬한 키스를 받아 냈다. 희미하게 흘러나오는 신음은 전부 그의 입 안으로 삼켜졌다.

간신히 되찾았던 호흡이 금세 엉망이 되었다. 힘에 부친 그녀가 다리를 바르작거렸다. 그 순간 발끝에 딱딱한 무언가가 턱 걸렸다. 동시에 하이너의 몸이 움찔했다. 이윽고 그는 그녀의 입술에 쪽, 하고 가볍게 입을 맞춘 후 물러났다. 무언가 곤란한 듯 희미하게 찡그린 얼굴이었다. 뒤늦게 그것의 정체를 깨달은 그녀가 작게 탄식했다.

"……어머."

아네트는 황급히 그의 안쪽 허벅지에 닿은 제 발을 치웠다. 얼떨결에 사과가 튀어나왔다.

"미, 미안해요."

"아니, 당신이 미안할 건 없고……."

분위기가 어색해졌다. 아네트는 괜히 손등으로 한쪽 뺨을 매만졌다. 얼굴이 달아오르는 느낌이 들었다. 그녀는 멍하니 중얼거렸다.

"사실 난…… 당신이 욕구가 별로 없을지도 모른다고 생각했었어요."

"……뭐?"

얼빠진 물음이 되돌아왔다. 아네트가 겸연쩍은 미소를 지어 보였다. 하이너는 기가 막힌다는 듯 말했다.

"내가 욕구가 없었으면 결혼 생활 때 그렇게…… 했겠습니까?"

"그건 내가 먼저 찾아갔으니까, 어쩔 수 없이 한 거라고—."

"어쩔 수 없이 한 거였으면 한 번만 하고 돌려보냈겠지."

듣고 보니 틀린 말은 아니라 아네트는 침묵했다. 하이너가 착잡한 듯 헛숨을 흘렸다.

"우리 사이엔 풀어야 할 오해가 많군. 또 뭐가 더 있을지 무서울 지경입니다."

"……이젠 없어요. 아마도."

"잘 들어요, 아네트. 난 당신 손만 잡아도 이래."

"네?"

"그렇게 빤히 쳐다봐도 마찬가지고."

"……."

"……너무 그렇게 짐승처럼 보진 마십시오."

"아니, 그게 아니라…… 계속 그러면…… 뭐 어떻게 해요?"

"뭘 어떻게 해. 혼자……."

인상을 찌푸린 채 대답하던 하이너는, 이건 아니라고 생각했는지 입을 닫았다. 하지만 이미 답을 얻은 아네트는 조용히 고개를 끄덕였다.

"그, 그랬군요……."

침묵이 찾아왔다. 그녀는 아래쪽에 시선을 주지 않으려고 애쓰며, 무언가를 더 말할 듯 말듯 입술을 달싹거렸다.

"……하이너."

얼마간의 망설임 끝에 자그마한 목소리가 흘러나왔다. 하이너는 입 모양으로 그것이 제 이름임을 알아듣고서, 그녀와 시선을 맞추었다.

열린 문 사이로 흘러드는 빛을 제외하면 방 안은 어두웠다. 아네트는 침을 한번 삼키더니, 머뭇머뭇 제 손을 그의 손 위에 올려놓았다.

하이너의 몸이 딱딱하게 굳었다. 그녀는 떨리는 눈으로 그를 올려다보았다. 짧은 정지 후, 그가 낮게 으르렁대는 듯한 신음을 흘리며 다시 입술을 포갰다.

온도가 높은 손이 그녀의 허리께를 더듬었다. 끈으로 조여 매고 있던 실내 원피스는 간단한 손짓에도 쉽게 풀어졌다. 순식간에 앞섶이 느슨해졌다. 짙게 가라앉은 시선이 아래로 내려갔다. 벌어진 앞섶 사이로 그녀의 하얀 가슴이 가쁘게 오르내리는 것이 보였다. 하체가 마비라도 된 듯한 감각에 하이너는 미간을 찡그렸다. 처음으로 제대로 보는 그녀의 몸이었다. 그들의 관계는 언제나 어둠 속에서 치러졌으니까.

그런 그의 머릿속을 눈치챘는지, 아네트는 조심스러운 어조로 먼저 제안했다.

"불은…… 꺼도 괜찮아요."

그 말에 하이너가 잠시 멈칫했다. 그녀는 부드럽게 말했다.

"보여 주고 싶지 않다면 보여 주지 않아도 돼요. 하지만…… 내게 더는 숨길 필요도 없어요."

"……."

"전부 괜찮아요."

그녀가 그렇게 말하는 순간, 거짓말같이 정말 모든 게 괜찮은 것처럼 느껴졌다.

생각해 보면 언제나 그랬다. 거짓과 기만 위에 관계를 쌓아 올릴 때조차— 그녀가 행복한 미래를 이야기할 때면, 정말 그런 미래가 올 것만 같았다. 그녀가 신을 이야기하면 정말 신이 있는 것 같았고, 그녀가 사랑을 이야기하면 정말 사랑이 있는 것만 같았다.

정말 거짓말처럼…….

하이너는 잠시 망설이다 옷자락에 손을 가져다 댔다. 벽에 기대앉은 그녀를 제 다리 사이에 가둔 채, 그가 천천히 웃옷을 벗었다. 옷자락 밑에 가려져 있던 흉터투성이의 얼룩덜룩한 상체가 드러났다. 어둑한 빛이 낙형이 있던 자리를 비추었다.

동시에 그녀의 눈이 커졌다.

"당신……!"

아네트가 그의 팔뚝을 붙들었다. 유리창에 금이 가듯 순식간에 분위기가 얼어붙었다.

"뭐, 뭐예요?"

그녀는 떨리는 목소리로 물었다.

"치료……한 건가요? 하지만 이건 너무……."

그의 커다란 몸은 바깥에서 흘러드는 빛을 등지고 있었다. 하지만 어둠에 익은 눈은 눈앞의 광경을 어렵지 않게 식별했다.

간호사로 종군하며 아네트는 많은 상처와 흉터들을 보아 왔다. 전문가 수준은 아니더라도 이 상처나 흉터가 왜, 어떻게 생겼는지는 가늠할 수 있었다.

이건 커다란 화상 자국이었다.

파란 눈동자가 경악으로 물들었다. 낙형의 문구를 어떻게 뭉갰는지 듣지 않아도 알 수 있었다.

그녀의 반응에, 하이너가 변명하듯 말했다.

"그냥, 당신이 꺼릴 수도 있으니까, 없애는 게 나을 듯해서……."

"그게 무슨—."

아네트가 번쩍 고개를 들었다. 그녀는 입을 열었다 닫기를 몇 번 반복하다가, 떨리는 숨을 내뱉었다. 그러고선 확언했다.

"날 위해서가 아니라 당신을 위해서 한 거예요."

"……."

"알았어요?"

"……알았습니다."

"어떡해, 아팠겠다……."

중얼거리는 목소리가 희미하게 젖어 있었다. 아네트는 속상한 얼굴로 아랫입술을 꾹 당겨 물었다. 떨리는 손끝이 얽은 표면에 살며시 와 닿았다.

그녀의 눈가가 파르르 경련하는 것이 보였다. 하이너는 깜짝 놀라 그녀의 뺨을 쥐었다.

"……당신 울어?"

가까이서 본 푸른 눈에는 눈물이 한가득 고여 있었다. 하이너가 당황한 듯 침음을 냈다. 젖은 눈을 확인하기 무섭게, 눈꼬리를 타고 툭 눈물이 떨어졌다.

하이너는 쩔쩔매며 그녀의 눈물을 닦아 주었다. 서투른 손길이었다. 닦아 내도 닦아 내도 자꾸만 눈물이 떨어져서 그는 어쩔 줄을 몰랐다.

얼마간 눈물만 뚝뚝 흘리던 아네트가 입을 열었다.

"하이너, 난 당신의 어떤 것도 꺼리지 않아요."

"……."

"그러니까 다시는 그런 말 하지 마요."

그의 눈동자가 거세게 흔들렸다. 하이너는 멍하니 그녀를 내려다보다가, 천천히 고개를 끄덕였다. 아네트가 조용히 그의 품에 얼굴을 묻었다. 하이너는 뻣뻣해진 팔로 그녀를 가만가만 끌어안았다. 빈틈없이 맞닿는 온기에 가슴속이 울렁거렸다. 그는 뜨거운 눈시울을 한번 짓눌렀다가 떼어 냈다.

어떻게…….

어떻게 이런 사람이 내 삶에 왔을까.

어떻게 이런 사람의 마음이 내게로 왔을까.

어린 날부터 간절히 바라 왔다. 단 한 번쯤은, 단 한 번쯤은 내게 이런 말도 안 되는 순간이 찾아왔으면 좋겠다고.

온 생을 바쳐 얻고 싶었던 여자가 내 삶으로 걸어 들어오고, 내 삶이 이렇게나 볼품없고 초라하다는 걸 알면서도, 그 여자의 마음이 내게로 오는…… 그런 말도 안 되는 순간이.

하이너는 그녀를 더욱 힘주어 끌어안았다. 그렇게나 바라 왔던 기적은, 믿을 수 없게도, 찰나의 순간이 아니라 현실이 되어 있었다. 그는 무시로 이 현실을 의심하곤 했다. 어느 날 잠에서 깨고 나면— 이 모든 게 여름밤의 꿈처럼 사라져 있을 것만 같았다. 아마 죽을 때까지 이 의심은 사라지지 않겠지. 그러니 그저 이렇게 살아가는 수밖에는 없었다. 꿈이라면 깨지 않기를 바라며…….

하이너는 그녀의 이마에 입술을 눌렀다. 젖은 눈가와 차가운 뺨, 작은 코, 목덜미, 그리고 가슴 언저리까지 자잘한 입맞춤이 이어졌다.

그가 고개를 들었다. 다시 입술이 겹쳐졌다. 아네트는 화답하듯 두 손을 뻗어 그의 목에 둘렀다. 하이너는 그녀의 어깨에 걸쳐진 원피스 자락을 벗겨 내리며 키스했다. 아까와 달리 부드럽고 느린 키스였다.

굳은살투성이의 딱딱하고 거친 손이 가슴을 말아 쥐었다. 아네트는 몸을 가볍게 떨었다. 그들을 둘러싼 공기가 금세 녹진해졌다.

"……하이너."

불현듯 아네트가 입을 열었다. 하이너는 움직이던 것을 멈추고 고개를 들었다. 그녀는 아직 운 흔적이 남은 얼굴로 말했다.

"호박 파이를……."

뜬금없이 언급된 호박 파이에, 하이너가 의아한 표정을 했다.

"오븐에서 꺼내는 걸 깜빡했어요."

"……그딴 건 나중에 생각해도 됩니다."

"내가 만든 건데……."

할 말이 없어진 그가 입술을 달싹였다. 이윽고 하이너는 가벼운 한숨을 내쉬고선, 그녀의 목덜미에 입술을 비비며 중얼거렸다.

"아네트, 나 좀 살려 줘. 진짜 물리적으로 죽을지도 모릅니다."

농담을 가장했지만 진심이 가득히 묻어나는 음성에 아네트는 작게 웃음을 터트렸다. 목덜미에 깃털 같은 키스가 내려앉았다.

하이너는 긴 시간을 들여 그녀를 어루만졌다. 깨지기 쉬운 유리잔을 체온만으로 서서히 데우는 것처럼, 오랫동안 섬세하게. 이 여자를 조금도 아프게 하고 싶지 않았다. 과거 그녀는 언제나 그를 버거워했고, 지금은 그때보다도 더할 터였다.

뜨거운 입술과 손길이 그녀의 온몸 곳곳을 누볐다. 아네트는 아득한 신음을 흘렸다. 습기가 찬 유리창처럼 머릿속이 몽롱하게 흐려졌다.

하이너의 관자놀이에 푸릇한 핏줄이 서 있었다. 온몸으로 무겁게 밀려 들어오는 감각에 그녀는 벅찬 숨을 뱉었다. 그가 낮게 끓어오르는 듯한 소리를 냈다.

하이너는 작게 헐떡이는 그녀의 눈가에 키스하며 중얼거렸다.

"미치겠네……."

아네트는 물기가 살짝 고인 눈으로, 제 위에 겹쳐진 남자를 바라보았다.

음산하게 보일 만큼 차가운 선의 얼굴은 잔뜩 일그러지고 흐트러져 있었다. 그 낯은 쾌락보다는 차라리 고통을 닮았다고 봐도 무방해 보였다.

"당신은…… 내게 욕구가, 없다는 게…… 얼마나 미친 소리인지 알아야 해."

잔뜩 갈라지고 거칠어진 음성은 언뜻 사납게 들렸다.

온몸의 감각이 깨어난 것처럼 한껏 예민해졌다. 덜컥 겁이 날 만큼 머릿속이 요동쳤다. 아네트는 눈을 꽉 감은 채 매달리듯 그를 붙들었다.

"아네트."

들려오는 제 이름에 아네트가 희미하게 눈을 떴다. 흐릿한 시야 사이로 그가 보였다.

"아네트……."

그는 오직 그녀의 이름을 부르는 것만이 목적인 것처럼, 같은 말을 몇 번이고 반복했다. 아네트는 눈을 깜빡였다. 커다란 손이 그녀의 뺨을 감싸 쥐었다. 숨이 섞일 만큼 가까운 거리에서 그들은 눈을 마주했다. 그의 회색 눈동자 안에 자신이 가득히 들어차 있었다. 아마 제 눈동자도 그러할 터였다.

이 순간— 서로에게 남은 것이 서로뿐인 것처럼 느껴졌다.

아네트는 힘겹게 눈을 떠 그를 바라보았다. 그의 얼굴은 아득했고, 열렬했고, 또…… 애처로웠다.

왈칵, 어디선가 사랑이 쏟아졌다.

그 물결을 타고 혼곤한 악몽들이 물러났다. 책장 위의 먼지처럼 오랫동안 켜켜이 쌓인 과거의 부산물까지도, 전부.

왜인지 또다시 눈물이 났다. 아네트는 제 뺨을 감싸 쥔 그의 손에 얼굴을 묻었다. 그 손은 거칠고 딱딱했지만 따뜻했다. 귓가에 더운 숨이 쏟아졌다. 문득, 온몸의 감각이 핏줄을 타고 역류하는 느낌이 들었다. 깜빡깜빡. 머릿속이 명멸했다.

이윽고 절벽을 만난 파도처럼 눈앞이 하얗게 부서졌다.

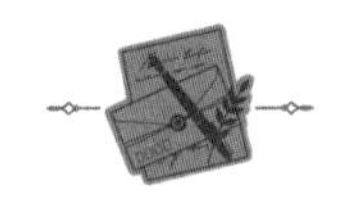

가느다란 빛이 시야에 잡혔다. 어렴풋하게 가물거리던 빛은 점점 크기를 넓혀 나갔다. 그제야 눈앞이 조금씩 선명해졌다.

아네트는 무거운 눈꺼풀을 깜빡거렸다. 침대 위와 방 안의 풍경이 눈에 들어왔다. 몸을 뒤척이려던 그녀는 저도 모르게 옅은 신음을 내뱉었다.

"윽……."

격한 운동을 하고 난 것처럼 온몸이 뻐근하고 욱신거렸다. 그 통증에 정신이 들었다. 뒤늦게 간밤의 기억이 와르르 떠올랐다.

'맙소사.'

언제 까무룩 기절하듯 잠든 것인지도 알 수 없었다. 그녀는 머뭇머뭇 이불을 들어 확인해 보았다. 예상대로 처참했다.

그는 욕구가 별로 없을지도 모른다고 짐작했던 과거에 헛웃음이 나올 지경이었다. 결혼 생활 때 가지던 관계도 조금 버겁다고 생각했는데, 그땐 그가 자제한 것임이 틀림없었다. 만약 지난밤이 평균이라면…… 정말이지 그의 자제력은 칭송받아 마땅한 수준이었다.

아네트는 한참을 끙끙대고 나서야 간신히 침대에서 몸을 일으킬 수 있었다. 바깥에선 희미하게 물이 끓는 소리가 들려왔다. 그가 커피를 내리는 모양이었다.

침대에서 일어나려던 그녀는 다리 사이의 말라붙은 감각에 멈칫했다. 새삼스러운 자각이 뒤따랐다.

어제 그들은 피임하지 않았었다. 애초에 구비된 피임 도구가 없기도 했고…… 어차피 그런 것을 할 필요도 없었으므로.

아네트는 납작한 배를 가만히 쓸어 보았다.

어느 해 가을, 내게 잠시 왔던 작은 생명을 기억한다.

누구의 축하도 없이 세상에 들렀다가, 누구의 애도도 없이 외로이 떠나간 존재를. 이름도 지어 주지 못한 아이를. 있었는지조차 알지 못한 채 떠나보낸 아이였기에, 사랑이라든가 모성애 같은 것을 논하기는 어려웠다.

그러나 아이를 떠올릴 때면 그녀는 문득문득 가슴이 텅 빈 것 같은 공허함과 외로움을 느끼곤 했다. 이것은 아이에 대한 미안함일까. 혹은 다시는 가질 수 없는 것에 대한 미련일까. 알 수 없었다. 다만 만약 어디에서든 그 아이를 다시 만나게 된다면…… 안녕, 하고 인사를 건네 보고 싶었다.

따뜻한 물로 얼굴과 손을 씻겨 주고, 부드러운 천 옷을 입혀 주고, 해가 들고 바람이 잘 통하는 곳에 함께 앉아 책을 읽어 주고 싶었다. 그런 다음 비로소 작별 인사를 하고 싶었다.

고요한 아침 햇살이 창가로 비쳐 들었다. 아네트는 햇살 속에서 느릿느릿 부유하는 작은 빛의 조각들을 응시하다, 천천히 몸을 돌렸다. 어제 벗어 놓은 원피스를 대충 걸쳐 입고선 몸을 씻기 위해 방을 나섰다. 문을 열자 향긋한 커피 향이 풍겨 왔다.

하이너는 드리퍼에 물을 붓고 있었다. 상체엔 아무것도 걸치지 않은 채였다. 기척을 듣지 못했는지 그는 뒤를 돌아보지 않았다. 테이블 위에 올려 둔 보청기가 보였다. 아네트는 일부러 발소리를 내며 그에게 걸어갔다. 거리가 제법 가까워지자, 그제야 하이너가 고개를 돌렸다.

환한 아침 속에서 눈이 마주쳤다. 아네트는 수줍은 듯 눈매를 접어 웃었다. 두 뺨은 햇살에 발그레하게 물들어 있었다. 그는 물을 붓던 것도 멈추고, 어딘지 멍청해 보이는 얼굴로 우두커니 그녀를 바라보았다.

하이너는 뒤늦게 주전자를 내려놓으며 한 팔을 벌렸다. 아네트가 그의 맨몸에 기대 오자, 단단한 팔이 그녀를 감았다. 아네트는 그의 품 안에서 고개를 들어 하이너를 마주 보았다. 그는 부드러운 미소를 짓고 있었다. 수평선에서 해가 떠오르는 듯한 미소였다.
더위가 물러가기 시작한 어느 여름날이었다.

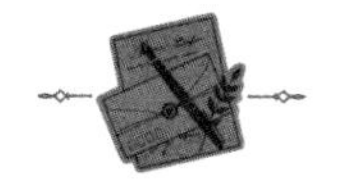

길지 않은 여름휴가가 막바지에 다다랐다. 짐을 꾸린 하이너는 선셋 클리프 언덕을 떠나 산타몰리 역으로 향했다. 산타몰리에서 론체스터까지는 기차로 편도 다섯 시간이 걸렸다. 오가지 못할 곳은 아니었으나, 자주 오기 쉬운 곳도 아니었다.

산타몰리 역에 도착한 하이너는 론체스터 종점행 일등칸 표를 끊었다. 그리고 그의 옆좌석에는 아네트도 함께였다. 남부 소도시인 산타몰리와 수도 론체스터 사이에는 긴 남해를 낀 글랜포드 역이 위치해 있었다. 그들은 여름휴가를 함께 보낼 마지막 장소로 글랜포드의 해안가를 선택했다.

기차는 철로를 따라 달려 글랜포드로 향했다. 오는 내내 눈부신 남해가 오른쪽 차창에 펼쳐져 있었다.

글랜포드 역에 도착한 그들은 마차를 타고 예약해 둔 호텔로 갔다. 호텔 로비를 두리번거리던 아네트가 장난스럽게 말했다.

"일부러 이 호텔로 한 건가요?"

"……이곳이 바다에서 가장 가깝고 좋은 호텔일 뿐입니다."

이 호텔은 과거 아네트가 충동적으로 글랜포드 바다에 왔을 때 그와 묵었던 곳이었다. 그때로부터 벌써 4년이라는 시간이 흘렀음에도 건물은 변한 것 하나 없이 그대로였다.

그들은 방에 짐을 푼 후 근처의 유명한 해산물 식당에서 점심 식사를 했다. 두 사람 모두 해산물 요리는 산타몰리가 더 낫다고 평했다.

식사 후엔 글랜포드의 박물관을 둘러보기도 했고, 기념품점에서 쓸모없는 것들을 구매하기도 했고, 우연히 들어간 보석상에서 커플링을 맞추기도 했다. 결혼반지를 계속 꼈던 탓에 약간 갸름했던 그녀의 왼손 약지는 시간이 흘러 거의 본래대로 돌아와 있었다. 하이너는 그 손가락에 다시 반지를 끼워 주었다.

해가 지기 전, 그들은 바다로 나와 해안가를 따라 걸었다. 신발은 벗어 각자의 손에 달랑달랑 든 채였다.

아네트는 모래사장 한편을 아쉬운 듯 바라보며 말했다.

"원래 저기에 그림을 그려 주고 판매하는 노점이 있었는데…… 다른 곳으로 간 걸까요?"

"길거리 화가들은 이곳저곳을 떠돌아다니는 편이니까요."

"아무래도 그렇죠……? 아쉽네요. 다시 만나고 싶은데."

"그 사람 그림이 마음에 들었나 보군."

"그것도 그렇고, 사실 그때 그분이 절 그려 주셨었거든요. 그 그림이 혹시 있을까 싶어서……. 물론 너무 오래되긴 했지만."

"왜…… 그때는 그 그림을 구매하지 않았습니까?"

"음, 글쎄요. 그때는 그냥…… 딱히 나에 대한 뭔가를 간직하고 싶지 않았어요. 갖고 있던 물건들도 다 처분하던 마당에 내 그림이라니."

어차피 실사화는 아니었다며 아네트가 가볍게 말했다. 하이너는 잠시 머뭇거리다, 그녀의 눈치를 보며 넌지시 입을 열었다.

"……원한다면 그 그림을 구해다 주겠습니다."

"네? 아하하, 아니에요. 그걸 어떻게 찾아요. 이미 누가 사 갔거나 했겠죠."

아네트는 말도 안 된다는 듯 웃어넘겼다. 바닷바람이 물살을 밀며 불어왔다. 점점 불그스름하게 물들어 가는 노을 아래서 윤슬이 희게 빛났다.

그들은 글랜포드 해안선의 거의 막바지에 도달했다. 수평선과 태양의 밑부분이 맞닿을 무렵, 문득 걸음을 멈춘 하이너가 그녀에게로 몸을 돌렸다.

"아네트."

아네트는 그를 따라 걸음을 멈추며 고개를 들었다.

"당신에게 다시…… 하고 싶은 말이 있습니다."

노을을 받은 그의 커다란 몸체가 그녀를 가로막듯 서 있었다. 하이너는 높낮이 없는 어조로 말을 이었다.

"우리의 관계가 여전히 불완전하다는 걸 압니다. 당신이 나를 완벽히 신뢰할 수 없다는 것도, 우리가 온전히 서로를 이해할 수 없다는 것도."

"……."

"하지만 아네트, 내 남은 생을 걸고 반드시 약속하겠습니다."

그의 얼굴은 언뜻 무표정했지만, 희미하게 떨리는 눈가나 미묘하게 부자연스러운 입매에서 긴장을 엿볼 수 있었다.

"당신의 무너지지 않는 요새가 되고, 당신이 맞서야 하는 모든 순간에 아군이 되겠습니다. 당신이 어디에 있든, 가고 싶은 곳이 어디든, 가야 하는 곳이 어디든, 함께하겠습니다."

"……."

"내 목숨보다 당신을 사랑하고 있습니다. 당신 앞에서 나는 아무것도 아니게 되어 버릴 만큼."

그의 검은색 머리칼이 바닷바람에 흩날렸다. 아네트는 크게 뜨인 눈으로 그를 바라보았다.

"제대로 된 반지도, 꽃도, 아무것도 없지만…… 론체스터에 돌아가기 전 당신에게 말하고 싶었습니다."

"……."

"그러니까, 아네트, 당신만 괜찮다면 나중에 정식으로 다시……."

"하이너."

아네트는 부드럽게 그의 말을 잘랐다. 그가 멈칫했다. 차가운 바닷물이 발목까지 잠겨 들었다가 밀려났다. 그녀는 담담하게 말했다.

"나는 사라져야 하는 과거의 잔재예요."

거절의 의미였다.

하이너의 어깨가 굳어졌다. 그러나 회색 눈동자만은 숨길 수 없이 흔들리고 있었다. 아네트는 조용한 어조로 말을 이어 갔다.

"나는 로젠베르크의 핏줄이고 당신은 혁명군 출신의 총사령관이죠. 혁명 이후 시간이 많이 흘렀지만, 아니 많이 흘렀기 때문에, 우리는 더욱 안 돼요. 지금의 당신은 나와 함께할 수 없어요."

"……."

"지금은 안 돼요, 하이너."

아네트가 덧붙였다. 잠시 침묵이 흘렀다. 딱딱하게 굳은 얼굴로 그녀의 말을 듣던 하이너가 뒤늦게 눈을 깜빡였다. 그는 제 다급함을 숨기지도 않고 입을 열었다.

"아네트, 내가 이해하는 게 맞다면—."

"나와 요제프에게 약속해 줬죠. 더 나은 세상을 만들겠다고요. 파다니아에는 아직 당신이 필요해요."

아네트는 다정하게 미소 지었다.

"말했었잖아요, 하이너. 당신을 언제까지나 기다리겠다고."

"……정말로?"

"정말로. 당신 또한 나를 완벽히 믿지 못한다는 걸 알아요. 하지만…… 예전에 내가 말했던 걸 기억하나요?"

아네트가 한 걸음 그에게 다가섰다. 바다를 닮은, 두려울 만큼 아름다운 눈동자가 곧게 그를 직시하고 있었다.

"당신이 내게 당신의 모든 것을 보여 주었더라도, 나는 당신을 사랑했을 거라고. 그 말은 그때도 지금도 유효해요."

가느다란 두 손이 그를 향해 뻗어 왔다. 아네트는 그의 뺨을 쥐어 끌어당기고선, 길게 입 맞추었다.

"당신을 사랑해요."

"……."

"당신이 어떤 모습이든, 당신을 사랑해요."

하이너는 믿을 수 없다는 듯, 떨리는 눈으로 그녀를 바라보았다. 그는 무어라 말하고자 입술을 달싹였지만 쉬이 대답이 나오지 않는 듯했다. 아네트가 재촉했다.

"안다고 말해 줘요."

"……압……니다."

"당신을 사랑해요."

"……압니다."

목멘 대답에 그녀는 희미하게 미소 지었다.

그래, 어쩌면 우리는 죽을 때까지 서로를 완벽히 신뢰하지도, 서로를 온전히 이해하지도 못할 것이다.

하지만 괜찮았다. 누군가를 사랑한다는 건 그 모든 것들을 껴안는 일이니까.

나는 저 사람을 사랑하기 위해 남은 생을 매진할 것이다.

우리는 다 알 수 없는 서로를 조금이라도 더 알기 위해 수없이 눈을 맞추고, 이야기를 나누고, 손을 맞잡은 채 언덕길과 바닷가와 들판을 걸을 것이다.

아름다운 노을이 빛나는 절벽에서, 끝없이 부서지는 파도를 함께 바라볼 것이다. 그렇게 저 사람을 사랑할 것이다.

"사랑해요, 하이너. 내 남은 생을 전부 당신과 함께하고 싶을 만큼."

아네트가 고백에 완전한 마침표를 찍었다. 그와 동시에 그의 얼굴이 격정으로 차오르기 시작했다. 툭, 건드리면 넘쳐흐를 것처럼 강렬한 감정이었다.

하이너는 떨리는 고개를 앞으로 기울였다. 서로의 이마가 맞닿았다. 가까이에서 마주한 그의 눈은 조금 젖어 있었다.

노을을 머금은 파랑이 그들이 마주 선 발치로 밀려왔다. 쏴아아—. 바람이 젖는 소리가 났다.

조개껍데기와 유리알 같은 것들을 보물처럼 간직한 모래사장은 영원할 것처럼 반짝였다. 바다 위를 유영하는 빛들도, 그의 눈동자에 담긴 사랑도, 그렇게 영원할 것처럼.

온 세상을 물들인 석양과 함께 하이너는 환하게 웃었다. 그리고 주저 없이 대답했다.

"압니다."

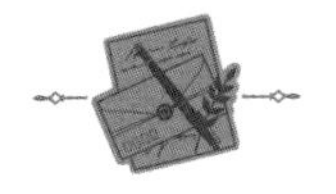

「사랑하는 하이너에게

11월의 첫날, 당신에게 편지를 쓰고 있어요. 수도는 지금쯤 바람이 많이 차가워졌겠군요. 이곳은 아직 그리 춥지 않아요.

옷은 따뜻하게 잘 입고 다니죠? 신문에 실린 당신 사진들을 봤어요. 전부 내가 준 목도리가 있더군요. 총사령관이 매일 하고 다니는 목도리의 브랜드가 대체 뭔지 추리하는 가십을 하나 봤답니다. 그 목도리 당장 빼도록 해요.

(……중략……)

요제프가 그곳에서 잘 지내고 있는 것 같아 다행이에요. 요제프의 양부모님께서 이번 특수 학교 설립에 거금을 기부하셨다고 들었어요. 하이너, 주제넘은 말일 수 있지만, 당신이 이 일에 신경을 써 주기를 바라요.

요제프가 입학을 많이 기대하고 있는 것 같아 나도 함께 설레는 기분이에요. 얼마 전 편지에는 자필로 동봉된 '요제프 입학식 초청장'을 받았지 뭐예요. 아무래도 요제프의 입학식에는 나도 참석해야 할 것 같아요. 당신은 올 건가요?

참, 얼마 전 지인을 통해 여성 작곡가 한 분을 소개받았어요. 아니타 커밍스라는 분이에요. 연령대도 비슷하고 사는 곳도 가까워서, 많이 의지가 될 것 같아요.

그분은 여성 작곡가들의 활동 기반을 넓히는 데 큰 열정을 보이고 계세요. 제게 여성 작곡가 모임에 들어올 것을 권유하셨는데, 아직 고민 중이에요. 제가 거기서 무언가를 할 수 있을지 잘 모르겠어요.

그래도 우선은 직접 겪어 보는 것이 좋을까요? 당신은 어떻게 생각해요?

(……중략……)

올리비아는 늘 나를 '안나'라고 부르더니, 얼마 전 드디어 '아넷'이라고 제대로 불러 주었어요. 만세!

올리비아는 낯을 많이 가리는데, 잘생긴 사람은 무척 좋아하더군요. 그 낯이 그 낯이 아니었나 봐요. 올리비아가 당신을 좋아할까요? 궁금하니 어서 신시어로 놀러 와요. (일단 나는 당신 얼굴을 좋아해요.)

하이너, 사실은 당신이 보고 싶어서 그래요.

아침에 일어나 커피를 내릴 때부터 나는 당신 생각을 해요. 텃밭을 가꿀 때도, 1층의 당신 방을 청소할 때도, 장을 보러 갈 때도, 집 앞의 절벽에서 파도가 치는 것을 바라볼 때도.

나는 늘 당신을 생각하며 여전히 여기에 있어요.

그리고 여기에 있을 거예요.

언제까지나.

영원한 사랑으로,
아네트 로젠베르크.」

AU 720년. 총사령관 부부가 이혼했다.

AU 721년. 대륙 전쟁의 서막을 알리는 겨울 전쟁이 발발했다.

AU 722년. 체셔 필드 전쟁이 발발했다. 이 전쟁에서 파다니아 전 국민을 분노케 한 헌팅엄 교회 학살 사건이 일어났다.

AU 723년 1월. 종전이 선언되었다.

AU 723년 2월. 비체 평화 조약이 체결되었으며, 파다니아 총사령관의 주도로 국제 연맹이 창립되었다.

AU 724년. 파다니아 최초 공립 특수 학교가 세워졌다. 총사령관을 비롯한 주요 인사들이 연사로 참여하여, 맹아와 농아들이 동등한 교육의 기회를 얻길 바란다는 뜻을 밝혔다.

AU 725년 3월. 파다니아 최초 여성작곡가회가 창립되었다.

AU 725년 8월. 파다니아 여성작곡가회의 첫 정기발표회가 론체스터 리사이틀 홀에서 열렸다. 이 발표회에는 여성 원로 작곡가들과 더불어 차세대 여성 신인 작곡가들이 함께 참여했다.

AU 726년. 종전의 날 3주년 기념식이 열렸다.

AU 727년. 하이너 발데마르가 총사령관직을 사퇴했다.

……

AU 728년. 산타몰리의 마을 교회에서 작은 결혼식이 열렸다.

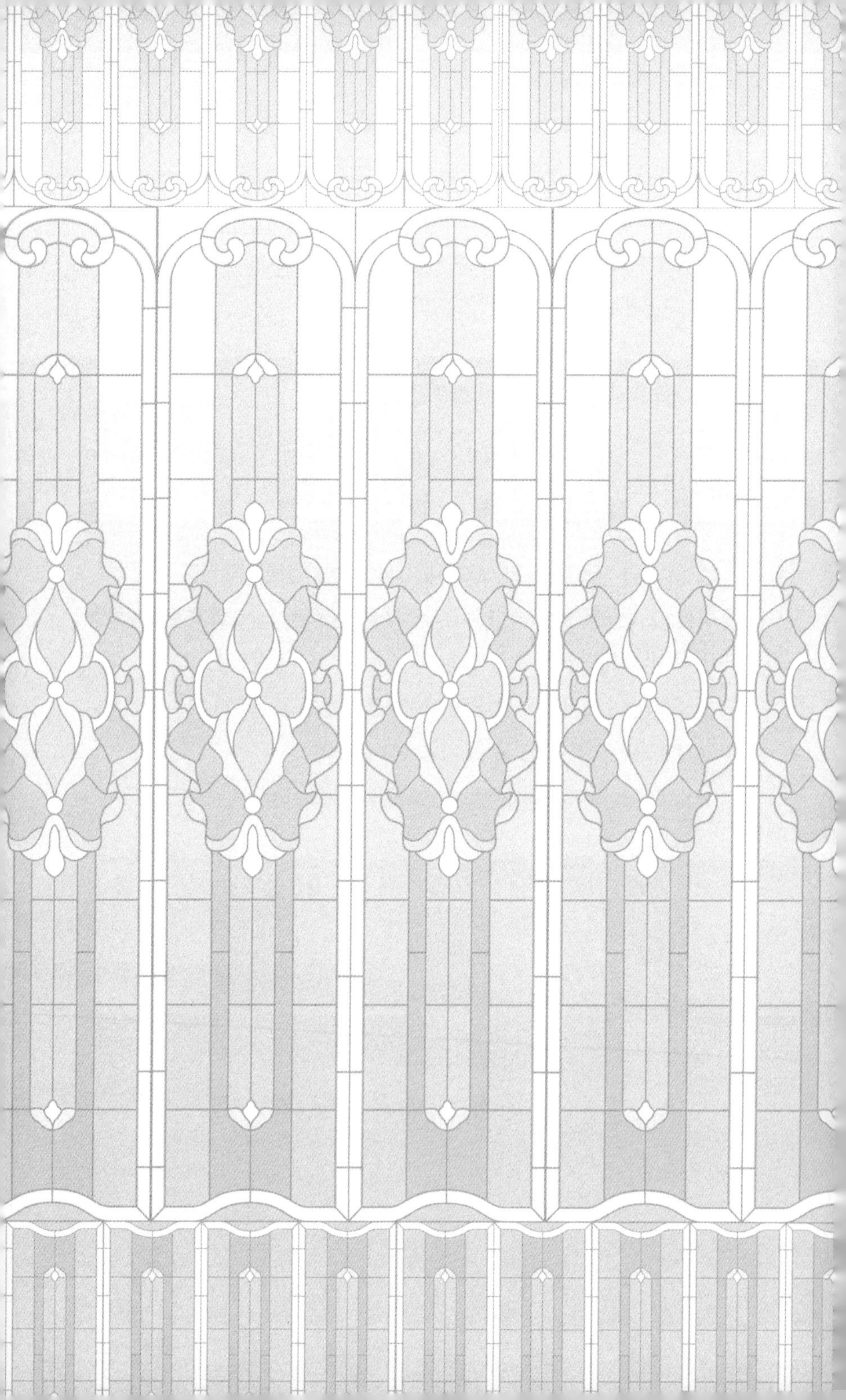

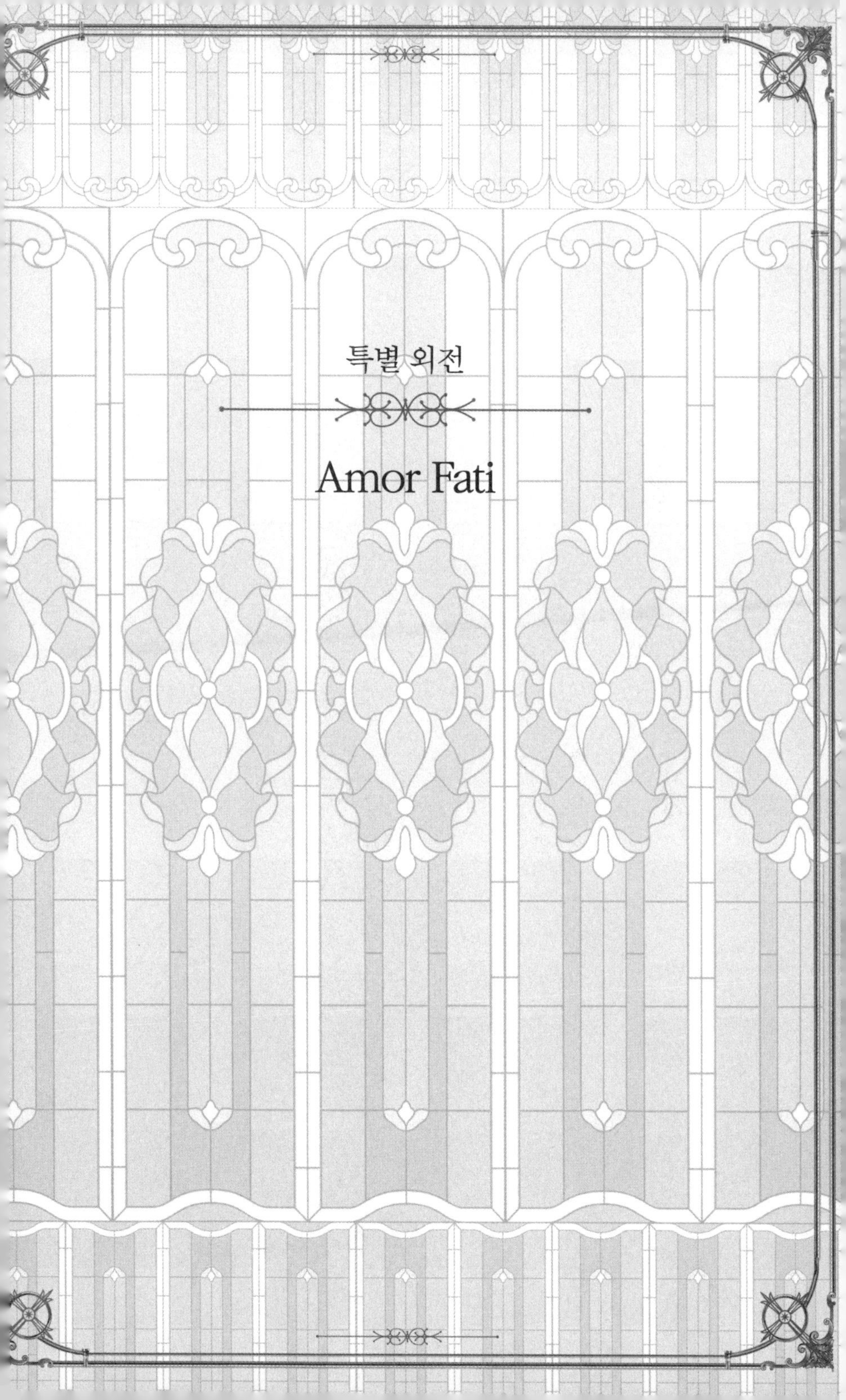

특별 외전

Amor Fati

서툰 피아노 소리가 봄바람을 타고 뒷마당으로 흘러들었다. 여러 명이 다른 악보를 치는지 제각각의 선율들이었다. 가벼운 셔츠 차림의 남자는 소매를 팔꿈치 위까지 걷어붙이고 삽질을 하고 있었다. 온화한 날씨에도 그의 이마와 목덜미는 땀으로 젖은 채였다. 흙을 퍼내 구덩이 밖으로 던질 때마다 단단한 팔뚝에 힘줄이 섰다. 바깥일로 볕에 그을린 피부는 보기 좋은 구릿빛을 띠었다. 남자는 땅에 삽을 곧게 세워 푹 꽂아 넣더니 거기에 팔꿈치를 기대며 후, 숨을 내뱉었다. 땀으로 젖은 셔츠의 어깨와 등 부분이 팽팽했다. 구덩이 위에 쪼그려 앉아 노동의 현장을 구경하던 테오가 불쑥 물었다.

"아저씨 왜 혼자 재밌는 거 해요."

"……넌 이게 재밌어 보이니."

"땅파기 놀이 재밌겠다……. 나도 같이하면 안 되나."

"그랬다간 너랑 나랑 나란히 선생님에게 혼날걸."

"우……."

테오가 부루퉁한 소리를 냈다. 어린아이 특유의 보드랍고 토실한 얼굴에는 부러움이 가득했다.

"표는 다 채우고 나온 거지?"

"근데요 그거요, 안 치고 그냥 색칠해도 선생님은 몰라요."

무료 교습소의 아이들은 곡을 한 번 끝낼 때마다 기록지의 과일을 하나씩 색칠해야 했다. 열 개의 과일을 전부 색칠하면 선생님이 와서 확인해 주는 식이었다. 그러나 아이들은 대부분 한 곡 쳐 놓고선 과일을 두세 개씩 색칠하곤 했다. 선생님은 다 알면서도 눈감아 주었다.

남자는 피식 웃으며 말했다.

"그래도 너 치는 거 들으면 선생님은 다 알걸. 진짜 연습했는지 아닌지."

그는 땅에 꽂았던 삽을 빼내어 다시 작업을 이어 나갔다. 테오는 대답 없이 입술만 삐죽 내밀며 양손으로 턱을 괴었다. 침묵 속에서 흙 파내는 소리가 새소리와 섞여서 났다. 삽질하던 그는 갑자기 조용해진 아이를 흘끗 곁눈질했다. 테오는 두 손으로 볼을 뭉갠 채 구덩이 안을 바라보고 있었다. 아까부터 대놓고 우울한 얼굴인데, 단지 땅 파는 일을 못 해서는 아닌 듯했다.

"휴……."

별안간 테오가 땅이 꺼져라 한숨을 내쉬었다. 이제 여덟 살 먹어 놓고 세상 근심거리는 다 안은 듯했다. 남자는 무시하고 작업에 집중했다.

"휴우……."

"……."

"에혀……."

"……왜 그러는데."

보다 못한 남자가 입을 열었다. 테오는 우울한 눈으로 그를 보며 되물었다.

"아저씨."

"왜."

"아저씨는 여자 친구 있어요?"

"여자 친구는 없고……."

"그럼 어차피 아저씬 몰라요."

묘하게 무시하는 말투였다.

"……여자 친구는 없고 아내는 있어."

"여자 친구랑 아내는 다르잖아요."

"결혼하기 전엔 여자 친구였으니까 알지."

"아 맞다, 아저씨가 선생님 남편이지……."

테오가 무언가 깨달음을 얻은 듯한 표정으로 중얼거렸다.

남자는 어이가 없다는 듯 헛웃음을 흘렸다. 교습소의 꼬마애들은 가끔 그를 이 집의 머슴 정도로 알곤 했다.

"있잖아요, 내 여자 친구가 반에서 제일 예쁜데요, 저뿐만 아니라 다른 남자애들도 엄청 다 걔를 좋아했는데도 나랑 사귀었거든요. 왜냐면 내가 달리기 제일 빠르고 공놀이도 제일 잘하거든요."

테오의 고민거리는 제 여자 친구 자랑인지 제 자랑인지 알 수 없는 말로 시작했다.

"근데 걔가 예쁘니까 얼굴값을 조금 하거든요. 제가 조금만 뭐라 해도 바로 삐지고 그러는 거예요. 그리고 전부터 저한테 막……."

이제 막 학교를 들어간 애가 '얼굴값'이란 단어는 어디서 배웠는지 모를 일이었다. 심지어 벌써 여자 친구가 있다니, 요즘 애들은 다 저렇게 조숙한가. 남자가 '요즘 것들'의 세태에 대해 탄식하거나 말거나 테오는 진지하게 말을 이어 나갔다.

"……그러다 얼마 전엔 걔가 헤어지자구 그랬는데 제가 잡았거든요. 그래서 계속 사귀는데 근데 막, 그 뒤로 뭔가, 내가 걔를 더 좋아하는 것 같은 거예요……."

"아 그거, 아저씨도 그래."

"아저씨도 선생님을 더 좋아한다고요?"

"겪어 봐서 아는데 먼저 반했으면 어쩔 수 없다. 그냥 현실을 받아들이고 만나."

"하긴 선생님도 동네에서 제일 예쁘니까……."

전혀 도움 되지 않는 조언이었지만 테오는 나름대로 동질감을 느낀 듯했다.

"다른 아저씨들도 엄청 다 선생님 좋아했죠?"

"난리였지. 쫓아다니고."

"근데 선생님은 왜 아저씰 만났대요?"

"내가 제일 세서 이겼어."

"거짓말하지 마요. 내가 애도 아니고 안 속아요."

남자는 곰곰이 기억을 더듬어 보다가, 약간 자신 없는 목소리로 중얼거렸다.

"내 얼굴을 마음에 들어 했던 것 같은데……."

"으음, 아저씨도 잘생기긴 했는데요, 아저씨는 뭔가 무서운 검은색 만년필처럼 생겼어요."

"……무슨 말인지 모르겠다."

남자는 그다지 아이에게 먹히는 얼굴이 아니었다. 소심한 아이들은 그의 위압적인 덩치와 차가운 인상만으로도 겁을 집어먹을 정도였다. 물론 눈앞의 아이는 거기에 속하지 않았다.

"근데요, 아저씨."

"왜."

"아저씨가 먼저 선생님한테 반했어요?"

테오의 물음이 채 끝나기도 전, 뒷문이 벌컥 열렸다. 테오가 먼저 뒤를 돌아보았다. 남자는 아이를 따라 뒤늦게 눈을 돌렸다. 무릎 아래까지 오는 가벼운 원피스 차림에 금발을 낮게 틀어 묶은 여자가 허리에 손을 얹고 있었다.

"테오, 여기 있을 줄 알았지."

"선생님 저요, 반은 넘게 했어요."

"그럼 반이나 남았네? 얼른 들어오자."

여자가 상냥히 웃으며 말했다. 테오는 뒷머리를 긁적이더니, 자리에서 일어나 순순히 집 안으로 들어갔다. 뺀질뺀질한 놈이 제 선생님의 말은 잘 들었다. 아이를 들여보낸 여자는 그를 한번 내다보지도 않고 문을 닫아 버렸다. 내내 그녀를 쳐다보던 남자가 약간 실망한 얼굴로 다시 삽을 들었다. 잠깐 와서 말이라도 걸어 줄 줄 알았더니. 어차피 매일 보는 얼굴이라지만, 바로 가 버리자 괜한 서운함마저 들었다. 종전에 테오가 털어놓은 고민—내가 개를 더 좋아하는 것 같다—이 피부로 공감되는 순간이었다.

'좀 더 위로해 줄 걸 그랬나.'

낮게 혀를 찬 남자는 흡사 기계처럼 땅을 파기 시작했다. 퍼낸 흙이 구덩이 바깥의 더미 위에 쌓였다. 그러면서도 그의 시선은 이따금 문에 가 닿았다. 몇 분쯤 지났을까, 돌연 뒷문이 다시 열렸다. 열심히 그쪽을 흘긋거리던 남자가 곧장 알아채고 허리를 세웠다. 문을 열고 나온 여자는 물잔과 수건을 얹은 쟁반을 들고 있었다. 남자와 눈이 마주친 그녀가 눈을 접으며 미소 지었다. 금발이 햇살을 받아 반짝거렸다.

"근데요, 아저씨."

순간 봄바람에 달큼한 향이 묻어나는 듯한 착각이 들었다.

"아저씨가 먼저 선생님한테 반했어요?"

바람의 변화 속에서, 남자는 문득 먼 기억을 떠올렸다. 한 소년이 먼발치에서 애태우며 바라보았던 여자아이를. 그러나 그 기억은 이제 더는 현존하는 환상이 아닌, 한 시절에 머무는 추억으로 남았다. 남자는 사랑에 빠졌던 그 순간을 우연이라고 생각하지 않았다. 그는 언제가 되었든, 그녀에게 반했을 것이다. 지금 이 순간마저도. 그러니 그것은 분명 그가 필연으로 만들고야 말았을 운명이었다.

"하이너."

가까이 다가온 아네트가 땅에 쟁반을 내려놓았다. 그리고 가져온 수건으로 그의 젖은 이마를 닦아 주었다.

"안 힘들어요? 아침부터. 쉬엄쉬엄 좀 하지."

"……뭘 또 굳이 와요, 흙 묻게."

잠깐 와 보지도 않는다고 방금까지 실망했던 그가 말했다. 아네트는 그의 목덜미에 수건을 걸어 주었다.

"그냥 사람 불러서 해요. 괜히 고생하고 이게 뭐야."

하지만 하이너는 그녀가 집에 낯선 이들이 드나드는 걸 그다지 좋아하지 않는다는 사실을 알았다. 그는 그것을 짚는 대신 딴소리를 했다.

"연못 갖고 싶다면서요."

"있으면 좋겠다고 했지 갖고 싶다곤 안 했어요."

"그렇게 예쁘게 보면서 말해 놓고 무책임하군요."

깜빡거리는 눈으로 그를 올려다보며, '있으면 좋겠다'라고 말하는 게 당장 만들어 내라는 것과 뭐가 다른지 알 수 없었다.

아네트가 쿡쿡 웃으며 말했다.

"내 남편이 이렇게 고생할 줄 알았으면 그런 말 안 하는 건데."

그 말에 하이너의 입가가 약간 허물어졌다. 결혼한 지 1년이 다 되어 가는데도, 이 호칭은 들을 때마다 새삼스러웠다.

불현듯 집 안에서 선생님 다 했어요, 하는 부름이 들려왔다. 거의 외침에 가까웠다. 아네트가 원피스를 툭툭 털며 일어났다.

"가 봐야겠어요."

하이너는 저도 모르게 손을 뻗어 그녀를 붙잡으려다, 제 손이 흙투성이라는 사실을 깨닫고 거두어들였다. 그 순간 아네트가 허리를 숙였다. 그의 뺨에 입술이 와 닿았다. 부드러운 감촉은 착각이었나 싶을 만큼 짧게 머물렀다가 떨어졌다.

"이따 봐요."

시야에 들어찬 얼굴이 생긋 웃었다. 햇살을 받은 그녀의 싱그러운 미소가 두 눈 속으로 쏟아졌다. 하이너는 잠시 얼떨떨하게 있다가, 그녀를 따라 미소 지었다. 그리고 뺨이 아닌 입술을 맞대었다. 가만가만, 바람결에 잎사귀가 부딪히는 것처럼.

눈부신 봄날이었다.

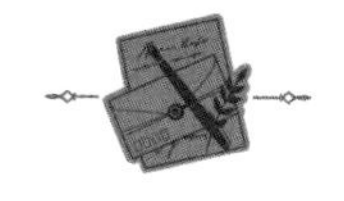

해가 절벽 끝에 걸렸을 즈음 아이들은 집으로 돌아갔다. 아침부터

시작한 기초 공사도 다진 땅에 방수포를 까는 것으로 어느 정도 마무리되었다. 여름이 오기 전 그녀에게 연못을 선물하고 싶었다. 조금 서두르는 것은 그 때문이었다.

하이너는 수건으로 머리를 털며 욕실에서 나왔다. 조용히 귀를 기울이자 부엌 쪽에서 달그락거리는 소리가 작게 들려왔다. 그는 천천히 부엌으로 걸음을 옮겼다. 커튼 새로 스며든 주홍빛 놀 속에서, 아네트는 설거지를 하고 있었다. 하이너는 부드러운 눈으로 그 뒷모습을 바라보았다. 그리고 다가가 몸을 구깃구깃 접으며, 그녀의 허리를 끌어안았다. 그는 흰 목덜미에 입술을 누르며 중얼거리듯 말했다.

"그냥 두지."

"설거지요? 몇 개 없어요. 애들 물 좀 마시고 그런 거라."

아네트는 익숙한 듯 설거지를 이어 나가며 대답했다.

"부엌 써야 하죠. 거의 다 했어요."

그의 저녁 준비를 이르는 것이었다. 하이너는 상관없다는 듯 그녀의 목과 어깨 사이에 얼굴을 묻으며 괜히 치댔다.

요리를 포함한 가사 대부분은 그가 전담했다. 처음에는 힘쓰는 일을 제외한 소일거리들은 어느 정도 아네트도 맡아서 했지만, 보다 못한 하이너가 하나둘 그녀의 일감을 빼앗은 탓이었다. 잘하고 못하고의 문제가 아니었다. 성격 때문인지 왼손의 부상 후유증 때문인지, 아네트는 손이 무척 느렸다. 빨래라도 한번 갤라치면 저녁 시간이 다 갈 정도였다. 게다가 그녀는 자기 일과 집안일을 소화하고 나면 지친 나머지 밤에 그대로 잠들어 버리곤 했다. 하이너는 거기에 특히 불만이 많았다. 집안일을 하는 데 쓸 시간과 체력이 있으면 자신에게 쓰라는 것이 하이너의 주장이자, 결국 그가 가사를 전담하게 된 전말이었다.

그는 아네트를 끌어안고 허리와 배 부근을 만지작거렸다. 처음에는 가죽만 남았나 싶을 정도로 깡말랐었는데 이젠 잡히는 게 있었다. 하늘이 무너져도 하루 세끼를 챙겨 먹어서인지, 원피스 천과 함께 손아귀에 말랑말랑하게 잡히는 살이 그를 뿌듯하게 했다.

"왜 이래요."

하이너는 그녀의 핀잔을 못 들은 척, 뺨과 목덜미에 입술을 붙였다가 떼기를 반복했다. 그녀의 살결에서는 자신과 같은 비누 냄새가 났다.

"있어 봐요. 곧 끝나."

아네트가 걸리적거린다는 듯 어깨로 슬쩍 그를 밀어냈다. 그러나 하이너는 끈덕지게 달라붙어 떨어지질 않았다. 그가 대놓고 일을 방해하는 건 아니었지만, 체격이 워낙 크다 보니 붙어 있는 것만으로도 움직임에 큰 제한이 생겼다. 커다란 남자를 등 뒤에 매달고 다소 힘겹게 설거지를 하던 아네트는 결국 그릇 하나를 놓쳤다. 그릇이 싱크대 안에 떨어지며 요란한 소리를 냈다. 잠시 정적이 흘렀다. 하이너는 그녀의 허리에서 손을 떼고 슬쩍 뒤로 물러났다.

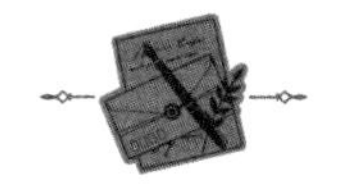

해가 완전히 넘어가고 선셋 클리프에 완연한 어둠이 드리웠다. 언덕 위 하늘색 지붕의 이층집 안에도 노란 전깃불이 켜져 있었다.

"와, 맛있는 냄새."

아네트는 상차림을 돕기 위해 부엌으로 건너왔다. 갖가지 채소와

감자가 들어간 리소토의 고소한 냄새가 집 안을 가득 채우고 있었다. 원목 식탁에 올라온 제 몫의 음식을 확인한 아네트가 눈을 크게 떴다. 그녀보다 훨씬 많이 먹는 하이너와 양이 비슷할 지경이었다.

"내 거 너무 많은 거 아니에요?"

"생각보다 안 많습니다."

"당신 양 안 적어요? 좀 덜어 가지."

"남겨요, 내가 먹을게."

평연히 대꾸한 하이너가 의자를 빼 자리에 앉았다. 그들은 짧게 식전 기도를 한 후 수저를 들었다.

"잘 먹을게요."

리소토를 한 입 뜬 그녀가 작게 탄성을 흘렸다. 원래도 제법 수준급이었던 그의 요리 실력은 날이 갈수록 느는 듯했다. 매주 나가는 마을 교회의 여자들에게 이런저런 레시피를 얻어 오더라니. 누가 보면 마을 제일의 요리사를 꿈꾸는 줄 알겠다.

"남편이 아주 아내를 못 먹여서 안달이네, 안달이야."

"부인이 너무 말라서 그래. 살 좀 찌워. 우리 남편이 저랬으면 나는 이미 굴러다녔겠어, 호호."

그네들의 말을 떠올리며 아네트는 옅게 미소 지었다. 한입 크기로 고기를 자른 그가 제 접시와 그녀의 접시를 바꾸어 주며 말했다.

"애들이 당신 말은 잘 듣는 것 같던데."

"애들이요? 아, 테오."

아네트가 절레절레 고개를 흔들었다.

"잘 듣기는 무슨. 눈 돌리면 없어진다니까요."

"저번엔 창고 문을 열었더니 테오가 구석에 주저앉아 있더군요."
"아하하, 그랬어요?"
보지 않아도 눈에 훤했다. 피아노 앞에서 좀이 쑤셔 괴로워하다, 슬쩍 내빼서 창고 안으로 기어들어 갔던 게 틀림없었다.
"그보다 아까 테오랑 무슨 이야기를 한 거예요? 심각하던데."
"그냥……."
"그냥?"
"……연애 상담을 좀."
"연애 상담?"
눈을 휘둥그레 뜬 아네트가 이내 웃음을 터트렸다.
"여자 친구 때문에 요 며칠 아주 죽상을 하고 있더라니, 결국 당신한테 상담한 거예요? 아, 너무 귀엽다."
"알고 있었습니까?"
"말로는 비밀이라고 하는데, 아주 힌트를 줄줄 흘려서."
"꼬맹이가 무슨 벌써부터 연애질을 하는지……."
"이런 구시대적인 남자. 요즘 애들은 좋아하면 고백부터 한대요."
아네트는 포크로 레드빈을 콕 찍으며 생각났다는 듯 덧붙였다.
"하긴, 당신은 끝까지 교제하자는 말을 안 해서 결국 내가 먼저 고백했었죠."
"……그런 말은 진지하게 해야 하는 겁니다."
"그럼 그땐 진지하지 않았다는 거예요?"
"아무튼 테오는 너무 어려요. 난 당신 처음 봤을 때도 그냥 좋아만 했지, 교제하고 싶다거나 그런 생각은 한 번도 한 적 없습니다."
"정말요?"
"당연하죠. 그때 당신이 얼마나 어렸는데, 무슨 그런……."

"내가 먼저 사귀자고 했어도?"

아네트의 장난스러운 물음에 그는 미간을 약간 좁히더니, 말도 안 된다는 듯 고개를 저었다. 상상만으로도 파렴치하다는 반응이었다. 아네트는 손으로 입을 가리며 웃었다. 그리고 고기 한 점을 그의 입에 넣어 주며, 속삭이듯 말했다.

"있잖아요, 만약 내가 어린 당신을 만났다면, 틀림없이 나도 당신에게 반했을 거예요."

"……내 어릴 때 모습 모르잖습니까."

하이너는 그렇게 말하면서도, 기분이 나쁘지 않은지 옅은 미소를 띄웠다.

그는 어릴 때의 초상화나 사진을 하나도 가지고 있지 않았다. 그런 것이 과분한 삶이었다. 그러니 아네트는 그의 어린 시절 모습을 앞으로도 알 길이 없었다.

"그래도요."

하지만 그녀는 고개를 저었다. 자신은 분명 어린 소년을 좋아하게 되었을 것이다. 그냥 그런 막연한 확신이 들었다. 약간 쑥스러운 듯 제 입매를 잠시 매만지던 하이너가 입을 열었다.

"그러잖아도 테오가 물어보더군요. 선생님은 왜 아저씨를 만났느냐고. 생각해 보니 나도 정확한 이유를 들은 적이 없는 것 같은데……."

"당신이 근사해서였다니까요."

"수도에 널린 게 번지르르한 사내들이지."

"그러니까 그중에 당신을 선택한 이유가 궁금하다는 거죠? 음……."

아네트는 잠시 고민하다, 대수롭지 않게 대답했다.

"나한테 첫 데이트를 신청할 때 당신 귀 끝이 엄청 붉었거든요."

"……내가?"

"네. 그때 당신 모습이 아직도 기억나요. 그렇게 차갑고 무뚝뚝한 인상의 남자가 그러니 귀엽기도 했고…… 어떤 사람일까, 호기심이 생겨서."

"……."

하이너는 과거의 자신에게 조금 어이가 없었다. 그때라면 디트리히 후작과 아네트에 대한 증오로 차 있을 때였다. 이건 계획의 일부라고 자위하며 접근한 주제에, 귀 끝을 붉히고 데이트를 신청했다는 게 허탈하기도 했고 우습기도 했다.

하이너는 비스듬히 턱을 괸 채, 식사하는 아내를 응시했다. 그저 일상적인 모습에 불과한데도 마치 한 폭의 그림 같았다. 그는 괜히 검지로 볼록한 뺨을 툭 건드렸다. 아네트는 뭐냐는 듯 눈을 깜빡거렸다. 맑은 물 같은 눈동자가 그를 직시했다. 그 얼굴을 감상하고 있자니, 그때 귀가 붉어졌던 건 연기고 뭐고 솔직히 어쩔 수 없는 일이라는 생각이 들었다. 아무렇지 않은 게 오히려 이상했다. 이런 여자에게 데이트를 신청하는데.

뺨 근처를 슬슬 덧그리던 검지가 입술로 향했다. 하이너는 그녀의 아랫입술을 느릿하게 문지르며, 약간 묻어 있던 하얀 소스를 걷어 냈다. 동시에 음식을 삼킨 아네트가 그를 약간 흘겨보았다.

"밥 먹다가 또 왜 이러지."

그는 그냥 입가에 묻은 것을 닦아 주려 했다는 듯 깔끔하게 손을 거두었다. 그리고 제 검지에 묻은 소스를 쭙 빨았다.

황당하다는 듯한 그녀의 눈빛을 받아 내며, 하이너는 짓궂은 아이처럼 씩 웃었다.

클리프 너머로 파도가 쳤다. 산타몰리에서 가장 지대가 높은 거리 위, 나란한 주택가를 따라 웃음소리가 흘러갔다. 아무럴 것 없는 보통날의 저녁이었다.

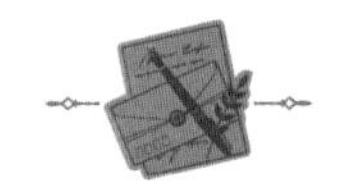

품속에서 아네트가 부스럭부스럭 상체를 일으켰다. 하이너는 반사적으로 안은 팔에 힘을 주었다가, '잠깐만요'하는 속삭임에 놓아주었다. 온기가 떠나간 품이 허전했다. 그는 설핏 인상을 찌푸리며 눈을 반쯤 떴다. 노란 조명을 받아 빛나는 둥근 어깨선이 보였다. 한쪽으로 쏟아진 긴 금색 머리카락과 드러난 목선, 매끄러운 등을 따라 도드라진 뼈마디……. 딸깍. 램프를 끄는 소리와 함께 순식간에 사위가 어두워졌다. 스르르 눕는 몸을 하이너가 제 쪽으로 끌어왔다. 그녀를 이불째 당겨 안자, 그제야 다시 안정감이 찾아들었다. 잠시 뒤척이던 아네트가 돌아누웠던 몸을 반 바퀴 돌렸다. 그녀는 그의 가슴에 얼굴을 묻은 채 색색 숨을 내쉬었다. 얼마간 편안한 침묵이 흘렀다.

"아네트."

가만가만 그녀의 등을 매만지던 하이너가 문득 입을 열었다.

"당신, 수도에 가고 싶진 않습니까?"

그녀의 몸이 작게 반응하는 것이 느껴졌다. 기진맥진한 채 누워있던 아네트가 천천히 고개를 들며 되물었다.

"수도요?"

"물론 이사를 말하는 건 아니고, 그냥 가벼운 여행 정도로."

"음, 작년 초에 한 번 가긴 했는데……."

"발표회장에 방문한 게 전부였잖습니까. 호텔에만 머물다 바로 돌아왔고."

"그랬긴 하죠."

그녀가 수도에 가는 이유는 대개 두 가지였다. 작곡 관련 일, 혹은 요제프. 그나마도 1년에 한 번 갈까 말까였다. 아네트는 파다니아 여성작곡가회의 초기 일원이었지만, 정기 발표회 같은 것을 제외하면 수도 기반 모임엔 거의 참여하지 않았다. 그리고 요제프의 경우, 어차피 방학 때마다 산타몰리로 놀러 왔기 때문에 졸업식 같은 행사가 아니면 굳이 갈 일이 없었다.

"그런데 수도는 갑자기 왜요? 파트너가 필요한 일이 있나요?"

"그런 건 아니고…… 그리고 파트너가 필요하대도 당신이 원하지 않으면 안 갑니다."

하이너는 그녀의 이마에 입술을 눌렀다가 떼며 말을 이었다.

"이달 말에 위원회 일정 때문에 올라가 봐야 하는데, 혹시 당신도 같이 갈 생각이 있나 해서."

"아, 위원회……."

아네트가 중얼거렸다.

하이너는 총사령관 퇴임 이후 비상임 고문으로 위촉되었다. 표면적으로는 민간인이지만 군부의 요청이 있는 경우, 위원회나 주요 회의에 참석하여 자문을 맡아 보았다. 이 때문에 그는 종종 수도에 올라가 며칠씩 머무르곤 했다. 하지만 그동안 그녀가 따라간 일은 없었다. 전쟁을 겪으며 아네트에 대한 적대적 여론은 거의 수그러들었지만, 여전히 론체스터는 그녀에게 편안한 곳이 아니었다.

"그냥 겸사겸사 물어보는 거니 뜻대로 해요."

"수도라…… 안 간 지 오래됐기는 하네요."

"브리타니 광장 뒤편에 백화점도 들어오고, 새로 영화관도 크게 지었다더군요. 당신 뭐, 필요한 옷이나 화장품이나…… 아무튼 갖고 싶은 것 있으면 사도 되고."

아네트가 으음, 하는 소리를 냈다. 어둠에 잠긴 얼굴은 속내를 읽기 어려웠다. 느긋한 척 물어보기는 했지만, 사실 하이너는 그녀가 이곳에서 지루함을 느낄까 봐 걱정이었다.

산타몰리는 지형과 바다가 아름다운 휴양지이나 어디까지나 도시와는 거리가 먼 교외였다. 제아무리 환상적인 풍경도 매일 보면 질리기 마련이다. 물론 그로서는 아네트와 시골 한구석에 평생 처박혀 살아도 전혀 상관이 없었다. 아니, 상관이 없는 수준이 아니라 오히려 환영이었다. 하지만 아네트도 거기에 만족할지는 확신할 수 없었다. 오래전 일이라지만, 그녀는 어릴 때부터 화려한 문화생활을 누리며 살아온 사람이었으니.

그러니까 사실, 그의 가장 큰 걱정거리는…… 단조로운 일상의 지루함을 결혼 생활에 대한 권태기로 착각하면 어쩌나— 하는 것이었다. 미련한 걱정이라고 해도 어쩔 수 없었다. 그녀와 관련된 사안에서는 늘 정도 이상으로 예민해지곤 했다. 본능이라 봐도 무방했다.

"음, 글쎄요, 나는……."

하이너는 약간 긴장한 채 귀 기울였다.

잠시 고민하던 그녀는 짧게 하품하더니, 그의 목덜미에 코를 박았다. 반쯤 잠에 취한 말소리가 웅얼웅얼 흘러나왔다.

"사실 뭐…… 그냥 당신이랑 산타몰리에 있는 게 좋아요……."

하이너의 눈이 약간 커졌다. 별 대단한 고백을 들은 것도 아닌데, 가슴속에서 기분 좋은 고동이 울렸다. 아네트가 내뱉는 숨결이 목덜미를 간지럽혔다. 하이너는 그녀의 머리카락을 만지작거리다가, 그대로 고개를 틀어 입술을 삼켰다. 노곤함에 젖어 있던 아네트가 옅은 신음을 흘렸다. 살이 얽힐 때마다 간간이 젖은 소리가 났다. 긴 키스 끝에 입술이 떨어졌다. 아네트는 약간 가빠진 호흡 사이로 자그맣게 말했다.

“근데…… 당신 올라가는 김에, 간만에 가 보는 것도 나쁘진 않을 것 같기는 해요. 그러잖아도 예전에 협회장님이 미팅 제안을 주셨는데, 아직 못 만나 뵈어서…… 당신 병원도 같이 가고 싶고…….”

“원하는 대로 해요.”

하이너는 그녀의 얼굴 곳곳에 입을 맞춘 후, 부드러운 여체를 바짝 끌어안았다. 정사의 열기가 완전히 가시지 않은 두 몸이 맞붙었다. 밤이 깊어 갔다.

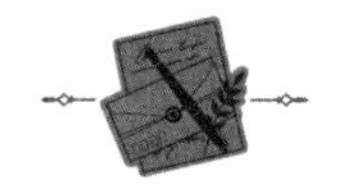

전쟁 이후, 영화 예술은 상업주의와 함께 번성했다. 오르간을 갖춘 고급 영화관(movie palace)이 세워지고, 스타 배우들이 등장하기 시작한 것도 이즈음이었다.

발데마르 부부는 론체스터의 중심이자, 한때 로젠베르크 수도 저택이 있던 곳이기도 한 브리타니 지구의 대형 영화관에 도착했다. 모자를 깊이 눌러쓰며 택시 캡에서 내린 아네트는 주변을 둘러보는 데 여념이 없었다. 그녀는 하이너가 내민 팔에 손을 얹으며 속삭였다.

“그새 유행이 바뀌었나 봐요. 다들 머리가 짧아졌어요.”

앞말을 들을 때까지만 해도 하이너는 뭐가 바뀌었다는 건지 알지 못했다. 그는 무심한 눈빛으로 번잡한 수도 거리를 훑었다. 품이 넓지 않은 원피스나 정장을 입은 수도 여성들은 대부분 굵은 웨이브를 넣은 단발머리를 하고 있었다. 모자도 하나같이 챙이 좁은 버킷 햇이었다.

"다들 무척 세련됐네요."

아네트가 감탄하듯 말했다. 하이너는 잠시 그녀의 차림을 바라보았다. 특별히 뒤처지는 것처럼 보이진 않았지만, 수도의 유행과는 확실히 조금 거리가 있었다. 한때 론체스터 사교계의 유행을 주도하던 여자였는데. 아네트는 순수하게 신기해하는 얼굴이었지만, 그는 왜인지 입안이 썼다.

"영화 끝나고 바로 백화점으로 가죠."

"백화점? 뭐 살 거라도 있어요?"

그는 대답 없이 아네트를 영화관 건물 안으로 이끌었다. 하나부터 열까지 최신식으로 건축된 번쩍번쩍한 내부에, 그녀는 더 물으려던 것도 잊고 감탄사를 뱉었다.

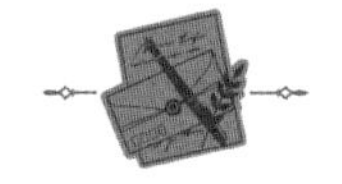

"세상에, 내가 마지막으로 본 영화는 고작 3초짜리였는데! 발전이 정말 빠르긴 빠른가 봐요. 화면 안에서 사람들이 어쩜 그렇게 자연스럽게 움직이죠?"

영화를 보고 난 직후, 아네트는 높은 톤으로 말을 쏟아 냈다. 평소 큰 고저 없이 조용조용하던 성정을 생각하면 그녀가 얼마나 흥분했는지 알 수 있었다.

"여자 배우도 정말, 왜 유명한지 알겠더라고요. 흑백인데도 어쩜 그렇게……."

하이너는 빙그레 웃으며 그녀를 에스코트했다. 즐거워하는 아내를 구경하느라 솔직히 영화 내용은 기억도 나지 않았다. 간만에 아이처럼 좋아하는 모습을 보니 그도 몹시 흡족했다. 함께 오길 잘했다는 생각이 들었다.

입구로 향하는 길, 옆쪽에서 남자들의 대화 소리가 귓가로 띄엄띄엄 흘러들어 왔다.

"정말 예쁘긴 예쁘더군……."

"……확실히 최고의 미인이라고 불릴 만……."

하이너는 경계하는 눈으로 옆을 휙 돌아보았다. 갑작스러운 움직임에 그녀가 왜 그러느냐며 고개를 갸웃거렸다.

시가를 피우며 이야기를 나누는 신사들의 모습이 눈에 들어왔다.

"한데 너무…… 가? 어린 나이에 스타가……."

"이제 고작 열여섯……."

아, 배우 이야기군.

하이너는 아무것도 아니라며 그녀를 입구로 이끌었다.

영화관 건물을 나온 그들은 곧장 근처의 라 루이스 백화점으로 향했다. 명품관들이 즐비한 백화점 내부는 영화관보다도 으리으리했다. 구경이라도 하려나 싶던 아네트는 그대로 직원의 손에 이끌려 얼떨결에 치수를 쟀다. 하이너의 요청에 따라, 직원은 그녀의 치수에 맞게 최신 유행하는 옷들을 가져왔다. 그러나 아네트는 자신은 이런 옷을 입을 일이 거의 없다며 시착하는 것조차 저어했다. 쇼핑 내내 그녀는 곤혹스러운 얼굴이었다. 결국 당초 그의 결심과 달리, 아네트는 단 두 벌만을 구매했다. 그마저도 교회에나 입고 갈

만한 매우 단정한 정장이었다.

짧은 쇼핑을 끝낸 그들은 그가 처음 보청기를 맞추었던 청각 센터에 방문했다. 정기적인 검진을 위해서였다.

"……거니까, 지난번이랑 비교했을 때도 더 나빠지진 않으셨네요. 이명은 특히 좋아지셨고. 지금처럼 꾸준히 검진을 받고 잘 관리하시면 더 이상의 청각 저하로 이어지진 않을 겁니다."

긴장한 채 의사의 말을 듣던 아네트가 밝아진 얼굴로 그를 돌아보았다. 최악의 경우, 영구적 청력 손실까지도 우려했던 그들로서는 기쁜 소식이었다.

"평소 생활 소음 속에서 대화 소리 같은, 듣고자 하는 소리에 잘 집중하는 습관을 들이시면 재활에 도움이 될 겁니다."

검진을 마친 후 그들은 손을 맞잡은 채 센터를 나왔다. 어둠이 반쯤 내린 거리로 나서자마자, 인파와 자동차의 잡음이 어지럽게 귓가를 덮쳤다.

"다행이에요."

그 시끄러운 세상 속에서 아네트가 말했다. 하이너는 그녀에게 귀 기울였다.

"사실 많이 걱정했었거든요…… 정말 다행이에요."

막막한 소음 속에서도, 그녀의 목소리만은 이상하리만치 선명하게 느껴졌다. 하이너는 맞잡은 손에 힘을 주었다. 의사가 충고했던 재활을 위한 습관은 방향성이 명확했다. 그가 듣고자 하는 소리는 늘 여기에 있었으므로.

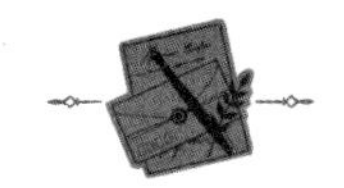

암막 커튼으로 가려진 호텔 객실 내부는 빛이 거의 들지 않았다. 하이너는 안쪽 드레스룸의 조명만을 켠 채 외출 준비를 했다. 위원회 일정이 있는 날이었다.

그는 와이셔츠를 입은 후, 타이를 목에 두르고 매듭을 지었다. 스스로 넥타이를 매고 나자 퍽 허전한 기분이 들었다. 본래 그의 넥타이는 늘 아네트가 직접 매어 주곤 했다. 하이너는 아내를 귀찮게 하고 싶지 않았으나, 그녀는 제가 하겠노라 고집을 부렸다. 사실 첫 번째 결혼 때도, 아네트는 서툰 손길로 그의 넥타이를 매어 주려고 했었다. 그리고 그녀가 넥타이를 매는 일에 익숙해질 즈음 혁명이 일어났다.

혁명 이후에도 아네트는 몇 번인가 그를 찾아왔었다. 그러나 하이너는 언제나 이미 성장한 차림으로 그녀를 지나쳤다. 그런 일이 반복되자 그녀도 더는 그를 찾아오지 않았다. 고요한 가운데 옷자락이 스치는 소리가 났다. 하이너는 베스트를 입고 단추를 잠그며, 두 번째 결혼 후 처음 그녀가 그의 넥타이를 매어 주던 순간을 떠올렸다.

"내가 해 줘도 돼요?"

그 조심스러운 물음은 흘러가 버린 많은 시간을 내포하고 있었다.

하이너는 그의 목에 타이를 두르는 그녀를 위해 허리를 숙여 주었다. 다시 고개를 들며 가까이서 마주친 푸른 눈은 약간의 긴장을 담고 있었다.

12년 만이었음에도 아네트는 헤매지 않았다. 고리를 만들고 타이를 밀어 넣는 손길은 약간 미숙하긴 했지만, 처음만큼 서툴지도 않았다. 매듭을 밀어 올려 타이를 조인 그녀는 작게 미소 지으며 그를 올려다보았고, 하이너는 입술을 한참 달싹이다가, 결국 그 어떤 말도 하지 못하고 가만히 그녀에게 입 맞추었다…….

재킷까지 잠그자 완벽한 슈트 차림이 되었다. 하이너는 중절모를 꺼내 쥔 후 조명을 껐다. 드레스룸을 나오며 괜히 넥타이 매듭을 고쳤다. 그녀에게 굳이 직접 하지 않아도 된다고 말하긴 했지만, 사실 하이너는 그 시간을 좋아했다. 그러한 사소한 순간마다 그는 그들이 부부라는 사실을 실감할 수 있었다. 비록 별것 아닌 행위라 해도.

그래, 그들은 부부였다. 하이너는 그 사실을 되뇌어 보았다. 새삼스레 뒤따르는 안도감과 충족감이 여전히 낯설었다. 어쩌면 자신은 죽을 때까지 이 사실을 온전히 믿지 못할지도 몰랐다. 하지만 괜찮았다. 죽을 때까지 깨어나지 않는 꿈이라면.

어둑한 객실 안, 침대 위에 여자가 누워 있었다. 하이너는 조용한 걸음으로 다가가 이불을 어깨까지 끌어 올려 주었다. 작은 몸이 호흡의 결을 따라 규칙적으로 오르내렸다. 아네트는 평소 일찍 일어나는 편이었으나, 어제 기차를 타고 론체스터에 도착하자마자 이곳저곳 바지런히 움직인 탓인지 쉬이 깨지 않았다. 하이너는 침대 옆 협탁에 놓인 메모장에 몇 개의 문장을 썼다. 그리고 잠든 얼굴을 얼마간 바라보다, 객실을 나섰다.

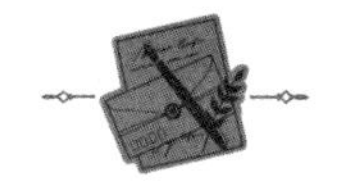

아네트는 전화벨 소리에 눈을 떴다. 인상을 찌푸린 채 멍한 정신으로 시계를 확인하자, 시침이 벌써 11시를 넘기고 있었다. 다시 전화벨 소리가 울렸다. 정신이 확 들었다. 그녀는 벌떡 침대에서 일어나 서둘러 전화를 받았다가, 송화구를 귀에 댄 것을 깨닫고선 거꾸로 고쳐 쥐었다.

[……런트 데스크입니다. 소포 수령 건으로 연락드렸어요.]

직원의 목소리가 들려온 것과 거의 동시에 아네트는 협탁 위의 메모장을 발견했다. 남편 특유의 세로로 길쭉한 필체가 쓰여 있었다.

「깨우지 않고 갑니다. 저녁 5시에 시계탑 광장에서 봅시다. 무슨 일 있으면 아래 내선 번호로 전화해요.」

[지금 바로 객실로 올려 드릴까요?]

아네트는 프런트 직원이 말하는 소포가 무엇인지 몰랐으나, 일단 그러라 대답했다. 그가 무언가 받을 것이 있는 모양이었다.

오래지 않아 초인종이 울렸다. 문을 열자마자, 아네트는 라 루이스 백화점의 로고가 박힌 쇼핑백들의 산을 마주했다. 직원은 운반카트에 실려 있던 쇼핑백들을 객실 내부로 옮겨 주었다. 그리고 불쑥 종이와 펜을 내밀었다.

"여기 서명 한 번만 부탁드립니다."

아네트는 얼떨떨하게 펜을 건네받아 서명했다. 직원이 떠난 후, 그녀는 문 앞 바닥을 가득 채운 쇼핑백 더미를 바라보았다. 이게 다 뭔가 싫었다.

'그가 주문한 건가……?'

반쯤 긴가민가하며 쇼핑백 하나를 슬쩍 열어 보았다. 안에는 여성복 한 벌이 곱게 개어져 있었다. 그녀의 눈이 커졌다. 조심스럽게 들어 올리자, 허리에 벨트가 달린 하늘색 반소매 원피스가 주르륵 펼쳐졌다. 어제 백화점에서 직원이 가져왔던 옷 중 하나였다. 아네트는 그 원피스를 가만히 펼쳐 들고 있다가, 다시 개켜 넣었다. 그리고 다른 쇼핑백들도 하나하나 열어 보았다. 정장, 원피스, 바지, 블라우스, 모자, 스카프, 장갑, 구두……. 종류도 다양했다. 그녀는 약간 난감한 얼굴로 마지막 쇼핑백에서 눈을 뗐다.

어떡하지. 잠시 골똘히 생각하던 아네트는 우선 욕실로 들어갔다. 천천히 몸을 씻고 샤워가운을 입고 나오자, 쇼핑백들은 여전히 그 자리에서 엄청난 양을 과시하고 있었다. 약간 망설이던 그녀는 첫 번째로 열어 보았던 쇼핑백에서 하늘색 원피스를 다시 꺼냈다. 원단 위에 촘촘히 그려진 패턴들이 고급스러웠다.

잠시 후 아네트는 전신 거울 앞에 섰다. 코튼 소재의 원피스는 그녀의 몸에 꼭 맞았다. 본래 입던 옷들보다 품이 좁게 디자인된 밑단에는 세로로 주름이 있었는데, 움직일 때마다 부드럽게 찰랑거렸다. 아네트는 객실용 슬리퍼를 벗고, 꺼내 온 새 구두에 조심조심 발을 넣어 보았다. 앞코에 검은색으로 포인트를 준 흰 구두는 원피스와 무척 어울렸다.

거울 속의 자신은 어제 거리에서 본 세련된 여자들과 비슷한 차림을 하고 있었다. 왜인지 쑥스러운 기분에 그녀는 머리카락을 꼬았다. 아네트는 거울을 보며 괜히 앞뒤로 왔다 갔다 걷다가, 긴 머리를 느슨하게 묶어 보기도 했다. 그리고 직원에게 이것들을 전부 주문했을 그를 생각하며 숨죽여 웃었다.

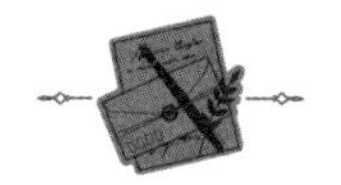

호텔 앞 미용실에 간 것은 다분히 충동적이었다. 아네트는 기억도 나지 않는 어린 시절부터 30년 넘도록 고수해 온, 허리까지 오는 긴 머리카락을 잘랐다. 직원은 파마도 하겠느냐고 물었지만 그녀는 거절했다. 기분 전환이었을 뿐, 굳이 꼭 유행을 따르려는 건 아니었다. 미용실에서 나온 아네트는 어깨 위로 짧아진 머리를 어색하게 매만졌다. 머리카락의 가뿐한 무게가 낯설었다.

왠지 호텔로 다시 돌아가기 싫은 기분에, 그녀는 커피 하우스로 발걸음을 옮겼다. 도착한 하우스 안에는 제법 손님이 있었다. 그녀는 2층 창가에 앉아 커피와 디저트를 주문했다. 하얀 테라스 아래로는 론체스터의 광장 거리가 펼쳐져 있었다. 아네트는 여유롭게 커피를 마시며 비치된 신문을 하나 꺼내 읽었다. 수도의 이런저런 최신 소식들이 빼곡한 활자로 쓰여 있었다. 당연하겠지만 그녀에 관한 이야기는 없었다.

혼자 론체스터를 돌아다니는데도 이토록 편안한 마음이라니. 여전히 수도에선 모자를 쓰고 다니긴 했지만, 예전 같으면 상상도 하지 못할 일이었다. 그녀는 그때로부터 아주 많은 시간이 흘렀음을 새삼스레 자각했다.

커피 하우스에서 신문과 잡지를 뒤적이며 꽤 오랫동안 시간을 죽인 아네트는 5시가 되기 전 자리에서 일어났다. 그리고 근처의 약속

장소로 향했다. 시계탑 광장 역시 제법 인파가 있었다. 자신이 론체스터에 살던 때보다도 인구 밀도가 훨씬 높아진 기분이었다. 아네트는 시계탑 앞 벤치에 앉았다. 다양한 사람들이 그녀의 시야 안을 스쳐 지나갔다. 아이를 목말 태운 아버지, 서류 가방을 들고 바쁘게 걸음을 옮기는 사람, 손을 맞잡은 연인, 교복을 입은 여학생들…….

퐁. 바람을 타고 어디선가 실려 온 비눗방울이 터졌다. 아네트는 웃음소리를 따라 고개를 돌렸다. 광장 한편에 그물망을 든 노인과 아이들 무리가 있었다. 노인은 액체가 담긴 커다란 바구니에 망을 집어넣었다가 뺀 후, 한 번 가볍게 움직였다. 그러자 각각의 그물코에서 커다란 비눗방울들이 만들어졌다. 아이들이 커다랗게 웃음을 터트리며 비눗방울을 쫓아갔다.

와하하.

구름이 물러가며 오후의 햇살이 환하게 비쳐 들었다. 아네트는 눈을 감았다. 비눗방울의 표면에 머물러 있던 무지개색 빛이 눈꺼풀 아래에서 일렁거렸다.

우와, 걔 혼자 살았어!

계속 하늘로 올라가려나 봐…….

그녀는 천천히 눈을 떴다. 사람들의 자취가 빠르게 눈앞을 스쳐 지나갔다. 그리고 저 멀리, 수많은 인파 사이로, 익숙한 남자가 걸어오고 있었다. 한순간 시간이 멈춘 듯했다. 벤치에 앉은 아네트는 그를 흔들림 없이 응시했다. 신기한 일이었다. 광장을 지나는 수많은 이들 가운데, 그만이 색채를 가진 것처럼 선명하게 보였다. 그가 점점 가까워졌다. 아네트는 모자를 벗으며 자리에서 천천히 일어났다. 바람결에 짧은 머리카락이 가볍게 흩날렸다.

하이너의 눈이 점점 커졌다. 그는 몇 걸음을 남겨 둔 채 잠시 그

자리에 멈추어 섰다. 놀란 모습이 꼭 소년 같았다. 아네트는 수줍은 듯 머리를 귀 뒤로 넘기며 물었다.

"……이상해요?"

동시에, 여전히 비눗방울을 쫓고 있던 아이들이 와르르 웃었다. 이 때문에 그녀는 그가 제 목소리를 들었는지 확신하지 못했다. 하이너는 몇 초 동안이나 그대로 정지되어 있었다. 그러다 주춤, 다시 발을 뗐다. 둘 사이의 거리가 가까워졌다. 그가 말없이 팔을 내밀었다. 익숙하게 거기에 손을 얹으려던 아네트는, 그의 귀 끝이 약간 붉어져 있다는 사실을 뒤늦게 알아차렸다. 어느 여름날, 그녀에게 첫 데이트를 신청하던 청년처럼. 아네트는 저도 모르게 웃음을 터트렸다. 그가 자신을 내려다보는 것이 느껴졌다. 그녀는 아랑곳하지 않고 한참 동안 웃었다.

무지개를 담은 비눗방울들이 봄바람을 타고 멀리멀리 날아갔다.

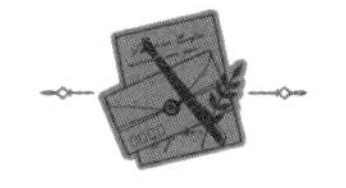

정장 차림의 여자는 서류가 가득 든 직사각형 가방을 안고 바삐 걸음을 옮겼다. 광장 시계탑의 바늘은 벌써 5시를 가리키고 있었다.

'7시까지 국유화 안건 서류 넘기고, 내일 오전 중으로 비서한테…… 아, 내일 주말이지. 허프만 쪽 현장 시찰 일정이 언제였더라…….'

그녀는 정신없이 골몰하며 사람들을 지나쳤다. 공화파 의원 귄터 엥겔스의 딸이자, 혁명군의 민병대 출신인 아넬리 엥겔스였다. 종전 이후, 그녀는 파다니아의 여성 참정권을 보장하는 선거법을 제정하는 데 이십대를 바쳤다. 그리고 이후 공화당에 입당하여 수도 의회의 최초이자 유일한 여성 인사가 되었다.

'잠깐, 파울 씨를 만나기로 한 게 이번 주말이었나? 아, 안 나가면 또 구박이 장난 아닐 텐데…….'

아넬리는 부친이 주선해 준 선 자리를 생각하며 한숨을 내쉬었다.

시간이 아깝다는 생각이 머릿속을 떠나질 않았다. 그녀는 특별히 독신주의자는 아니었으나, 워낙 바쁘게 살다 보니 결혼 같은 것을 신경 쓸 새도 없었다. 게다가 그녀는 배우자에 대한 기준이 상당히 높았다. 거기 미치지 못한다면 차라리 결혼하지 않는 게 낫다고 생각했다.

'아, 그 남자가 이혼 경력만 빼면 진짜 완벽하긴 했는데.'

아넬리는 오랫동안 잊고 있었던 남자를 떠올렸다. 작전을 함께 했던 동료이자 파다니아의 전 총사령관— 하이너 발데마르. 한때 부친이 혼담을 넣었던 남자이기도 했다. 당시 상대가 기혼자였던 만큼 그 혼담에는 그럴싸한 이유가 몇 개 붙어 있었다. 부친의 정치 입지를 위해, 온건 공화파와 자유주의자들을 견제하기 위해, 전쟁 전 내부 정리를 위해…….

기실 그러한 것들을 떼고 보더라도 아넬리는 하이너 발데마르에게 마음이 있었다. 다만 완전히 이성적인 감정이라 보긴 어려웠고, 동료애와 인간적인 존경심이 뒤섞인 마음에 가까웠다. 이러나 저러나 그는 훌륭한 동료였고, 훌륭한 리더였으며, 훌륭한 인간이었으니까. 물론 현재 입지만 놓고 보자면 이제는 아넬리가 그보다 우위였다. 아무리 전 총사령관이라 한들, 이젠 젊은 나이에 은퇴해 버린 민간인에 불과했다.

'그 여자가 사는 곳으로 내려가서 재결합했다던데……. 참, 사람

인생 모를 일이군.'

사실 그 소식을 처음 들었을 때는 좀 놀라긴 했어도 의외라는 생각은 들지 않았다. 어쩌면 혁명 직후 로젠베르크의 처분을 논할 당시, 그가 보였던 반응이 떠올라서였는지도 모르겠다.

"처음부터 협력 조건을 걸었을 텐데요."

"내 아내는 내가 알아서 합니다. 처분이든 뭐든."

음, 훌륭한 인간은 아니었을지도. 당시 살벌했던 기세가 느껴지는 듯해 아넬리는 가볍게 몸을 떨었다. 가방을 고쳐 들며 걸음을 조금 더 서둘렀다. 그리고 바로 다음 순간, 우뚝 멈추어 섰다. 아넬리는 제가 헛것을 봤나 하고 눈을 비볐다. 그러나 저만치에서 광장 밖으로 걸어가는 남녀의 모습은 그대로였다. 둘 다 모자를 쓰고 있었지만, 아넬리는 확신했다. 한때 가까이서 오랫동안 보아 온 이들이다. 모를 수가 없었다. 하이너 발데마르와 그의 아내였다.

아넬리는 저도 모르게 멍하니 서서 그들을 바라보았다. 단지 예상치 못한 곳에서, 의외의 인물들을 발견했기 때문은 아니었다. 그보다는, 그러니까……. 남자는 목덜미에서 흔들리는 아내의 금발을 매만지더니, 머리카락을 들어 짧게 키스했다. 여자가 무어라 말했는지 미소 지으며 고개를 끄덕이기도 했다. 그러니까, 제 아내를 바라보는 전 총사령관의 시선이…… 믿을 수 없을 만큼 부드럽고 따뜻했다. 아넬리는 저 남자가 저런 얼굴을 할 수 있을 거라곤 단 한 번도 상상해 본 적이 없었다. 재작년에 마지막으로 만났을 때도 제법 사람이 말랑말랑해졌다는 느낌을 받긴 했지만, 지금은 완전히 무슨…….

허. 아넬리는 저도 모르게 헛웃음을 흘렸다. 사람의 분위기가 어떻게 저렇게 바뀔 수 있나 싶을 정도였다. 두 남녀는 주변엔 눈길조차 주지 않은 채, 서로의 얼굴을 바라보며 광장을 빠져나갔다. 아주 둘만의 세계에 푹 빠진 듯했다.

"뭐……."

아넬리는 반쯤은 떨떠름하게, 반쯤은 허탈하게 중얼거렸다.

"……행복하다면 됐지."

이젠 전부 흘러간 인연들이었다. 그녀는 삶의 지나간 페이지에 자리했던 이들에게 행복을 빌어 주었다. 그리고 제 앞에 이어진 길을 향해 다시 걸음을 옮기기 시작했다.

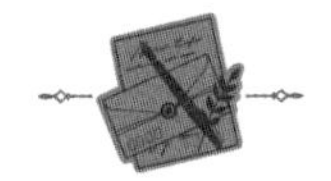

AU 728년.

산타몰리의 마을 교회는 모처럼 왁자지껄한 분위기였다. 작은 예배당 안은 하객들로 꽉 차 있었다. 브루너와 올리비아, 요제프와 아이의 양부모님, 라이언과 그 가족들, 마을 이웃들, 그리고 작곡가회에서 만난 신부의 동료 등 많은 이들이 밝은 얼굴로 이야기를 나누었다. 앞쪽에서 부드러운 피아노 연주가 시작되었다. 주례를 보는 목사가 단상에 서자, 장내의 소란이 서서히 수그러들었다.

이윽고 예배당 문이 열리며 정장을 차려입은 신랑이 입장했다. 하객들이 박수와 함께 환호했다. 신랑은 흠 없이 단정한 태로 걸음을 옮겼지만, 긴장한 기색을 완전히 감추지는 못했다. 단상 앞에 선 신랑은 목사와 몇 마디 이야기를 나누었다. 늙은 목사는 표정 좀 펴라며 허허 웃었다.

잠시 잦아들었던 피아노 연주가 다른 곡으로 바뀌었다. 그와 거의 동시에 예배당 문이 다시 열렸다. 신랑은 천천히 뒤를 돌아보았다. 벌어지는 문틈으로, 햇살을 받아 희게 빛나는 인영이 보였다. 그는 뻣뻣하게 굳은 채 예배당 입구를 바라보았다. 신부의 입장을 알리는 피아노 연주가 아득하게 느껴졌다. 꽃길을 따라 그의 신부가 그에게로 걸어왔다. 신부는 손을 잡아 주는 부친도, 얼굴을 가리는 베일도 없이 가벼운 드레스 차림으로 꽃다발만을 들고 있었다. 하이너는 제 신부의 얼굴에서 조금도 시선을 떼지 못했다. 그녀를 제외한 모든 세상이 빛과 윤곽을 잃어버린 듯했다.

이윽고 신부가 단상 앞에 당도했다. 그들은 서로를 마주 보고 섰다. 가까이에서 두 눈이 마주쳤다. 아네트가 뺨을 붉히며 웃었다. 바다를 닮은 푸른 눈이 윤슬처럼 반짝였다. 그 눈동자 속에는 그가 있었다. 하이너는 세상이 지나치게 눈부시다고 생각했다. 영원한 순간의 섬광이었다. 너무 오래 어두웠던 삶의 깊숙한 단면들까지 투사하는.

까마득히 더딘 삶을 지나 마침내 같은 자리에 섰다.

모든 상흔을 안고 다시 한번 함께하기 위해.

모든 것에도 불구하고, 다시 한번 사랑하기 위해.

가슴이 아플 만큼 벅차올랐다. 그는 그녀를 따라 웃으려 떨리는 입매를 끌어올렸다. 그녀를 따라 웃으려고 했다. 아네트의 눈이 커지는 것이 보였다. 하이너는 오열과 환희 중 무엇을 먼저 표현해야 할지 모르겠다는 듯 얼굴을 약간 일그러뜨렸다. 제대로 자각하기도 전에 눈물이 후드득 떨어졌다.

"내가 주례만 30년인데, 신랑이 우는 건 또 처음 보네."

단상에 서 있던 목사가 농담했다. 하객들이 웃음을 터트렸다. 하이너는 서둘러 눈물을 훔쳤다. 놀란 듯 그를 올려다보던 아네트도, 감정이 북받친 얼굴로 울 것처럼 미소 지었다. 한참 동안 서로를 바라보던 그들은 단상을 향해 섰다. 목사는 짧게 주례를 한 후, 서약문을 낭독했다.

"이 시간 하나님과 여기 모인 증인들 앞에서, 신랑 신부에게 묻겠습니다."

목사의 낮고 느릿한 목소리가 이어졌다. 단상 위, 작게 난 스테인드글라스 창을 통해 들어온 햇살이 그들을 비추었다.

"그대들은 서로를 배우자로 맞이하여, 경건한 혼인의 법도를 따라 진실한 남편과 진실한 아내로서 도리를 다할 것을 맹세합니까?"

"맹세합니다."

"맹세합니다."

아네트. 당신을 만난 그 순간 이후로, 나는 이런 삶이라도 살아나가고 싶었다. 그리고 이런 삶이라도 살아왔다.

"그대들은 서로를 주님께서 주신 아름다운 운명으로 여기고, 그 어떠한 경우에라도 평생토록 서로를 아끼고 사랑할 것을 맹세합니까?"

"맹세합니다."

"맹세합니다."

아네트 로젠베르크. 그리고 나는 이제, 이런 삶이기에 살아가고 싶어졌다. 그리고 이런 삶이기에 살아갈 것이다.

"이로써 두 사람은 삶의 모든 기쁨과 슬픔을 함께하는 부부가 되기로 굳게 맹세하였습니다. 이 거룩한 서약을 따라, 두 사람의 혼인이 이루어졌음을 엄숙히 선언합니다."

아름다운 피아노 연주와 박수 소리가 예배당 안을 가득히 메웠다.

그들은 환한 얼굴로 서로를 바라보았다. 그리고 길게 입 맞추었다.

아네트 발데마르. 우리는 지나간 우연을 필연으로 만들었고, 앞으로 지나갈 우연도 필연으로 만들 것이다. 그렇게 삶의 모든 필연을 사랑할 것이다.

나의 운명이 다른 것이 되기를 원하지 않는다. 앞으로도, 뒤로도, 전부 영원히.

그러니 돌이켜 보건대 우리의 만남은 모든 순간이 운명이었다.

〈끝〉

사랑하는 나의 억압자 4

초판 1쇄 인쇄 2024년 4월 25일
초판 1쇄 발행 2024년 5월 1일

지은이 서사희
펴낸이 김선식

부사장 김은영
제품개발 윤세미, 설민기
웹툰/웹소설사업본부장 김국현
웹소설팀 최수아, 김현미, 심미리, 여인우, 이연수, 장기호, 주소영, 주은영
웹툰팀 이주연, 김호애, 변지호, 안은주, 임지은, 채수아, 최하은, 조효진
IP제품팀 윤세미, 설민기, 신효정, 정예현, 정지혜
디지털마케팅팀 김국현, 김희정, 신혜인, 이소영
디자인팀 김선민, 김그린
저작권팀 한승빈, 윤제희, 이슬
재무관리팀 하미선, 김재경, 윤이경, 이보람, 임혜정
제작관리팀 이소현, 김소영, 김진경, 박예찬, 이지우, 최완규
인사총무팀 강미숙, 김혜진, 지석배
물류관리팀 김형기, 김선민, 김선진, 전태연, 주정훈, 양문현, 이민운, 한유현
외부스태프 크리에이티브그룹 디헌(디자인) 영수(일러스트)

펴낸곳 다산북스 **출판등록** 2005년 12월 23일 제313-2005-00277호
주소 경기도 파주시 회동길 490
전화 02-702-1724 **팩스** 02-703-2219 **이메일** dasanbooks@dasanbooks.com
홈페이지 www.dasan.group **블로그** blog.naver.com/dasan_books
종이 스마일몬스터 **출력·인쇄** 민언프린텍 **코팅·후가공** 제이오엘엔피 **제본** 다온바인텍

ISBN 979-11-306-5194-1 (04810)
ISBN 979-11-306-5165-1 (SET)